Homme et fer

chambre

E. Nesbit

Writat

Cette édition parue en 2023

ISBN : 9789359256306

Publié par
Writat
email : info@writat.com

Contenu

I

L'HÉRITAGE HANTÉ

La chose la plus extraordinaire qui me soit jamais arrivée a été mon retour en ville ce jour-là. Je suis un être raisonnable ; Je ne fais pas de telles choses. J'étais en voyage à vélo avec un autre homme. Nous étions loin des petits soucis d'un métier peu rémunérateur ; nous étions des hommes libres d'une adresse donnée, d'une date promise, d'un itinéraire préconcerté. Je me suis couché fatigué et joyeux, je me suis endormi comme un simple animal, un chien fatigué après une journée de chasse, et je me suis réveillé à quatre heures du matin, cette créature de nerfs et de fantaisies qui est mon autre moi et qui m'a poussé à toutes les folies. J'ai toujours tenu compagnie à. Mais même mon deuxième moi , bête pleurnicheuse et traître, ne m'a jamais joué un tour pareil qu'à l'époque. En effet, quelque chose dans le résultat de l'acte téméraire de ce jour-là m'amène à me demander si, après tout, cela aurait pu être moi, ou même mon autre moi, qui aurais pu participer à l'aventure ; s'il ne s'agissait pas plutôt d'un pouvoir extérieur à nous deux... mais c'est une spéculation aussi vaine pour moi que sans intérêt pour vous, et cela suffit.

De quatre à sept heures, je reste éveillé, en proie à une détestation croissante des balades à vélo, des amis, des paysages, de l'effort physique, des vacances. Vers sept heures, je sentis que je préférerais périr plutôt que de passer une journée de plus en compagnie de l'autre homme, un excellent garçon, d'ailleurs, et de la meilleure compagnie.

A sept heures et demie, le courrier arriva. J'ai vu le facteur par ma fenêtre pendant que je me rasais. Je suis descendu chercher mes lettres : il n'y en avait pas, bien sûr.

Au petit déjeuner, je dis : « Edmundson, mon cher ami, je suis extrêmement désolé ; mais mes lettres de ce matin m'obligent à rentrer immédiatement en ville.

«Mais j'ai pensé», dit Edmundson, puis il s'est arrêté, et j'ai vu qu'il avait compris à temps que ce n'était pas le moment de me rappeler que, n'ayant laissé aucune adresse, je n'aurais pu avoir aucune lettre.

Il eut l'air sympathique et me donna ce qui restait du bacon. Je suppose qu'il pensait que c'était une histoire d'amour ou une folie du genre. Je le laisse penser ainsi ; après tout, aucune histoire d'amour n'aurait semblé sage comparée à la stupidité de cette détermination soudaine d'écourter de délicieuses vacances et de retourner dans ces chambres poussiéreuses et étouffantes de Gray's Inn.

Après cette première erreur presque pardonnable, Edmundson s'est comporté à merveille. J'ai pris le train de 9h17 et, à onze heures et demie, je montais mon sale escalier.

Je suis entré et j'ai parcouru un tas d'enveloppes et de circulaires emballées qui avaient dérivé dans la boîte aux lettres, tandis que les feuilles mortes s'engouffraient dans les quartiers des maisons sur les places. Toutes les fenêtres étaient fermées. La poussière était épaisse sur tout. Ma blanchisseuse avait évidemment choisi ce moment comme un bon moment pour ses vacances. Je me demandais paresseusement où elle le dépensait. Et maintenant, l'odeur proche et moisie des chambres s'imposa à mes sens, et je me rappelai avec un pincement au cœur positif le doux parfum de la terre et des feuilles mortes de ce bois à travers lequel, à ce moment précis, le sensé et heureux Edmundson allait passer. équitation.

La pensée des feuilles mortes me rappelait le tas de correspondance. Je l'ai parcouru. De toutes ces lettres, une seule m'intéressait le moins. C'était de ma mère :—

« ELLIOT'S BAY, NORFOLK ,
17 août .

« CHER LAWRENCE , j'ai une merveilleuse nouvelle pour vous. Votre grand-oncle Sefton est décédé et vous a laissé la moitié de son immense propriété. L'autre moitié est laissée à votre cousin germain Selwyn. Vous devez rentrer à la maison immédiatement. Il y a ici des tas de lettres pour vous, mais je n'ose pas les envoyer, car Dieu seul sait où vous êtes. J'aimerais que vous vous souveniez de laisser une adresse. Je vous envoie ceci dans votre chambre, au cas où vous auriez eu la prévoyance de charger votre femme de ménage de vous envoyer vos lettres. C'est une très belle fortune, et je suis trop heureux de votre accession pour vous gronder comme vous le méritez, mais j'espère que cela vous sera une leçon pour vous laisser une adresse lors de votre prochain départ. Rentrez à la maison immédiatement . — Votre Mère aimante,

" MARGUERITE SEFTON .

« *PS* : C'est la volonté la plus folle ; tout est réparti également entre vous deux, à l'exception de la maison et du domaine. Le testament indique que vous et votre cousin Selwyn devez vous y rencontrer le 1er septembre suivant son décès, en présence de la famille, et décider lequel d'entre vous aura la maison. Si vous n'êtes pas d'accord, vous devez le présenter au comté pour un asile d'aliénés. Je devrais le penser ! Il a toujours été si excentrique. Celui qui n'a pas la maison, etc., reçoit 20 000 £ supplémentaires. Bien sûr, vous choisirez *cela* .

" *PPS* ... N'oubliez pas d'apporter vos sous-vêtements avec vous ; l'air ici est très agréable pour une soirée. "

J'ai ouvert les deux fenêtres et j'ai allumé une pipe. Sefton Manor, ce magnifique vieux lieu – je connaissais sa photo dans Hasted, berceau de notre race, etc. – et une grande fortune. J'espérais que mon cousin Selwyn voudrait les 20 000 £ de plus que la maison. S'il ne le faisait pas, eh bien, peut-être que ma fortune serait suffisamment importante pour augmenter ces 20 000 £ jusqu'à atteindre la somme qu'il *souhaiterait* .

Et puis, tout à coup, je me suis rendu compte que nous étions le 31 août et que demain était le jour où je devais rencontrer mon cousin Selwyn et « la famille » et prendre une décision concernant la maison. Je n'avais jamais, à ma connaissance, entendu parler de mon cousin Selwyn. Nous étions une famille riche en branches collatérales. J'espérais qu'il serait un jeune homme raisonnable . De plus, je n'avais jamais vu Sefton Manor House, sauf sous forme imprimée. Il m'est venu à l'esprit que je préférerais voir la maison avant de voir le cousin.

J'ai pris le prochain train pour Sefton.

« Ce n'est qu'à un mille du chemin de campagne, » dit le porteur du chemin de fer. « Vous prenez l'échalier, le premier à gauche, et suivez le chemin jusqu'au bois. Longez-le ensuite à gauche, traversez la prairie au fond et vous verrez l'endroit juste en dessous de vous dans la vallée.

«C'est un bel endroit, à ce que j'entends», dis-je.

«Mais tout est en morceaux», dit-il. « Je ne devrais pas me demander si cela a coûté quelques centaines de dollars pour remettre les choses en ordre. L'eau passe par le toit et tout.

"Mais sûrement le propriétaire——"

« Oh, il n'a jamais vécu là-bas ; pas depuis que son fils a été enlevé. Il vivait dans la loge ; c'est au sommet de la colline qui surplombe le manoir.

« La maison est-elle vide ? »

« Aussi vide qu'une coquille de noix pourrie, à l'exception des vieux bâtons de meubles. Quiconque le souhaite, ajouta le portier, peut rester là pendant la nuit. Mais ce ne serait pas moi !

"Tu veux dire qu'il y a un fantôme ?" J'espère que j'ai gardé toute note d'exaltation excessive hors de ma voix.

"Je n'aime pas les fantômes", dit fermement le portier, "mais ma tante était en service au pavillon, et il ne fait aucun doute que *quelque chose* s'y promène."

"Viens," dis-je, "c'est très intéressant. Ne peux-tu pas quitter la gare et venir là où se trouve la bière ? »

« Cela ne me dérange pas si je le fais », dit-il. « Voilà pour ce qui est de votre position. Mais je ne peux pas quitter la gare, donc si vous versez ma bière , vous devez la verser à sec, monsieur, comme on dit.

Alors j'ai donné un shilling à l'homme et il m'a parlé du fantôme du manoir de Sefton. En effet, à propos des fantômes, car il y en avait, semblait-il, deux ; une dame en blanc et un monsieur avec un chapeau mou et une cape d'équitation noire.

« On raconte, » dit mon portier, « qu'une des jeunes dames eut un jour le désir de s'enfuir et commença à le faire, sans aller plus loin que la porte du hall ; son père, pensant que c'était des cambrioleurs, a tiré par la fenêtre, et les heureux mariés sont tombés sur le pas de la porte, cadavres.

"Est-ce vrai, tu crois?"

Le porteur ne le savait pas. Quoi qu'il en soit, il y avait une tablette dans l'église dédiée à Maria Sefton et George Ballard – « et quelque chose sur leur mort qui ne les diviserait pas ».

J'ai pris l'échalier, j'ai longé le bois, j'ai « approvisionné » à travers la prairie — et j'ai ainsi débouché sur une crête crayeuse retenue dans un filet de racines de pins, où poussaient des violettes canines. En contrebas s'étendait le parc verdoyant, parsemé d'arbres. La loge, stuquée mais solide, se trouvait au-dessous de moi. De la fumée sortait de ses cheminées. Plus bas encore se trouvait le manoir – en briques rouges avec des meneaux gris lichens, une maison sur mille, élisabéthaine – et de ses belles cheminées tordues ne sortait aucune fumée. Je me précipitai à travers le court gazon en direction du Manoir.

Je n'eus aucune difficulté à pénétrer dans le grand jardin. Les briques du mur étaient partout déplacées ou s'effritaient. Le lierre avait repoussé les pierres de margelle ; chaque contrefort rouge offrait une douzaine de points d'appui. J'ai escaladé le mur et je me suis retrouvé dans un jardin – oh ! mais un tel jardin. Il n'y en a pas une demi-douzaine en Angleterre : haies de buis antiques, chapelets, fontaines, allées d'ifs, tonnelles de clématites (maintenant plumeuses au moment de la semence), grands arbres, balustrades et marches de marbre gris, terrasses, pelouses vertes, une pelouse verte, en particulier, entourée d' une haie de bruyères douces, et au milieu de cette pelouse un cadran solaire. Tout cela était à moi, ou, pour être plus exact, pourrait être à moi si mon cousin Selwyn se révélait être une personne sensée. Comme j'ai prié pour qu'il ne soit pas une personne de bon goût ! Qu'il était peut-être quelqu'un qui aimait les yachts, les chevaux de course, les diamants, les automobiles, ou tout ce que l'argent peut acheter, et non quelqu'un qui aimait les belles maisons élisabéthaines et les jardins vieux au-delà de toute croyance.

Le cadran solaire reposait sur une masse de maçonnerie, trop basse et trop large pour être qualifiée de pilier. Je montai les deux marches en brique et me penchai pour lire la date et la devise :

"Tempus fugit manet amor."

La date était 1617, les initiales SS la surmontaient. Le cadran était inhabituellement orné : une couronne de roses dessinées avec raideur était tracée à l'extérieur du cercle des chiffres. Alors que je me penchais, un mouvement soudain de l'autre côté du piédestal attira mon attention. Je me suis penché un peu plus pour voir ce qui avait bruissé : un rat, un lapin ? Un éclair de rose me frappa les yeux. Une dame en robe rose était assise sur la marche de l'autre côté du cadran solaire.

Je suppose qu'une exclamation m'a échappé : la dame a levé les yeux. Ses cheveux étaient foncés et ses yeux ; son visage était rose et blanc, avec quelques petites taches de rousseur dorées sur le nez et sur les pommettes. Sa robe était en coton rose, fine et douce. Elle ressemblait à une belle rose rose.

Nos regards se sont croisés.

"Je vous demande pardon", dis-je, "je n'en avais aucune idée..." Je m'arrêtai là et essayai de ramper vers un sol ferme. Les explications gracieuses ne sont pas mieux données par quelqu'un affalé sur le ventre devant un cadran solaire.

Au moment où je me suis remis sur pied, elle aussi était debout.

«C'est un bel endroit ancien», dit-elle doucement et, semble-t-il, avec le souhait aimable de soulager mon embarras. Elle fit un mouvement comme pour se détourner.

« Tout un lieu de spectacle », dis-je assez bêtement, mais j'étais quand même un peu gêné et j'avais envie de dire quelque chose – n'importe quoi – pour arrêter son départ. Vous n'imaginez pas à quel point elle était jolie. Elle avait à la main un chapeau de paille suspendu à de doux rubans noirs. Ses cheveux étaient tous doux et pelucheux, comme ceux d'un enfant. « Je suppose que vous avez vu la maison ? J'ai demandé.

Elle s'arrêta, un pied toujours sur la marche inférieure du cadran solaire, et son visage parut s'éclairer au contact d'une idée aussi soudaine que bienvenue.

"Eh bien, non," dit-elle. « Le fait est que j'avais terriblement envie de voir la maison ; en fait, j'ai parcouru des kilomètres exprès, mais personne ne me laisse entrer.

"Les gens du lodge?" Je suggère.

"Oh non," dit-elle. « Je… le fait est que je… je ne veux pas qu'on me montre ce qui se passe. Je veux explorer !

Elle m'a regardé d'un œil critique. Ses yeux s'arrêtèrent sur ma main droite, posée sur le cadran solaire. J'ai toujours pris raisonnablement soin de mes mains et je portais une belle bague, un saphir, taillé aux armes Sefton : un héritage, d'ailleurs. Son regard sur ma main prélude à un regard plus long sur mon visage. Puis elle haussa ses jolies épaules.

« Eh bien, » dit-elle, et c'était comme si elle avait dit clairement : « Je vois que vous êtes un gentleman et un honnête homme. Pourquoi ne devrais-je pas visiter la maison en votre compagnie ? Des présentations ? Bah ! »

Tout cela, son haussement d'épaules disait sans ambiguïté comme sans paroles.

"Peut-être", hasardai-je, "je pourrais récupérer les clés."

« Est-ce que vous vous souciez vraiment beaucoup des vieilles maisons ? »

«Oui», dis-je; "et toi?"

«Je m'en soucie tellement que j'ai failli entrer par effraction dans celui-ci. J'aurais dû le faire si les fenêtres avaient été plus basses d'un ou deux pouces.

«Je suis un pouce ou deux plus haut», dis-je en me tenant bien droit de manière à tirer le meilleur parti de mes six pieds à côté de ses cinq pieds cinq environ.

"Oh... si seulement tu le voulais !" dit-elle.

"Pourquoi pas?" dis-je.

Elle nous conduisit devant le bassin de marbre de la fontaine et le long de l'avenue historique des ifs, plantée, comme toutes les vieilles avenues d'ifs, par ce industrieux jardinier, notre Huitième Henri. Puis à travers une pelouse, à travers un chemin sinueux, herbeux et bosqueté, qui se terminait par une porte verte dans le mur du jardin.

« Vous pouvez soulever ce loquet avec une épingle à cheveux », dit-elle, et elle le souleva ainsi.

Nous sommes entrés dans une cour. Les jeunes herbes verdissaient entre les drapeaux gris sur lesquels résonnaient nos pas.

«C'est la fenêtre», dit-elle. « Vous voyez, il y a une vitre cassée. Si vous pouviez atteindre le rebord de la fenêtre, vous pourriez y mettre la main et défaire le moraillon, et…

"Et toi?"

"Oh, tu me laisseras entrer par la porte de la cuisine."

Je l'ai fait. Ma conscience m'a traité de cambrioleur – en vain. N'était-ce pas le mien, ou aussi bon que ma propre maison ?

Je l'ai laissée entrer par la porte arrière. Nous avons traversé la grande cuisine sombre où la vieille marmite à trois pieds dominait largement l'âtre, et les vieilles broches et chenets gardaient encore leur ancienne place. Puis par une autre cuisine où la rouille rouge préparait son repas complet d'une gamme relativement moderne.

Puis dans la grande salle, où les vieilles armures , les habits de buffle et les casquettes rondes sont accrochés aux murs, et où les escaliers en pierre sculptée montent de chaque côté jusqu'à la galerie du dessus.

Les longues tables au milieu de la salle étaient marquées par les couteaux de ceux qui y avaient mangé de la viande : des initiales et des dates y étaient gravées. Le toit était à pignons et les fenêtres à arc surbaissé.

"Oh, mais quel endroit!" dit-elle ; « Cela doit être beaucoup plus ancien que le reste… »

"Évidemment. Vers 13 heures, devrais-je dire.

« Oh, explorons le reste », s'écria-t-elle ; «C'est vraiment un réconfort de ne pas avoir de guide, mais seulement une personne comme vous qui devine facilement les dates. Je détesterais qu'on me dise *exactement* quand cette salle a été construite.

Nous avons exploré la salle de bal et la galerie de photos, le salon blanc et la bibliothèque. La plupart des pièces étaient meublées – toutes lourdement, certaines magnifiquement – mais tout était poussiéreux et défraîchi.

C'est dans le salon blanc , une pièce spacieuse lambrissée au premier étage, qu'elle m'a raconté l'histoire des fantômes, sensiblement la même que l'histoire de mon concierge, seulement sur un point différent.

« Et ainsi, au moment où elle quittait cette même pièce – oui, je suis sûr que c'est cette pièce, car la femme de l'auberge m'a montré cette double fenêtre et me l'a dit – au moment où les pauvres amants sortaient en rampant. , le père cruel sortit rapidement d'un endroit sombre et les tua tous les deux. Alors maintenant, ils le hantent.

«C'est une pensée terrible», dis-je gravement. « Est-ce que tu aimerais vivre dans une maison hantée ? »

«Je ne pouvais pas», dit-elle rapidement.

« Moi non plus ; ce serait trop… » Mon discours se serait terminé avec désinvolture, sans la gravité de ses traits.

« Je me demande qui *vivra* ici ? dit-elle. « Le propriétaire est juste mort. On dit que c'est une maison horrible, pleine de fantômes. Bien sûr, on n'a plus peur maintenant » – le soleil était doré et doux sur le parquet poussiéreux du sol – « mais la nuit, quand le vent gémit, et que les portes grincent et que les choses bruissent, oh, ça doit être affreux ! »

« J'ai entendu dire que la maison a été laissée à deux personnes, ou plutôt l'une doit avoir la maison et l'autre une somme d'argent », dis-je. « C'est une belle maison, pleine de belles choses, mais je devrais au moins penser l'un des héritiers préférerait avoir l'argent.

"Oh oui, je devrais le penser. Je me demande si les héritiers sont au courant pour le fantôme ? Les lumières sont visibles depuis l'auberge, vous savez, à midi, et ils voient le fantôme en blanc à la fenêtre.

"Jamais le noir?"

"Oh oui, je suppose."

« Les fantômes n'apparaissent pas ensemble ?

"Non."

"Je suppose", dis-je, "celui qui gère de telles choses sait que les pauvres fantômes aimeraient être ensemble, alors il ne le leur permet pas."

Elle frissonna.

« Venez, dit-elle, nous en avons vu partout dans la maison ; retournons au soleil. Maintenant, je vais sortir, et vous verrouillerez la porte après moi, et vous pourrez alors sortir par la fenêtre. Merci beaucoup pour tout le mal que vous avez pris. Cela a vraiment été toute une aventure… »

Cette expression me plaisait plutôt, et elle s'empressa de la gâcher.

"… Toute une aventure parcourant ce magnifique vieux lieu et en regardant tout ce que l'on voulait voir, et pas seulement ce que la gouvernante ne dérangeait pas que l'on regarde."

Elle a franchi la porte, mais lorsque je l'ai fermée et que je me suis préparé à la verrouiller, j'ai constaté que la clé n'était plus dans la serrure. J'ai regardé par terre, j'ai fouillé dans mes poches, et enfin, en revenant dans la cuisine, je l'ai découvert sur la table, où je jure de ne jamais l'avoir mis.

Après avoir inséré cette clé dans la serrure et l'avoir tournée, que je suis sorti par la fenêtre et que j'ai fait aussi vite, je suis tombé dans la cour. Personne ne partageait sa solitude avec moi. J'ai fouillé les jardins et les terrains d'agrément, mais jamais un aperçu de rose n'a récompensé mes yeux anxieux. Je retrouvai le cadran solaire et m'étendis le long de la brique chaude de la large marche où elle s'était assise : et je me traitai d'imbécile.

Je l'avais laissée partir. Je ne connaissais pas son nom ; Je ne savais pas où elle habitait ; elle était à l'auberge, mais probablement seulement pour le déjeuner. Je ne la reverrais jamais, et certainement dans ce cas je ne reverrais jamais des yeux aussi sombres et doux, de tels cheveux, un tel contour de joue et de menton, un sourire aussi franc, en un mot, une fille avec qui ce serait si délicieusement naturel pour moi de tomber amoureux. Depuis tout le temps qu'elle me parlait d'architecture et d'archéologie , de dates et d'époques, de sculptures et de moulures , j'étais tombé imprudemment amoureux de l'idée de tomber amoureux d'elle. J'avais chéri et adoré cette délicieuse possibilité, et maintenant ma chance était terminée. Même moi, je ne pouvais pas définitivement tomber amoureux après une seule entrevue avec une fille que je ne devais plus jamais revoir ! Et tomber amoureux est si agréable ! J'ai maudit ma chance perdue et je suis retourné à l'auberge. J'ai parlé au serveur.

« Oui, une dame en rose y avait déjeuné avec une fête. Était allé au château. C'était une fête de Tonbridge .

de Barnhurst est proche de Sefton Manor. L'auberge est aménagée pour recevoir les gens qui viennent en nombre et gravent leur nom sur les murs du donjon du Château. L'auberge dispose d'un livre d'or. Je l'ai examiné. Une vingtaine de prénoms féminins. N'importe qui pourrait être le sien. Le serveur regarda par-dessus mon épaule. J'ai tourné les pages.

"Dans cette partie du livre, seules les personnes séjournant dans la maison", a expliqué le serveur.

Mon œil a attiré un nom. « Selwyn Sefton », d'une écriture claire, ronde et noire.

"Reste ici?" J'ai montré le nom.

"Oui Monsieur; Je suis venu aujourd'hui, monsieur.

"Puis-je avoir un salon privé?"

J'avais une. J'ai ordonné que mon dîner y soit servi, et je me suis assis et j'ai réfléchi à mon plan d'action. Dois-je inviter mon cousin Selwyn à dîner, lui offrir du vin et lui faire des promesses exactes ? L'honneur est interdit. Dois-je le rechercher et essayer d'établir des relations amicales ? À quelle fin?

Puis j'aperçus par ma fenêtre un jeune homme en costume clair à carreaux, au visage à la fois pâle et grossier. Il se promena le long du chemin de gravier et une voix de femme dans le jardin appela « Selwyn ».

Il disparut dans la direction de la voix. Je ne pense pas avoir jamais autant détesté un homme à première vue.

« Brute, dis-je, pourquoi aurait-il la maison ? Il aurait probablement enduit tout cela partout ; laissez-le peut-être ! Lui non plus ne supporterait jamais les fantômes… »

Puis l'idée inexcusable et audacieuse de ma vie m'est venue, me frappant de rigidité – un coup de mon autre moi. Cela a dû prendre une minute ou deux avant que mes muscles ne se détendent et que mes bras ne tombent sur mes côtés.

«Je vais le faire», dis-je.

J'ai diné. J'ai dit aux gens de la maison de ne pas veiller à ma place. J'allais voir des amis dans le quartier et je passerais peut-être la nuit avec eux. J'ai pris ma cape d'Inverness avec moi sur mon bras et mon chapeau de feutre doux dans ma poche. Je portais un costume léger et un chapeau de paille.

Avant de commencer, je me penchai prudemment à ma fenêtre. La lampe du bow-window à côté du mien me montrait le jeune homme pâle, fumant un gros cigare puant. J'espérais qu'il continuerait à fumer là. Sa fenêtre regardait dans le bon sens ; et s'il ne voyait pas ce que je voulais, il le verrait, quelqu'un d' autre à l'auberge le ferait. L'hôtesse m'avait assuré que je ne dérangerais personne si j'arrivais à midi et demie.

« Nous respectons à peine les horaires de campagne ici, monsieur, dit-elle, à cause de tant d'affaires d'excursionnistes.

J'achetais des bougies au village et, tandis que je traversais le parc dans la douce obscurité, je me retournais encore et encore pour être sûr que la lumière et le jeune homme pâle étaient toujours à cette fenêtre. Il était maintenant onze heures passées.

J'entrai dans la maison, allumai une bougie et me faufilai dans les cuisines sombres dont les fenêtres, je le savais, ne donnaient pas sur l'auberge. Quand je suis arrivé dans la salle , j'ai soufflé ma bougie. Je n'ai pas osé montrer la lumière prématurément et dans la partie non hantée de la maison.

Je me frappai violemment contre une des longues tables, mais cela m'aida à me repérer, et bientôt je posai la main sur la balustrade de pierre du grand escalier. Vous me croiriez à peine si je vous disais sincèrement mes sensations en commençant à monter ces escaliers. Je ne suis pas un lâche – du moins, je ne l'avais jamais pensé jusque-là – mais l' obscurité totale m'a énervé. Je devais y aller lentement, sinon j'aurais perdu la tête et monter les escaliers trois à trois, tant était forte la sensation de quelque chose – quelque chose d'étrange – juste derrière moi.

J'ai serré les dents. J'atteignis le haut de l'escalier, parcourus les murs à tâtons, et après un faux départ qui me conduisit dans la grande galerie de tableaux, je trouvai le salon blanc, j'y entra, fermai la porte et me dirigeai à tâtons vers une petite chambre sans lumière. une fenêtre qui, selon nous, devait être une salle d'eau.

Ici, j'ai osé rallumer ma bougie.

Le salon blanc , je m'en souvenais, était entièrement meublé. En y revenant, j'ai allumé une allumette et, par son éclair, j'ai déterminé le chemin vers la cheminée.

Puis j'ai fermé la porte de la salle d'eau derrière moi. Je me dirigeai vers la cheminée et démontais les deux candélabres en laiton à vingt lumières. Je les ai placés sur une table à un mètre ou deux de la fenêtre et j'y ai installé mes bougies. Il est étonnamment difficile de faire quoi que ce soit dans l'obscurité, même une chose aussi simple que d'allumer une bougie.

Puis je suis retourné dans ma petite chambre, j'ai enfilé la cape Inverness et le chapeau ample et j'ai regardé ma montre. 1130. Je dois attendre. Je me suis assis et j'ai attendu. J'ai pensé à quel point j'étais riche - cette pensée est tombée à plat ; Je voulais cette maison. J'ai pensé à ma belle dame rose ; mais j'ai mis cette pensée de côté ; J'avais la conscience intérieure que ma conduite, plus héroïque que suffisante en un sens, paraîtrait mesquine et rusée à ses yeux. Seulement dix minutes s'étaient écoulées. Je ne pouvais pas attendre jusqu'à midi. Le froid de la nuit et de la maison humide et inutilisée, et peut-être une influence moins matérielle, me faisaient frissonner.

J'ouvris la porte, me glissai à quatre pattes jusqu'à la table, et, me tenant soigneusement au-dessous du niveau de la fenêtre, je levai un bras tremblant et allumai, une à une, mes quarante bougies. La pièce était un éclat de lumière. Mon courage m'est revenu avec le retrait des ténèbres. J'étais bien trop excité pour savoir à quel point je me ridiculisais. Je me levai hardiment et me plaçai contre la fenêtre, où la lueur des bougies brillait aussi bien sur moi que derrière moi. Mon Inverness était jeté négligemment sur mon épaule, mon doux feutre noir tordu et affalé sur mes yeux.

Là, j'étais là pour que le monde entier, et en particulier mon cousin Selwyn, voie l' image même du fantôme qui hantait cette chambre. Et depuis ma fenêtre, je pouvais voir la lumière dans cette autre fenêtre, et indistinctement la silhouette allongée là. Oh, mon cousin Selwyn, j'ai souhaité beaucoup de choses à ton adresse à ce moment-là ! Car ce n'était qu'un instant où je devais me sentir courageux et audacieux. Puis j'entendis, au fond de la maison, un bruit très léger, très faible. Puis vint le silence. J'ai pris une profonde inspiration. Le silence dura. Et je me tenais près de ma fenêtre éclairée.

Après un très long moment, semble-t-il, j'entendis une planche craquer, puis un léger bruissement qui s'approchait et semblait s'arrêter devant la porte même de mon salon .

Une fois de plus, je retins mon souffle, et je pensais maintenant à l'histoire la plus horrible que Poe ait jamais écrite – « La chute de la maison Usher » – et il me semblait voir la poignée de cette porte bouger. J'ai fixé mes yeux dessus. La fantaisie est passée : et elle est revenue.

Là encore, ce fut le silence. Et puis la porte s'est ouverte avec une soudaineté douce et silencieuse, et j'ai vu dans l'embrasure une silhouette en blanc. Ses yeux brillaient dans un visage blanc comme la mort. Il fit deux pas fantomatiques et glissants en avant, et mon cœur s'arrêta. Je n'aurais jamais cru possible qu'un homme puisse éprouver une telle terreur. Je m'étais fait passer pour l'un des fantômes de cette maison maudite. Eh bien, l'autre fantôme – le vrai – était venu à ma rencontre. Je n'aime pas m'attarder sur ce moment. La seule chose dont je me plais à me rappeler, c'est que je n'ai pas crié ni suis devenu fou. Je pense que j'étais à la limite des deux.

Le fantôme, dis-je, fit deux pas en avant ; puis il leva les bras, la bougie allumée qu'il portait tomba sur le sol, et il chancela contre la porte, les bras croisés sur le visage.

La chute de la bougie m'a réveillé comme d'un cauchemar. Il tomba solidement et roula sous la table.

J'ai perçu que mon fantôme était humain. J'ai crié de façon incohérente : « Ne le faites pas, pour l'amour du ciel, tout va bien. »

Le fantôme laissa tomber ses mains et tourna vers moi des yeux angoissés . J'ai arraché ma cape et mon chapeau.

«Je n'ai pas crié», dit-elle, et sur ce, je me suis précipité en avant et je l'ai attrapée dans mes bras, ma pauvre dame rose, blanche maintenant comme une rose blanche.

Je la portai dans la salle d'eau et lui laissai une bougie, éteignant les autres à la hâte, car je voyais maintenant ce qui, dans ma folie extravagante, m'avait échappé auparavant, que mon exposition de fantômes pourrait faire tomber tout le village sur la maison. J'ai démoli le long couloir et verrouillé à double tour les portes menant à l'escalier, puis à la salle d'eau et à la rose blanche couchée. Comment, dans la folie de cette nuit-là, j'avais pensé à apporter une bouteille de cognac dépasse mon entendement. Mais je l'avais fait. Maintenant, je lui frottais les mains avec l'esprit. Je lui ai frotté les tempes, j'ai essayé de le forcer entre ses lèvres, et enfin elle a soupiré et a ouvert les yeux.

« Oh… Dieu merci… Dieu merci ! » J'ai pleuré, car en effet j'avais presque craint que ma folie ne la tue. "Êtes-vous mieux? oh, pauvre petite dame, tu vas mieux ?

Elle bougea un peu la tête sur mon bras.

de nouveau et ferma les yeux. Je lui ai donné plus de cognac. Elle le prit, s'étrangla, se souleva contre mon épaule.

"Je vais bien maintenant," dit-elle faiblement. « Cela m'a bien servi. Comme tout cela est stupide ! » Puis elle s'est mise à rire, puis elle s'est mise à pleurer.

C'est à ce moment que nous entendîmes des voix sur la terrasse en contrebas. Elle s'agrippa à mon bras dans une frénésie de terreur, les larmes brillantes scintillant sur ses joues.

"Oh! plus maintenant, plus rien » , crie-t-elle. "Je ne peux pas le supporter."

"Chut," dis-je en prenant fermement ses mains dans les miennes. « J'ai fait le fou ; toi aussi . Nous devons jouer l'homme maintenant. Les gens du village ont vu les lumières, c'est tout. Ils pensent que nous sommes des cambrioleurs. Ils ne peuvent pas entrer. Tais-toi et ils s'en iront.

Mais quand ils sont partis, ils ont laissé le gendarme local de garde. Il monta la garde comme un homme jusqu'à ce que le jour commence à se glisser sur la colline, puis il rampa dans le grenier à foin et s'endormit, ce qui ne lui était pas reproché.

Mais pendant ces longues heures, je me suis assis à côté d'elle et lui ai tenu la main. Au début , elle s'accrochait à moi comme un enfant effrayé, et ses larmes étaient les choses les plus jolies et les plus tristes à voir. À mesure que nous nous calmions , nous avons parlé.

«Je l'ai fait pour effrayer mon cousin», ai-je reconnu. « Je voulais te le dire aujourd'hui, je veux dire hier, mais tu es parti. Je m'appelle Lawrence Sefton et l'endroit est à moi ou à mon cousin Selwyn. Et je voulais lui faire peur. Mais toi, pourquoi as-tu... ? »

Même alors, je ne pouvais pas voir. Elle m'a regardé.

"Je ne sais pas comment j'ai pu penser que j'étais assez courageux pour le faire, mais je voulais la maison ainsi, et je voulais t'effrayer..."

«Pour *m'effrayer* . Pourquoi?"

"Parce que je suis ta cousine Selwyn", dit-elle en cachant son visage dans ses mains.

« Et tu me connaissais ? J'ai demandé.

"Par ta bague," dit-elle. « J'ai vu ton père le porter quand j'étais petite. Ne pouvons-nous pas retourner à l'auberge maintenant ?

"Pas à moins que vous vouliez que tout le monde sache à quel point nous avons été stupides."

« J'aimerais que tu me pardonnes », avait-elle dit après que nous avions parlé un moment, et elle avait même ri de la description du jeune homme pâle à qui j'avais donné, dans mon esprit, son nom.

«Le tort est réciproque», dis-je; "Nous échangerons des pardons ."

"Oh, mais ce n'est pas le cas", dit-elle avec empressement. "Parce que je savais que c'était toi, et que tu ne savais pas que c'était moi : tu n'aurais pas essayé de m'effrayer . "

"Tu sais que je ne le ferais pas." Ma voix était plus tendre que je ne l'espérais.

Elle était silencieuse.

« Et qui aura la maison ? » dit-elle.

"Pourquoi toi, bien sûr."

"Je ne le ferai jamais."

"Pourquoi?"

"Oh, parce que!"

« Ne pouvons-nous pas reporter la décision ? J'ai demandé.

"Impossible. Il faudra décider demain, aujourd'hui je veux dire.

"Eh bien, quand nous nous retrouverons demain, je veux dire aujourd'hui, avec des avocats, des chaperons, des mères et des parents, donnez-moi un mot en tête-à-tête avec vous."

«Oui», répondit-elle avec docilité.

« Savez-vous, dit-elle aussitôt, que je ne pourrai plus jamais me respecter ? Entreprendre une chose pareille et avoir ensuite une peur si horrible. Oh! Je pensais que tu *étais vraiment* l'autre fantôme.

«Je vais te dire un secret», dis-je. «Je pensais que *c'était* le cas, et j'avais beaucoup plus peur que toi.»

"Eh bien," dit-elle en s'appuyant contre mon épaule comme aurait pu le faire un enfant fatigué, "si tu avais aussi peur, cousin Lawrence, cela ne me dérange pas vraiment."

C'est peu après que, regardant prudemment par la fenêtre du salon pour la vingtième fois, j'ai eu le bonheur de voir le policier local disparaître dans l'écurie en se frottant les yeux.

Nous sommes sortis par la fenêtre de l'autre côté de la maison et sommes retournés à l'auberge, de l'autre côté du parc couvert de rosée. La porte-fenêtre du salon qui l'avait laissée sortir nous laissa entrer tous les deux. Personne ne bougeait, donc personne, sauf elle et moi, ne connaissait le travail de cette nuit.

Le lendemain, c'était comme une garden-party, lorsque les avocats, les exécuteurs testamentaires, les tantes et leurs proches se retrouvèrent sur la terrasse devant le manoir de Sefton.

Ses yeux étaient baissés. Elle suivit sa tante modestement dans la maison et sur le terrain.

« Votre décision, dit l'avocat de mon grand-oncle, doit être rendue dans l'heure. »

"Ma cousine et moi l'annoncerons dans ce délai", dis-je et je lui ai immédiatement donné mon bras.

Arrivés au cadran solaire nous nous arrêtons.

« Voici ma proposition », dis-je : « nous dirons que nous décidons que la maison est à vous – nous dépenserons les 20 000 £ pour la restaurer ainsi que le terrain. Une fois que cela sera fait, nous pourrons décider qui l'aura.

"Mais comment?"

"Oh, nous tirerons au sort, ou lancerons un demi-penny, ou tout ce que vous voudrez."

«Je préfère décider maintenant», dit-elle; " *tu* le prends."

"Non, *tu* le feras."

« Je préférerais que tu l'aies. Je… je ne me sens pas aussi gourmande qu'hier », dit-elle.

"Moi non plus. Ou en tout cas pas de la même manière."

« Prenez… prenez la maison », dit-elle très sérieusement.

Puis j'ai dit : « Mon cousin Selwyn, à moins que tu ne prennes la maison, je te ferai une offre de mariage.

" *Oh!* » souffla-t-elle.

« Et quand vous l'aurez refusé, au motif très juste de notre trop faible connaissance, je refuserai à mon tour. Je refuserai la maison. Alors, si vous êtes obstinés, cela deviendra un asile. Ne soyez pas obstiné. Faites semblant de prendre la maison et… »

Elle m'a regardé avec un peu de pitié.

« Très bien, dit-elle, je ferai semblant de prendre la maison, et quand elle sera restaurée… »

"Nous allons faire tourner le centime."

Ainsi, avant les relations en attente, la maison fut adjugée à mon cousin Selwyn. Une fois la restauration terminée, j'ai rencontré Selwyn au cadran solaire. Nous nous y étions rencontrés souvent au cours de la restauration, affaire à laquelle nous prenions tous deux un intérêt extravagant.

« Maintenant, ai-je dit, nous allons faire tourner la pièce. Pile, vous prenez la maison, pile, c'est à moi.

J'ai fait tourner la pièce : elle est tombée sur les marches en brique du cadran solaire et s'y est coincée, coincée entre deux briques. Elle a ri; J'ai ri.

«Ce n'est pas *ma* maison», dis-je.

« Ce n'est pas *ma* maison », dit-elle.

"Cher," dis-je, et nous ne riions alors ni l'un ni l'autre, "ce ne peut pas être *notre* maison?"

Et, grâce à Dieu, c'est notre maison.

II

LE POUVOIR DES TÉNÈBRES

Ce fut un départ enthousiaste. La moitié des étudiants de son Atelier étaient là, et deux fois plus des autres studios. Cela faisait trois mois qu'elle était la belle du Quartier des Artistes de Montparnasse. Elle partait maintenant pour la Côte d'Azur rencontrer les siens, et toutes ses connaissances étaient à la gare de Lyon pour l'apercevoir une dernière fois. Et, comme on l'avait dit plus d'une fois en fin de soirée, « la voir, c'était l'aimer ». C'était une de ces blondes agitées, aux cheveux naturellement ondulés, aux joues rondes en feuilles de rose, aux grands yeux bleu-violet qui ressemblent à tout et qui signifient Dieu sait combien peu. Elle tenait sa cour comme une reine, se penchant par la fenêtre de la voiture et recevant des bouquets, des livres, des journaux, de longs derniers mots et des derniers regards nostalgiques. Tous les yeux étaient rivés sur elle, et ses yeux étaient tournés vers tout le monde – ainsi que son sourire . Pour tous sauf un, bien sûr. Pas un seul regard ne fut adressé à Edward, et Edward, grand, mince, décharné, avec de grands yeux, un nez droit et une bouche un peu trop petite, trop belle, semblait devenir plus mince et plus pâle sous nos yeux. Une paire d'yeux vit au moins le miracle opéré, le pâlissement de ce qui semblait une pâleur absolue, la révélation des os d'un visage qui semblait déjà recouvert mais par le voile de chair le plus fin possible.

Et l'homme dont les yeux virent cela se réjouit, car il l'aimait comme les autres, ou pas comme les autres ; et il avait eu le visage d'Edward devant lui le mois dernier, dans ce sanctuaire secret où nous plaçons les aimés et les détestés, le sanctuaire qui est éclairé par un million de lampes allumées à la flamme de l'âme, le sanctuaire qui jaillit d'une lueur éblouissante lorsque le les bougies sont éteintes et l'on s'allonge seul sur des oreillers chauds pour affronter du mieux qu'on peut la nuit et la lumière.

"Oh, au revoir, au revoir à vous tous", dit Rose. « Vous allez me manquer – oh, vous ne savez pas à quel point vous allez tous me manquer !

Elle rassemblait les regards de scs amis et de ses fidèles sur son propre regard, comme on rassemble les bijoux sur un cordon de soie. Les yeux d'Edward seuls semblaient lui échapper.

« Em voiture, messieurs et dames. »

Les gens se retirèrent du train. Il y a eu un coup de sifflet. Et puis au tout dernier petit moment, alors que le train se ressaisissait pour le départ, ses yeux rencontrèrent ceux d'Edward. Et l'autre homme a vu la réunion, et il savait – ce qui était plus qu'Edward.

Ainsi, lorsque la lumière de la vie ayant été emportée dans le train en retraite, le groupe au cœur brisé se dispersa, l'autre homme, qui s'appelait d'ailleurs Vincent, attacha son bras à celui d'Edward et demanda gaiement : « Où vas-tu, douce nymphe ? ?"

"Je pars à la maison", dit Edward. «Le 7h20 pour Calais.»

« Marre de Paris ?

"Il faut parfois voir les siens, tu ne sais pas, accroche-toi !" » C'était la manière d'Edward d'exprimer le désir qui le déchirait de la vieille maison parmi les bois bruns du Kent.

« Aucune attraction ici maintenant, hein ?

"L'attraction principale a disparu, certainement", se força Edward à dire.

"Mais il y a d'aussi bons poissons dans la mer..."

"La pêche n'est pas mon métier", a déclaré Edward.

« La belle Rose !… » dit Vincent.

Edward leva précipitamment le seul bouclier qu'il put trouver. C'était la vérité telle qu'il la voyait.

"Oh," dit-il, "bien sûr, nous sommes tous amoureux d'elle – et tous désespérément."

Vincent comprit que c'était la vérité, telle qu'Edward la voyait.

« Qu'allez-vous faire jusqu'au départ de votre train ? Il a demandé.

"Je ne sais pas. Un café, je suppose, et un dîner ignoble de bonne heure.

« Regardons le Musée Grévin », a déclaré Vincent.

Les deux étaient amis. Ils avaient été camarades d'école, et c'est un lien qui survit à bien des tensions trop fortes pour que des liens plus intimes et plus vitaux puissent résister. Et ils étaient camarades d'études, même si cela compte pour peu ou beaucoup – comme vous le comprenez. De plus, Vincent savait quelque chose sur Edward que personne d'autre de leur âge et de leur statut ne devinait. Il savait qu'Edward avait peur du noir, et pourquoi. Il l'avait découvert à Noël, qu'ils avaient passé tous les deux dans une maison de campagne anglaise. La maison était pleine : il y avait une danse. Il devait y avoir des pièces de théâtre. Au début de la nouvelle année, l'hôtesse avait l'intention de « déménager » dans un ancien couvent, construit à l'époque

Tudor, un bel endroit avec des terrasses et des ifs taillés, des créneaux, des douves, des cygnes et une histoire de fantômes.

« Vous, les garçons, dit-elle, vous devrez supporter les bouleversements dans la nouvelle maison. J'espère que le fantôme ne vous inquiétera pas. C'est une religieuse avec un trousseau de clés et sans yeux. Vient et respire doucement sur la nuque lorsque vous vous rasez. Ensuite, vous la voyez dans le verre et, le plus souvent, vous vous tranchez la gorge. Elle a ri. Edward et Vincent aussi, ainsi que les autres jeunes hommes ; ils étaient sept ou huit.

Mais cette nuit-là, alors que de rares bougies avaient allumé « les garçons » dans leurs chambres, quand la dernière pipe avait été fumée, le dernier mot de bonne nuit, il y eut un tâtonnement avec la poignée de la porte de Vincent. Edward entra, une silhouette encombrante, serrant les oreillers et traînant les couvertures.

"Que diable?" demanda Vincent avec un étonnement naturel.

"Je vais me coucher ici, par terre, si cela ne vous dérange pas," dit Edward. « Je sais que c'est une pourriture bestiale, mais je ne peux pas le supporter. La pièce dans laquelle ils m'ont mis, c'est un grenier grand comme une grange – et au fond il y a une grande porte de huit pieds de haut – c'est du chêne brut – et elle mène à une sorte de trou d'horreur – des poutres nues et des poutres apparentes. chevrons et noir comme l'enfer. Je sais que je suis un idiot abject, mais voilà, je ne peux pas y faire face.

Vincent était sympathique, même s'il n'avait jamais connu de terreur nocturne qui ne pût être exorcisée par une pipe, un livre et une bougie.

« Je sais, mon vieux. Il n'y a aucun raisonnement sur ces choses-là », dit-il, et ainsi de suite.

"Tu ne peux pas me mépriser plus que je me méprise moi-même," dit Edward. «Je sens un chien qui rampe. Mais c'est ainsi. J'ai eu peur quand j'étais enfant et cela semble m'avoir laissé une sorte de marque. On me traite de "lâche", mon vieux, et ce sentiment n'est pas agréable.

Une fois de plus , Vincent se montra sympathique et la pauvre petite histoire sortit. Comment Edward, âgé de huit ans, avare comme son petit âge, s'était faufilé, en tenue de nuit, pour piocher parmi les résultats d'un dîner, et comment, dans le hall, sombre d'une lumière « artistique » Lanterne en verre coloré , une silhouette blanche lui faisait soudain face – penchée vers lui, semblait-il, pointant ses mains blanches comme du plomb vers son cœur. Le lendemain, le trouvant faible à cause de son évanouissement, il avait montré que l'horreur du fait qu'une statue, un nouvel achat de son père n'avait aucune importance.

Edward avait partagé la chambre de Vincent, et Vincent, seul de tous les hommes, partageait le secret d'Edward.

Et maintenant, à Paris, tandis que Rose filait vers Cannes, Vincent dit : « Allons voir le Musée Grévin . »

Le musée Grévin est un spectacle de cire. Votre esprit, à ce mot, se tourne instantanément vers l'excellente exposition fondée par la digne Madame Tussaud, et vous croyez savoir ce que signifient les œuvres de cire. Mais vous avez tort. L'exposition de Madame Tussaud, du moins de nos jours, est l'œuvre d' *un bourgeois* pour une classe *bourgeoise* . Le musée Grévin contient l'œuvre d'artistes pour une nation d'artistes. De la cire, modelée et retouchée jusqu'à paraître aussi proche de la vie que la mort : voilà ce que l'on voit au Musée Grévin .

« Regardons le Musée Grévin », a déclaré Vincent. Il se souvenait du plaisir agréable que le Musée lui avait procuré et se demandait quel genre de frisson cela procurerait à son ami.

"Je déteste les musées", a déclaré Edward.

« Ce n'est pas un musée », a déclaré Vincent, et avec raison ; "ce ne sont que des travaux de cire."

"Très bien," dit Edward avec indifférence. Et ils sont partis. Ils atteignirent les portes du Musée dans le crépuscule gris-brun d'une soirée de février.

On marche dans un couloir étroit et nu, semblable à l'entrée des stalles du Standard Theatre, et la lumière du jour s'efface derrière soi, et l'on se retrouve dans une salle carrée, lourdement décorée, et affichant avec ses lumières électriques met en lumière Loie Fuller dans ses jupes plissées en accordéon, et une ou deux autres figures non conçues pour accélérer le pouls.

"Cela ressemble beaucoup à celui de Madame Tussaud", a déclaré Edward.

«Oui», dit Vincent; "n'est-ce pas?"

Puis ils traversèrent une arche et voici, une longue salle avec des groupes de cire ressemblant à des vitres – les *coulisses* de l'Opéra, Kitchener à Fachoda – cette dernière avec un fond désertique éclairé par quelque chose de convaincant comme la lumière du soleil du désert.

"Par jupiter!" dit Edward, "c'est très bien."

« Oui, » répéta Vincent ; "n'est-ce pas?"

L'intérêt d'Edward grandit. Les choses étaient si convaincantes, si presque vivantes. Étant donné le bon angle, leurs yeux de verre rencontraient les siens et semblaient échanger des regards univoques.

Vincent nous ouvrit la voie jusqu'à une porte cintrée marquée : « Galerie de la Révolution ».

Là, on voyait, presque dans le corps vivant et souffrant, la pauvre Marie-Antoinette en prison au Temple, son petit fils sur son lit de haillons, les rats mangeant dans son plateau, le brutal Simon l'appelant par la fenêtre grillagée ; on entendait presque dire : « Ho la, petit Capet, tu dors ?

On voyait Marat saigner dans son bain — la courageuse Charlotte le regardait — jusqu'au carrelage de la salle de bains, aux vitres des fenêtres avec, dehors, le même soleil, semblait-il, de 1793, en ce « soir jaune de juillet, le le treize du mois.

Les spectateurs ne se déplaçaient pas sur la place publique parmi les personnages en cire. Ils regardaient par les portes ouvertes dans des pièces où l'histoire semblait revivre. Les pièces étaient éclairées chacune par son propre soleil, ou lampe, ou bougie. Les spectateurs marchaient parmi des ombres qui auraient pu opprimer une personne nerveuse.

« Bien, hein ? » dit Vincent.

«Oui», dit Edward; "c'est merveilleux."

Un détour de coin les conduisit à une pièce. Marie-Antoinette évanouie, soutenue par ses dames ; le pauvre gros Louis près de la fenêtre, l'air littéralement malade.

"Qu'est-ce qu'ils ont tous ?" » dit Edward.

«Regardez par la fenêtre», dit Vincent.

Il y avait une fenêtre dans la pièce. Dehors, il y avait du soleil — le soleil de 1792 — et, là, luisant, les cheveux blonds flottants, la bouche rouge entrouverte, ce qui semblait être la tête à peine coupée d'une belle femme. Il était élevé sur une pique, de sorte qu'il semblait regarder par la fenêtre.

"Je dis!" » dit Edward, et la tête sur la pique semblait se balancer sous ses yeux.

« Madame de Lamballe . C'est une bonne chose, n'est-ce pas ? dit Vincent.

"C'est vraiment trop une bonne chose", dit Edward. "Ecoute ici, j'en ai assez de ça."

« Oh, il faut juste voir les Catacombes », dit Vincent ; « Rien de sanglant, tu sais. Seuls les premiers chrétiens étaient mariés et baptisés, et tout ça.

Il nous conduisit, en descendant quelques marches maladroites, jusqu'aux caves que le génie d'un grand artiste a transformées en l'exacte ressemblance des anciennes catacombes de Rome. La même taille grossière de roche, les mêmes symboles sacrés gravés avec force et simplicité ; et parmi les arches de ces terriers souterrains , la vie des premiers chrétiens, leurs sacrements, leurs joies, leurs peines, le tout exprimé dans des groupes de cire aussi semblables à la vie que la mort.

"Mais c'est très bien, vous savez", dit Edouard en reprenant son souffle après Madame de Lamballe , et son imagination aimait la pensée des nobles souffrances et des abstentions de ces premiers amants du Christ crucifié.

« Oui, » dit Vincent pour la troisième fois ; "n'est-ce pas?"

Ils ont passé le baptême, l'enterrement et le mariage. Les tableaux étaient suffisamment éclairés, mais peu de lumière s'égarait vers le passage étroit où marchaient les deux hommes, et l'obscurité semblait se presser, tangible comme une présence corporelle, contre l'épaule d'Edward. Il jeta un coup d'œil en arrière.

"Viens," dit-il, "j'en ai assez."

"Allez, alors," dit Vincent.

Ils tournèrent le coin et une lueur de soleil italien frappa leurs yeux avec un éblouissement positif. Là se trouvait le Colisée, un étage sur l'autre de visages enthousiastes sous le ciel bleu de l'Italie. Ils étaient au niveau de l'arène . Dans l'arène, il y avait des croix ; d'eux tombaient des figures sanglantes. Sur le sable rôdaient des bêtes, des cadavres gisaient. Ils ont tout vu à travers les barreaux. Ils semblaient être à l'endroit où les victimes choisies attendaient leur tour, attendaient les lions et les croix, la palme et la couronne. A proximité d'Edward se trouvait un groupe : un vieil homme, une femme et des enfants. Il aurait pu les toucher avec sa main. La femme et l'homme regardaient avec une agonie de terreur droit dans les yeux d'un tigre hargneux, long de dix pieds, qui se dressait sur ses pattes arrière et les griffait à travers les barreaux. Seul le plus jeune enfant, inconscient de l'horreur, en rit au nez. Les soldats romains, impassibles dans leur vigilance militaire, gardaient le groupe des martyrs. Dans une cage basse à gauche, d'autres bêtes sauvages grimaçaient et semblaient grogner, sans nourriture. Dans la grille du large cercle de sable jaune, des lions et des tigres buvaient le sang des chrétiens. Tout près des barreaux, un grand lion suçait la poitrine d'un cadavre sur la face sanglante duquel s'imprimait clairement l'horreur de l'agonie.

"Bon dieu!" » dit Edward. Vincent lui prit brusquement le bras, et il sursauta avec ce qui ressemblait presque à un cri.

« Quel type nerveux tu es ! » » dit Vincent avec complaisance, tandis qu'ils retrouvaient la rue où étaient les lumières, le bruit des voix et le mouvement des êtres vivants, tout cela réchauffe et réveille des nerfs presque paralysés par la vie dans la mort de l'immobilité de cire.

"Je ne sais pas," dit Edward. « Prenons un vermouth, d'accord ? Il y a quelque chose d'étrange dans ces trucs en cire. Ils ressemblent à la vie, mais ils ressemblent bien plus à la mort. Et si ils déménageaient ? Je ne suis pas du tout sûr qu'ils ne bougent pas, quand toutes les lumières sont éteintes et qu'il n'y a personne. Il rit. "Je suppose que tu n'as jamais eu peur, Vincent?"

"Oui, je l'étais autrefois", dit Vincent en sirotant son absinthe. « Trois autres hommes et moi nous relayions par deux pour surveiller un homme mort. C'était une fantaisie de sa mère. Notre heure était écoulée et l'autre montre n'était pas venue. Alors mon gars, celui qui regardait avec moi, je veux dire, est allé les chercher. Je ne pensais pas que cela devrait me déranger. Mais c'était exactement comme tu le dis.

"Comment?"

«Eh bien, je n'arrêtais pas de penser : supposons que ça bouge, c'était tellement comme la vie. Et s'il avait bougé, ce serait bien sûr parce qu'il *était* vivant, et j'aurais dû être heureux, car cet homme était mon ami. Mais quand même, s'il avait bougé , je serais devenu fou.

«Oui», dit Edward; "C'est exactement ça."

Vincent a réclamé une deuxième absinthe.

— Mais un cadavre, c'est différent d'une œuvre en cire, dit-il. "Je ne peux pas comprendre que quiconque ait peur d' *eux* ."

"Oh, n'est-ce pas ?" Le mépris dans le ton de l'autre le piqua. "Je parie que tu ne passerais pas une nuit seul dans cet endroit."

"Je vous parie que je fais cinq livres!"

"Fait!" » dit Edward vivement. "Au moins, je le ferais si tu avais cinq livres."

"Mais j'ai. Je roule simplement. J'ai vendu ma Dejanira , tu ne le savais pas ? Mais je gagnerai votre argent, de toute façon. Mais *tu* ne pouvais pas le faire, vieil homme. Je suppose que tu ne surmonteras jamais cette frayeur enfantine.

"Tu pourrais te taire à ce sujet," dit brièvement Edward.

« Oh, il n'y a pas de quoi avoir honte ; certaines femmes ont peur des souris ou des araignées. Je dis, est-ce que Rose sait que tu es un lâche ?

« Vincent ! »

« Ne vous offensez pas, mon vieux. Autant appeler un chat un chat. Bien sûr, vous avez beaucoup de courage moral, et tout ça. Mais tu *as* peur du noir… et des œuvres de cire !

"Essayez-vous de vous disputer avec moi?"

« Le ciel dans sa miséricorde nous en préserve ; mais je parie *que tu* ne passerais pas une nuit au Musée Grévin et gardez la raison.

"Quel est l'enjeu ?"

"Tout ce que tu aimes."

"Faites en sorte que si je le fais, vous ne parlerez plus jamais à Rose - et qui plus est, que vous ne me parlerez plus jamais", dit Edward, chauffé à blanc, renversant une chaise alors qu'il se levait.

"Fait!" dit Vincent ; « mais tu ne le feras jamais. Gardez vos cheveux. En plus, tu es rentré chez toi.

« Je serai de retour dans dix jours. Je vais le faire alors, » dit Edward, et il partit avant que l'autre puisse répondre.

Puis Vincent, resté seul, resta assis, et, autour de sa troisième absinthe, se rappela comment, avant de connaître Edward, Rose lui avait souri ; plus que sur les autres, avait-il pensé. Il pensa à ses grands et beaux yeux, à ses joues églantines, aux courbes parfumées de ses cheveux, et puis et là le diable entra en lui.

Dans dix jours, Edward tenterait sans aucun doute de remporter son pari. Il essaierait de passer la nuit au Musée Grévin . Peut-être que quelque chose pourrait être arrangé avant cela. Si l'on connaissait bien les lieux ! Une petite frayeur ferait bien l'affaire d'Edward, car il était l'homme à qui le dernier regard de Rose avait été adressé.

Vincent dînait légèrement, mais avec un soin consciencieux – et tout en dînant, il réfléchissait. On pourrait faire quelque chose en attachant une ficelle à l'une des figures et en la faisant bouger, alors qu'Edward traversait cette nuit impossible parmi les effigies qui ressemblent si bien à la vie, si semblables à la mort. Quelque chose qui n'était pas le diable a dit : « Vous pourriez l'effrayer jusqu'à lui faire perdre la tête. » Et le diable répondit : « C'est absurde ! fais-lui du bien. Il ne devrait pas être une telle écolière.

Quoi qu'il en soit, les cinq livres pourraient aussi bien être gagnées ce soir que n'importe quel autre soir. Il prendrait un grand manteau, dormirait profondément dans le lieu des horreurs, et les gens qui l'ouvriraient le matin pour balayer et épousseter témoigneraient qu'il y avait passé la nuit. Il pensait pouvoir compter sur l'amour des Français pour le pari sportif pour lui éviter tout ennui avec les autorités.

Il entra donc parmi la foule et chercha parmi les œuvres de cire un endroit où se cacher. Il n'avait pas du tout peur de ces images sans vie. Il avait toujours su contrôler ses tremblements nerveux. Il n'avait même pas peur d'avoir peur, ce qui est d'ailleurs la pire de toutes. En regardant la chambre du pauvre petit Dauphin, on aperçoit une porte à gauche. Elle s'ouvre hors de la pièce sur le noir. Il y avait peu de monde dans la galerie. Vincent regardait et, au moment où il était seul, il franchit la barrière et franchit cette porte. Un passage étroit courait derrière le mur de la pièce. Ici il se cachait, et quand la galerie fut déserte, il regarda à travers le corps du petit Capet vers les geôliers à la fenêtre. Il y avait aussi un soldat à la fenêtre. Vincent s'amusait à imaginer que ce soldat pourrait contourner le passage au fond de la salle et lui taper sur l'épaule dans l'obscurité. Seules la tête et les épaules du soldat et du geôlier étaient visibles, donc, bien sûr, ils ne pouvaient pas marcher, même s'il s'agissait de quelque chose qui n'était pas de la cire.

Bientôt, il suivit lui-même le couloir et se dirigea vers la fenêtre où ils se trouvaient. Il a découvert qu'ils avaient des jambes. Il s'agissait de personnages grandeur nature habillés entièrement du costume de l'époque.

« Bien que les mendiants soient, même dans les parties qui ne se montrent pas, des artistes, ma parole », dit Vincent, et il retourna vers sa porte, pensant aux sculptures cachées derrière les chapiteaux des cathédrales gothiques.

Mais l'idée du soldat qui pourrait le suivre dans le noir lui restait à l'esprit. Même si quelques visiteurs se promenaient encore dans la galerie, l'heure de fermeture approchait. Il supposait qu'il ferait alors assez sombre. Et maintenant qu'il s'était laissé amuser par l'idée de quelque chose qui allait se glisser derrière lui dans l'obscurité, il était peut-être nerveux dans ce passage par lequel, si les œuvres de cire pouvaient bouger, le soldat aurait pu passer.

"Par jupiter!" dit-il, on pourrait facilement s'effrayer en s'imaginant des choses. Supposons qu'il y ait un chemin éloigné des toilettes de Marat et qu'à la place du soldat, Marat sorte de son bain avec ses serviettes mouillées tachées de sang et les tamponne sur votre cou.

La fois suivante, la galerie fut vide, il sortit en rampant. Non pas parce qu'il était nerveux, se dit-il, mais parce que c'était possible, et parce que le passage était rempli de courants d'air et qu'il avait l'intention de dormir.

Il descendit les marches des Catacombes, et ici il se dit la vérité.

"Se débarrasser de!" il a dit : « J'étais *nerveux* . Cet idiot d'Edward a dû m'infecter. Des influences mesmériques, ou quelque chose comme ça.

« Jetez-le et rentrez chez vous », a déclaré Commonsense.

"Je suis damné si je le fais!" dit Vincent.

Il y avait en ce moment pas mal de monde dans les Catacombes, des gens vivants. Il suçait la confiance de leur proximité et allait et venait à la recherche d'une cachette.

À travers des arches taillées dans la roche, il aperçut une scène d'enterrement : un cadavre sur une bière entouré de personnes en deuil ; un grand pilier coupait la moitié de la silhouette immobile et allongée. Tout cela était calme et sans émotion comme un oléographe de l'École du Dimanche. Il attendit que personne ne soit à proximité, puis se faufila rapidement parmi le groupe en deuil et se cacha derrière le pilier. Surprenant – et réconfortant aussi – de trouver là une chaise simple et précipitée, sans doute prévue pour le repos des fonctionnaires fatigués. Il s'y assit, réconforta sa main avec les lignes banales des barreaux et du dossier. Une silhouette de cire enveloppée juste derrière lui, à gauche de son pilier, l'inquiétait un peu, mais le cadavre le laissait impassible comme lui-même. Un bien meilleur endroit que ce passage rempli de courants d'air où le soldat avec ses jambes ne cessait de s'immiscer dans l'obscurité qui se trouve toujours derrière soi.

Les gardiens parcouraient les passages pour donner des ordres. Un silence tomba. Et puis, tout à coup, toutes les lumières se sont éteintes.

"Tout va bien", dit Vincent, et il se ressaisit pour dormir.

Mais il semblait avoir oublié à quoi ressemblait le sommeil. Il fixait fermement ses pensées sur des choses agréables : la vente de son tableau, les danses avec Rose, les joyeuses soirées avec Edward et les autres. Mais les pensées se précipitaient autour de lui comme des grains de soleil dans un rayon de soleil ; il ne pouvait en retenir une seule, et tout à coup il lui sembla qu'il avait pensé à toutes les choses agréables qui lui étaient jamais arrivées, et que maintenant, s'il y pensait, il doit penser aux choses qu'on a le plus envie d'oublier. Et il y aurait du temps, au cours de cette longue nuit, pour réfléchir à beaucoup de choses. Mais maintenant, il se rendait compte qu'il ne pouvait plus penser.

L'effigie drapée juste derrière lui l'inquiétait encore. Il avait essayé, au fond de son esprit, derrière les autres pensées, d'étouffer cette pensée. Mais c'était là, tout près de lui. Supposons qu'il étende sa main, sa main de cire, et qu'il le touche. Mais elle était en cire : elle ne pouvait pas bouger. Non bien sûr que non. Mais supposons que ce *soit le cas* ?

Il rit à voix haute, d'un rire court et sec qui résonna dans les voûtes. L'effet réconfortant du rire a peut-être été surestimé. Quoi qu'il en soit, il ne rit plus.

Le silence était intense, mais c'était un silence chargé de bruissements, de respirations et de mouvements que son oreille, tendue à l'extrême, ne pouvait tout simplement pas entendre. Supposons, comme Edward l'avait dit, que lorsque toutes les lumières soient éteintes, ces choses bougent. Un cadavre était une chose qui avait bougé – étant donné une certaine condition – la Vie. Et s'il existait une condition permettant à ces choses de bouger ? Et si de telles conditions étaient réunies maintenant ? Et si tous, Napoléon blancjaune de son sommeil de mort, les bêtes de l'Amphithéâtre, le sang qui dégoulinait de leurs mâchoires, ce soldat aux jambes, s'approchaient tous de lui dans ce silence complet ? Ces masques mortuaires de Robespierre et de Mirabeau pourraient flotter dans les ténèbres jusqu'à toucher son visage. Cette tête de madame de Lamballe sur la pique pourrait lui être lancée derrière le pilier. Le silence était palpitant de sons qu'on ne pouvait pas vraiment entendre.

« Espèce d'imbécile, se dit-il, votre dîner vous a profondément déplu. Ne sois pas un con. Le tout n'est qu'un ensemble de grosses poupées.

Il chercha ses allumettes et alluma une cigarette. La lueur de l'allumette tomba sur le visage du cadavre devant lui. La lumière était brève et il semblait, d'une manière ou d'une autre, impossible de regarder, avec cette lumière, dans tous les coins où l'on aurait souhaité regarder. L'allumette lui brûla les doigts en s'éteignant ; et il ne restait plus que trois matches dans la surface.

Il faisait à nouveau sombre, et l'image laissée dans l'obscurité était celle du cadavre devant lui. Il pensa à son ami décédé. Quand la cigarette fut éteinte, il pensa de plus en plus à lui, jusqu'à ce qu'il lui sembla ce qui gisait sur la bière n'était pas de la cire. Sa main s'avança et recula plus d'une fois. Mais il finit par le faire toucher le cercueil et, à travers l'obscurité, il remonta le long d'un bras maigre et rigide jusqu'au visage de cire qui gisait là, si immobile. Le contact n'était pas rassurant. C'est exactement ainsi, et pas autrement, que le visage de son ami décédé était ressenti, jusqu'au dernier contact de ses lèvres : froid, ferme, cireux. Les gens disaient toujours que les morts étaient « cireux ». Comme c'était vrai ! Il n'y avait jamais pensé auparavant. Il y pensait maintenant.

Il était assis immobile, si immobile que tous ses muscles lui faisaient mal, car si vous souhaitez entendre les sons qui infestent le silence, vous devez en effet être très immobiles. Il pensa à Edward et à la ficelle qu'il avait voulu attacher à l'un des personnages.

« Ce ne serait pas nécessaire », se dit-il. Et ses oreilles lui faisaient mal à force d'écouter – d'écouter le son qui, semblait-il, *devait* enfin sortir de ce silence encombré.

Il n'a jamais su combien de temps il était resté là. Se déplacer, monter, frapper à la porte et crier pour sortir, cela aurait pu se faire si l'on avait eu une lanterne, ou même une boîte d'allumettes pleine. Mais dans le noir, sans connaître les détours, se frayer un chemin parmi ces choses qui ressemblaient tant à la vie et pourtant ne vivaient pas, toucher, peut-être, ces visages qui n'étaient pas morts et pourtant ressemblaient à la mort. Son cœur battait fort dans sa gorge à cette pensée.

Non, il doit rester assis jusqu'au matin. Il avait été hypnotisé dans cet état, se dit-il, par Edward, sans aucun doute ; ce n'était pas naturel pour lui.

Puis soudain, le silence fut brisé. Dans le noir, quelque chose bougeait. Et, après ces bruits dont grouillait le silence, le bruit lui parut tonitruant. Pourtant, ce n'était qu'un tout petit bruit, juste le bruissement d'une draperie, comme si quelque chose s'était retourné dans son sommeil. Et il y eut un soupir, non loin de là.

Les muscles et les tendons de Vincent se contractèrent comme du fil de fer finement étiré. Il a écouté. Il n'y avait plus rien : seulement le silence, le silence épais.

Le bruit semblait provenir d'une partie du caveau où, autrefois, quand la lumière était présente, il avait vu creuser une tombe pour le corps d'une jeune martyre.

«Je vais me lever et sortir», dit Vincent. « J'ai trois matches. Je suis devenu fou. Je serai vraiment nerveux à l'heure actuelle si je ne fais pas attention.

Il se releva, craqua une allumette, refusa à ses yeux la vue du cadavre dont il avait palpé le visage de cire dans l'obscurité, et se fraya un chemin à travers la foule des personnages. Au rythme du match, ils semblaient lui céder la place, tourner la tête pour s'occuper de lui. Le match dura jusqu'à ce qu'il atteigne un détour du passage creusé dans le roc. Son prochain match lui montra la scène de l'enterrement : le petit corps maigre du martyr, paume dans la main, allongé sur le sol rocheux en attente patiente, le fossoyeur, les personnes en deuil. Certains debout, certains à genoux, un accroupi au sol.

C'était de là que venait ce bruit, ce bruissement, ce soupir. Il avait pensé qu'il s'en éloignait : au lieu de cela, il était arrivé directement au point où, le cas échéant, ses nerfs pourraient probablement lui donner tort.

"Bah!" dit-il, et il le dit à haute voix, « les bêtises ne sont que de la cire. Qui a peur ? Sa voix résonnait fort dans le silence qui habite les gens de cire. « Ce ne sont que de la cire », répéta-t-il en touchant du pied, avec mépris, la silhouette accroupie dans le manteau.

Et, tandis qu'il le touchait, il relevait la tête et le regardait d'un air absent, et ses yeux étaient mobiles et vivants. Il recula contre un autre personnage et abandonna le match. Dans la nouvelle obscurité, il entendit la silhouette accroupie se diriger vers lui. Puis les ténèbres l'entourèrent de très près.

« Qu'est-ce qui a rendu fou ce pauvre Vincent : tu ne me l'as jamais dit ? Rose posa la question. Elle et Edward regardaient les pins et les tamaris, de l'autre côté de la Méditerranée bleue. Ils étaient très heureux, car c'était leur lune de miel.

Il lui a parlé du Musée Grévin et le pari, mais il n'en a pas précisé les termes.

« Mais pourquoi pensait-il que tu aurais peur ?

Il lui a dit pourquoi.

"Et après, que s'est-il passé?"

«Eh bien, je suppose qu'il pensait qu'il n'y avait pas de meilleur moment que le présent - pour ses cinq livres, vous savez - et il s'est caché parmi les usines de cire. Et j'ai raté mon train, et *j'ai* pensé qu'il n'y avait pas de meilleur moment que le présent. En fait, chérie, je pensais que si j'attendais , j'aurais le temps de m'assurer que tout allait bien, alors je me suis caché là aussi. Et j'ai mis mon gros capuchon noir et je me suis assis dans un des groupes de cire : on ne me voyait pas du passage où l'on marche. Et après qu'ils aient éteint les lumières, je me suis simplement endormi ; et je me suis réveillé — et il y avait une lumière, et j'ai entendu quelqu'un dire : « Ce ne sont que de la cire », et c'était Vincent. Il pensait que j'étais un homme de cire, jusqu'à ce que je le regarde ; et j'imagine qu'il pensait déjà que j'étais l'un d'eux, le pauvre type. Et son allumette s'est éteinte, et pendant que je cherchais ma liseuse ferroviaire que j'avais approchée de moi, il s'est mis à crier, et le veilleur de nuit est arrivé en courant. Et maintenant, il pense que tout le monde dans l'asile est fait de cire, et il crie s'ils s'approchent de lui. Ils doivent mettre sa nourriture à côté de lui pendant qu'il dort. C'est horrible. Je ne peux m'empêcher de penser que c'était de ma faute, d'une manière ou d'une autre.

" Bien sûr que non", a déclaré Rose. « Pauvre Vincent ! Savez-vous que je ne l'ai jamais *vraiment* aimé. Il y eut une pause. Puis elle dit : « Mais comment se fait-il que *tu* n'aies pas eu peur ?

«J'étais», dit-il, «horriblement effrayé. Je… je… ça paraît idiot, mais j'ai d'abord pensé que je devrais devenir fou – je l'ai vraiment fait : et pourtant j'ai *dû* aller jusqu'au bout. Et puis je suis tombé sur les personnages des gens dans les Catacombes, les gens qui sont morts pour–pour des choses, vous ne savez pas, qui sont morts de manière si horrible. Et ils étaient là, si calmes – et croyant que tout allait bien. Et j'ai pensé à ce qu'ils avaient vécu. Cela semble horrible, je sais, ma chérie, mais je suppose que j'avais sommeil. Ces gens de cire, ils semblaient en quelque sorte vivants et me disaient qu'il n'y avait pas de quoi avoir peur. J'avais l'impression d'être l'un d'entre eux, et ils étaient tous mes amis, et ils me réveillaient si quelque chose n'allait pas, alors je me suis endormi.

«Je pense que je comprends», dit-elle. Mais elle ne l'a pas fait.

« Et ce qui est étrange, poursuivit-il, c'est que depuis, je n'ai plus jamais eu peur du noir. Peut-être que le fait qu'il m'ait traité de lâche y est pour quelque chose.

«Je ne pense pas», dit-elle. Et elle avait raison. Mais elle n'aurait jamais compris comment, ni pourquoi.

III

L'ÉTRANGER QUI AURAIT PU ÊTRE OBSERVÉ

"Le voilà, n'est-il pas tout simplement détestable !" Elle parla brusquement, après un silence plus long que celui qui lui était habituel ; elle était fatiguée et sa voix était une note ou deux au-dessus de sa tonalité habituelle. Elle rougit, d'un rose profond d'agacement intense, tandis que le jeune homme traversait le long quai parmi la foule d'hommes de la ville et de dactylographes, attendant patiemment que le train en retard leur permette de rentrer du travail.

« Oh, tu penses qu'il a entendu ? Oh, Molly, je crois que oui !

"Absurdité!" » dit vivement Molly, « bien sûr que non. Et je dois dire que je ne pense pas qu'il soit si mauvais. S'il n'avait pas l'air aussi bouddeur , il ne serait pas *vraiment* mauvais. Si ses sourcils n'étaient pas noués, je pense qu'il aurait l'air trop affreusement mignon pour quoi que ce soit.

« Il est exactement comme le modèle polonais que nous avions la semaine dernière. Oh, Molly, il revient.

de nouveau les deux filles. Son expression n'était certainement pas aimable.

« Depuis combien de temps le connaissez-vous ? » demanda Molly.

« Je *ne* le connais pas. Je vous dis que je ne le vois que sur le quai de Mill Vale. Lui et moi semblons être les seules personnes – les seules personnes honnêtes – à avoir découvert la nouvelle station. Il monte tous les jours par le 9.1, et moi aussi. Et le train est toujours en retard, donc nous avons le quai et le bureau de réservation pour nous seuls. Et là, nous sommes assis, debout ou marchons, matin après matin, comme deux cochons coincés dans un creux de silence.

« Ne mélangez pas vos métaphores, même si vous avez failli l'emporter avec le creux, je l'avoue. Les porcs coincés ne marchent pas, ni dans les auges, ni ailleurs.

"Eh bien, tu vois ce que je veux dire——"

« Mais que veux-tu que ce malheureux fasse ? Il ne peut pas vous parler : ce ne serait pas convenable...

« Bien, pourquoi pas ? Nous sommes des êtres humains, pas des bêtes sauvages. Au moins, je suis un être humain.

"Et c'est une bête, je vois."

«J'aurais aimé être un homme», a déclaré Nina. « Le voilà de nouveau. Son nez remonte encore d'un demi-pouce à chaque fois qu'il me dépasse. Pourquoi doit-il être si supérieur ? Si j'étais un homme, je passerais certainement le temps de la journée avec un semblable si j'étais condamné à passer de dix à quarante minutes avec lui six jours sur sept.

« Je suppose qu'il a peur que tu veuilles l'épouser. Mon frère Cecil dit que les hommes ont toujours horriblement peur à ce sujet.

"Ton frère Cecil!" dit Nina avec mépris. "Oui; C'est exactement le genre de chose que le frère de n'importe qui, Cecil, *dirait* . Il me méprise simplement parce que je passe troisième. Lui aussi ne passe que deuxième. Voici le train… »

de voyage de Nina , s'écoulait comme un ruisseau bavard au pied des grands rochers, s'occupait des vieux maîtres italiens, de la peinture comme mission et des objectifs. of Art - parcourant actuellement des paysages plus plats et contournant la perspective, les raccourcis, les tons, les valeurs mises en valeur et le zézaiement absurde du professeur d'anatomie.

Arrivés à Mill Vale, les étudiants de Slade sautèrent de leur voiture pour faire face à un vent qui balayait des rideaux de pluie gris sur toute la longueur sombre de la plate-forme.

"Et nous n'avons pas même une nervure de parapluie entre nous", soupira Molly, mettant son mouchoir blanc sur le "meilleur" chapeau qui signalait son samedi au lundi avec son amie. « Vous avez raison : cet homme est un cochon. Il y va avec un parapluie assez grand pour nous trois. Oh, c'est dommage ! Il le pose, il s'enfuit. Il court plutôt bien. Il ressemble exactement aux acteurs du Discobole dans la Salle Antique.

« Seulement ses manières n'ont pas ce repos qui marque le casting. Allez, ne reste pas à le regarder comme ça. Nous ferions mieux de courir aussi.

« Il pensera que nous lui courons après. Oh frere--"

Un moment d'indécision, et Nina avait retourné sa jupe par-dessus sa tête, et tous deux coururent chez eux vers les petites pièces où vivait Nina, dans la maison d'une vieille servante. Nina n'avait pas de monde de relations : elle était seule. Dans le monde de l'Art, elle avait de nombreux amis et, dans le monde de l'Art, elle entendait laisser sa marque. Pour le moment, elle se contentait de préparer le thé, puis de poser les pieds sur le pare-chocs pour une soirée douillette .

« L'avez-vous vu sortir de l'église ? Nina a demandé le lendemain. "Il avait l'air plus boudeur que jamais."

"Je ne comprends pas pourquoi tu te soucies de lui", dit l'autre fille. « Il n'est pas vraiment intéressant. Comment l'appelles-tu ?

"Rien."

«Eh bien, tout a un nom, même un pudding. *Je* lui ai tout de suite fait un nom. C'est « l'étranger qui aurait pu être observé… »

Ils rigolent. Après le dîner matinal, ils allèrent se promener. Aucune de vos promenades, mais huit bons kilomètres réguliers. En rentrant à la maison, ils rencontrèrent l'étranger : puis ils reparlèrent de lui. Car, bon lecteur, je ne peux vous cacher qu'il y a beaucoup de filles qui pensent et parlent des jeunes hommes, même lorsqu'elles ne leur ont pas été présentées. Pas des filles très gentilles comme vous, cher lecteur, mais des filles ordinaires, banales, qui n'ont pas votre nature délicate et qui, en réalité, éprouvent parfois un sentiment d'intérêt passager , même pour les personnes dont elles ne connaissent pas les noms.

Le lendemain matin, ils l'ont vu à la gare. Le 9.1 a pris le mors aux dents et, au lieu d'être, comme d'habitude, le quelque chose de 9.30, il est devenu simplement le 9.23. Ainsi, pendant une vingtaine de minutes, l'étranger non seulement aurait pu être, mais aurait été observé par quatre yeux brillants et critiques. Je ne veux pas dire que mes filles me regardaient fixement, bien sûr. Peut-être ne savez-vous pas qu'il existe des moyens d'observer les étrangers autrement que par le regard direct. Il avait l'air plus boudeur que jamais : mais il avait aussi des yeux. Pourtant, lui aussi était loin de le regarder, si loin que Nina, indignée, éclata dans un murmure distrait : « Voilà ! tu vois! Je ne suis pas assez important pour qu'il perçoive mon existence. Je m'attends toujours à ce qu'il me marche dessus. Je me demande s'il s'excuserait lorsqu'il découvrirait que je n'étais pas le paillasson de la gare ?

L'étranger haussa tout seul les épaules dans sa voiture de seconde classe lorsque le train fut parti.

« 'Tout simplement détestable !' Mais comme on parle de prose sans le savoir, sur toute la ligne ! Comment ai-je pu entrer suffisamment dans son champ de vision pour me distinguer par une épithète ! Et pourquoi celui-ci ? Détestable!"

L'épithète, aussi distinctive soit-elle, semblait manquer de charme.

À la gare de Cannon Street, l'étranger avait l'air plus boudeur que Nina ne l'avait jamais vu. Elle l'a dit, ajoutant : « Que je ne l'ai jamais vu ? Oh, j'erre. Il a l'air plus boudeur que je n'en ai jamais vu – plus boudeur que je n'aurais jamais cru possible. Cochon--"

Tout au long de la semaine, la peinture à l'école et le travail en noir et blanc le soir remplissaient l'esprit de Nina à l'exclusion même des étrangers qui pourraient, dans des moments plus tranquilles, sembler dignes d'être observés. Elle était bien sûr consciente de la présence du boudeur sur les quais, mais parler de lui à Molly était d'une certaine manière plus amusant que simplement penser à lui. Quand il s'agissait de penser, les choses réelles et sérieuses de la vie – le Sketch Club, la chance de remporter le Melville Nettleship Prize, la hideur complexe des os et des muscles – prenaient le terrain et le conservaient, contre les étrangers comme contre les connaissances.

Samedi, tournant la page gribouillée de cette semaine vers la page belle et claire de la semaine prochaine, ramena l'étrangère à ses pensées et à ses yeux désormais non obscurcis par les réalités proches.

Il la croisa sur le quai, une douzaine de bouquets de violettes à la main.

Dehors, sur le pont ferroviaire, les lampes rouges et vertes brillaient faiblement à travers d'épais flots de brouillard jaune. Le quai était bondé, le train en retard. Quand enfin il entra lentement, la foule se précipita vers lui. Les voitures de troisième classe furent remplies à l'instant. Nina se précipita sur le quai, scrutant les wagons de deuxième classe. Plein également.

Alors le garde lui ouvrit la voie vers le paradis en tissu bleu d'une voiture de première classe ; et, juste au moment où le train donnait le frémissement de dégoût qui annonce son départ honteux et réticent, la porte s'ouvrit de nouveau et le gardien fit entrer un autre voyageur — « l'étranger qui pourrait… » bien sûr. La porte claqua, le train s'éloigna d'un air décidé et vif. A cent mètres du quai, il s'est arrêté net.

Il n'y avait aucun autre voyageur dans cette voiture. Après une dizaine de minutes d'arrêt du train, l'inconnu se leva et passa la tête par la portière. A cet instant, le train décida de repartir. Il le fit brusquement et, épuisé par l'effort, s'arrêta après une demi-douzaine de mètres avec un coup de frein si puissant que l'étranger fut projeté de côté contre Nina, et son coude faillit lui faire tomber son chapeau.

Il leva la sienne en guise d'excuse, mais il ne parla même pas.

« Le misérable ! » dit Nina avec chaleur ; il aurait pu au moins me demander pardon.

L'étranger se rassit et commença à lire le *Spectateur* . Nina n'avait pas de papiers. Le train avançait de quelques centimètres, et le jaune rougissant du brouillard ressemblait à une couverture de charité pressée contre chaque fenêtre. Trois des bouquets de violettes tremblèrent, vibrèrent et glissèrent, le train repartit et tombèrent sur le plancher du wagon. Nina les regardait trembler dans une agonie d'irritation provoquée par le brouillard, le retard et le silence persistant de son compagnon. Quand les fleurs tombèrent, elle parla.

« Vous avez laissé tomber vos fleurs », dit-elle. Encore une révérence, une révérence silencieuse, et les fleurs furent ramassées.

"Oh, je suis désespéré!" » Dit Nina intérieurement. « Il doit être fou – ou stupide – ou avoir fait vœu de silence – je me demande lequel ?

Le train n'était pas encore arrivé à la gare suivante, bien qu'il ait quitté la dernière près d'une heure auparavant.

"Lequel est-ce? Fou, idiot ou moine ? Je *vais* savoir. Eh bien, c'est sa propre faute ; il ne devrait pas être si agaçant. Je vais lui parler. J'ai fais mon choix."

Dans l'intervalle entre la décision et l'action, le train, dans un bref accès d'énergie nerveuse, traversa une gare et s'arrêta un bon bout de ligne, épuisé par l'effort.

L'étranger avait posé son *Spectator* et regardait le brouillard d'un air sombre.

Nina inspira profondément et dit, du moins elle faillit dire : « Quel affreux brouillard !

Mais elle s'est arrêtée. Cela semblait un début ennuyeux. Si elle disait cela, il penserait qu'elle est banale, et elle avait cette conscience intérieure, accordée avec miséricorde même aux plus ennuyeux d'entre nous, d'être vraiment plutôt gentille et pas du tout banale. Mais que doit-elle dire ? Si elle disait quelque chose sur la couleur du brouillard et sur Turner ou Whistler, cela pourrait être révélateur, mais ce serait à propos du magasin qui fait du shopping . Si elle commençait à parler de livres – c'est ce que suggérait le *Spectator* – elle resterait comme une idiote avouée. Si elle parlait de politique, elle serait une imposteuse ignorante qui serait vite révélée. Si… Mais Nina sortit sa montre et résolut : « Quand la petite aiguille arrivera à la pièce de monnaie, je *parlerai* . Quoi que je dise, je dirai quelque chose. »

Et quand la grosse main arriva au quart, Nina parla.

"Pourquoi ne devrions-nous pas parler?" dit-elle.

Il la regarda ; et il semblait lutter silencieusement contre une émotion trop profonde pour être exprimée.

« C'est tellement idiot de rester ici comme des muets », poursuivit Nina précipitamment – un peu effrayée, maintenant elle avait commencé, mais plus que déterminée à ne pas avoir peur. « Si nous étions à un bal , nous ne nous connaîtrions pas plus qu'aujourd'hui – et il faudrait alors qu'on se parle. Pourquoi pas maintenant ?

Alors l'étranger parla, et à la première phrase, Nina comprit exactement quelle raison avait décidé l'étranger à ne pas parler. Et pourtant, c'était désormais le cas. S'il s'agissait d'une œuvre de fiction , je n'oserais pas prétendre que le train a mis plus de deux heures pour arriver à Mill Vale. Mais pour établir clairement les faits, il faut dire la vérité. Le train a mis exactement deux heures et cinquante minutes pour parcourir les onze milles entre Londres et Mill Vale. Après cette première question et réponse, Nina et l'inconnu ont parlé tout le long du trajet.

Il l'accompagna jusqu'à la porte de son logement, et elle lui tendit la main sans cet instant d'hésitation qui eût été naturel à toute héroïne, car elle avait débattu la question de cette poignée de main depuis la gare et s'était réconciliée . son esprit au moment où ils atteignaient l'église, à deux pas de chez elle. Quand la porte se referma sur elle, il retourna lentement au cimetière déposer ses violettes sur une tombe. Nina les y vit le lendemain en sortant de l'église. Elle le vit aussi, lui fit une révérence et un tout petit sourire, puis se détourna rapidement. L'arc signifiait : « Vous voyez, je ne vais pas vous parler. Tu ne dois pas penser que je veux toujours te parler. Le sourire signifiait : « Mais il ne faut pas penser que je suis en colère. Je ne suis pas… seulement… »

Le lendemain, dans la « salle de séjour » chaude et étouffante du Slade, Molly taquinait avec de la chapelure mal avisée un bras désespérément mal tiré, et bavardait doucement avec Nina, qui, dans la solitude du samedi, avait tiré son chevalet derrière « l'âne » de son amie. .» « Tout va très bien ici quand vous entrez pour la première fois, mais quand vous *avez* chaud, oh mon Dieu, comme vous avez chaud ! Pourquoi les mannequins veulent-ils de telles salles d'ébullition ? Pourquoi ne peuvent-ils pas être trempés dans de l'alun ou de la myrrhe ou quelque chose pour durcir leur peau idiote afin qu'ils ne craignent pas une bouffée d'air décent ? Et je crois que le modèle est déformé – elle vient certainement de là où je viens. Oh, regarde mon bras ! Je vous le demande un peu : regardez cette chose bestiale. Raccourci ainsi, il ressemble à un filet de veau auquel est attachée une livre de saucisses en guise de main. Oh, ma propre et unique Nina, sauvez le navire qui coule !

"Cela devrait plutôt se passer comme *ça* ", dit Nina avec un pinceau indicatif, "et ne pas continuer à effacer si violemment. Tu vas être paralysé à cause du pain, c'est une maladie, tu sais. J'ai entendu Tonks te le dire l'autre jour seulement… »

« C'est plutôt une bonne phrase : je me demande où il l'a eu ? Il était plutôt gentil ce jour-là », a déclaré Molly. « Oh, ce bras ! Ce n'est pas bon… je crois que le modèle a bougé… je vous le dis, il le *faut* . Plus de pain. Nina se résorbe dans sa toile. « Le vôtre arrive bien. Que vous arrive t-il aujourd'hui? Tu es très souris. L'« étranger qui pourrait » s'est-il montré plus renfrogné que d'habitude ? Ou as-tu mal à la tête ? Je suis sûr que cette atmosphère suffit à vous faire. L'avez-vous vu ce matin ? Vous êtes-vous déjà évanoui à ses pieds ? A-t-il cédé en matière de parapluies ? Je suis sûr qu'il n'a pas pu passer toute la semaine sans un acte de mauvaise humeur.

Nina se pencha en arrière et regarda à travers les yeux mi-fermés la belle forme et le visage stupide du modèle.

«Je suis descendue dans la même voiture avec lui jeudi», dit-elle lentement.

"Tu l'as fait? S'est-il précipité dans la troisième classe, où des anges comme lui devraient craindre de mettre les pieds ?

« Il y avait du brouillard. Les tiers sont tous pleins, et les secondes aussi. Le garde nous a regroupés tous les deux et le train a démarré – et il a fallu trois ou quatre heures pour descendre.

« Y a-t-il d' autre dans la voiture ?

"Pas même une souris."

"Qu'est-ce *que* tu as fait?"

"Faire? "Que pouvais-je faire?" Nous nous sommes assis dans des coins opposés aussi loin que possible l'un de l'autre, échangeant occasionnellement des regards de haine mutuelle pendant environ une heure et demie. Il m'a renversé et m'a marché dessus une fois, et il a ôté son chapeau très poliment et m'a demandé pardon , mais il n'a jamais dit un mot. Il n'a même pas dit qu'il pensait que j'étais le paillasson. Et puis certains de ses choux sont tombés du siège.

" Bien sûr que ce n'étaient pas des chardons ? "

« Des légumes en quelque sorte. Et j'ai dit : « Vous avez laissé tomber vos… quels qu'ils soient. » Et il s'est incliné à nouveau en guise de remerciement, mais je suis sûr que je ne sais pas de quoi vous parlez. Laissez ce pain tranquille.

Molly, perdue dans l'intérêt du récit, émiettait le pain comme si le sol du salon était le repaire naturel des colombes et des moineaux.

"Bien?" dit-elle.

"Bien?" dit Nina.

« Pourquoi ne lui as-tu jamais demandé de monter ou de baisser la fenêtre, ou quelque chose du genre ? Je l'aurais fait… juste pour savoir s'il avait une voix.

« Cela n'aurait pas été bon. Il se serait contenté de s'incliner à nouveau, et j'en aurais eu assez pour tenir longtemps. Non : j'ai juste dit sans détour que nous étions un couple d'idiots assis là à nous regarder bouche bée, la langue tirée, et pourquoi diable ne devrions-nous pas parler ?

"Tu n'as jamais fait!"

« Ou des mots dans ce sens, en tout cas. Et puis il a dit… »

Une longue pause.

"Quoi?"

"Il m'a expliqué pourquoi il ne parlait jamais à des inconnus."

« Quelle gifle ! Pauvre… »

"Oh, il ne l'a pas dit comme *ça* , espèce d'idiot. Et c'était une très bonne raison.

"Qu'est-ce que c'était?"

Pas de réponse.

"Dites-moi exactement ce qu'il a dit."

"Il a dit: 'Je—je—je——' En tout cas, je suis satisfait, et j'aurais préféré que nous ne l'ayons pas traité de cochons et de bêtes, et des choses comme ça."

"Bien?"

"C'est tout."

« Tu ne vas pas me dire la raison ? Oh, très bien, vous me laissez deviner ? Bien sûr , il est évident qu'il est désespérément amoureux de vous et qu'il n'a jamais osé parler de peur de trahir sa passion. Mais, encouragé par vos avances… »

"Molly, continue avec ce bras et ne sois pas un vulgaire petit âne."

Molly obéit. Actuellement : « Cross-patch », dit-elle.

"Je ne le suis pas", a déclaré Nina, "mais je veux travailler et je t'aime mieux quand tu n'es pas vulgaire."

"Tu es très impoli."

« Non : seulement franchement. »

La fierté blessée de Molly, assiégée par sa curiosité, résista pendant cinq minutes. Puis : « Lui avez-vous beaucoup parlé ?

"Des tas."

"Jusqu'au bout?"

Pas de réponse.

"Est-ce qu'il est gentil?"

Silence.

"Est-il intelligent?"

"Je veux travailler."

« Eh bien, ce que je veux savoir, c'est, et ensuite je te laisserai tranquille : de quoi as-tu parlé ? Dites-le-moi et je ne poserai plus de questions.

« Nous avons parlé, » dit délibérément Nina en prenant un pinceau propre, « nous avons parlé de votre frère Cecil. Non, je ne vous dirai pas ce que nous avons dit, ni pourquoi nous avons parlé de lui, ni quoi que ce soit. Vous avez eu votre seule question, maintenant taisez-vous.

"Nina," dit calmement Molly, "si je ne t'aimais pas autant, je te détesterais."

"Cette certitude de l'autre a toujours été le fondement de notre estime mutuelle", dit calmement Nina.

Puis ils rirent et commencèrent à travailler sérieusement.

La prochaine fois que Molly a mentionné « l'étranger qui aurait pu être observé », Nina a ri et a déclaré : « Le sujet est interdit ; ça vous rend vulgaire.

"Et tu es désagréable."

« Alors il vaut mieux l'éviter. Le meilleur pour toi et le meilleur pour moi.

"Mais est-ce que tu le vois déjà maintenant?"

"À l'occasion. Il voyage toujours par le 9.1 et j'ai toujours l'usage de mes yeux.

« Est-ce qu'il vous parle parfois comme il l'a fait ce jeudi-là ?

"Non jamais. Et je ne vais pas te parler de lui, donc ce n'est pas bon. À votre tour de choisir un sujet. Vous ne le ferez pas ? Ensuite, ce sera mon tour. Quel long hiver c'est ! Il semble qu'il nous ait fallu des années pour passer de novembre à février ! »

Le temps est passé plus vite entre février et mai. C'est au moment où le pays s'habillait de vert et où les perles d'aubépine s'épanouissaient en petites roses dans les haies que la chance de Nina fut mise, par l'indiscrétion zélée d'un porteur trompé, dans un train express pour Beechwood... la mauvaise station, la mauvaise ligne.

L'« étranger qui aurait pu être observé », cette fois-ci, n'était pas observé, mais observateur. Il vit et reconnut l'erreur du portier, hésita un instant, puis sauta dans une voiture juste derrière la sienne. De sorte que lorsque, après un voyage rapide et mouvementé par la reconnaissance angoissante des visages fugaces des différentes gares où elle aurait pu changer et prendre son propre train, Nina arriva à Beechwood, la main de l'inconnu était prête à lui ouvrir la porte.

« Il n'y a pas de train depuis des lustres », dit-il d'un ton délibéré, presque hésitant. « Devrions-nous rentrer à pied ? Ce n'est qu'à six milles.

"Mais tu... tu ne vas pas quelque part ici ?"

« Non… je… je… j'ai vu le portier vous faire monter… et j'ai pensé… au moins… de toute façon, vous marcherez, n'est-ce pas ?

Ils marchèrent. Lorsqu'ils atteignirent Beechwood Common, il dit : « Ne veux-tu pas prendre mon bras ? Et elle l'a pris. Ses mains n'étaient pas gantées ; l'autre main était pleine de mai en argent et de jacinthes. Le soleil projetait des rayons d'or entre les bouleaux, à travers les ajoncs et la bruyère.

"Comme c'est beau!" dit-elle.

« Nous nous connaissons depuis trois mois, dit-il.

« Mais je vous ai vu tous les jours, et nous avons parlé pendant des heures et des heures dans ces trains éternels », dit-elle comme pour s'excuser.

« Je te vois tous les jours depuis plus longtemps que ça ; la première fois, c'était le 3 octobre.

« Envie de me souvenir de ça ! »

"J'ai une bonne mémoire."

Un silence.

Nina l'a cassé, pour répéter : "Comme c'est joli !" Elle savait qu'elle l'avait déjà dit, ou quelque chose comme ça, mais elle ne pensait à rien d'autre – et elle voulait dire quelque chose.

Il posa sa main sur la sienne alors qu'elle reposait sur son bras. Elle le regarda rapidement.

"Bien?" » dit-il, s'arrêtant pour la regarder dans les yeux et resserrant son fermoir sur sa main. « Es-tu désolé d'être venu à Beechwood ? »

"Non--"

« Alors sois heureux. Ma chérie, j'aimerais que tu sois un jour aussi heureuse que moi.

Puis ils repartirent, toujours avec sa main sur la sienne.

Nina et Molly étaient assises sur un casier, balançant leurs pieds et déjeunant dans le couloir Slade le lendemain. Nina fredonnait doucement dans sa barbe.

"Pourquoi es-tu si heureux tout d'un coup ?" » demanda Molly. "Vos trucs de club de croquis sont les pires que j'ai jamais vus, et le professeur vous a déprimé comme une centaine de briques ce matin."

"Je ne suis pas contente", dit Nina en détournant le regard de ce qui semblait à Molly un nouveau visage.

"Qu'est-ce que c'est alors?"

"Rien. Oh oui, au fait, je vais me marier.

"Pas *vraiment* ?"

"Vérifiez cette démonstration peu flatteuse d'incrédulité - je le suis."

« Vraiment et véritablement ? Et tu ne m'as jamais rien dit. Je déteste la ruse et le secret. Nina, qui est-ce ? Est-ce que je le connais?"

Nina a donné un nom.

« Je n'ai même jamais entendu parler de lui. Mais où l'avez-vous rencontré ? C'est vraiment plutôt trompeur de votre part.

"J'ai toujours voulu te le dire, mais il n'y avait rien à dire jusqu'à hier, sauf..."

"Sauf tout", dit Molly. "Eh bien, dis-le-moi maintenant."

Nina se releva d'un bond et secoua les miettes de pain de bain de son tablier en mousseline verte.

"Promets de ne pas être horrible, et je le ferai."

"Je ne le ferai pas, je le promets."

« Alors c'est… c'est lui… l'« étranger qui pourrait »… tu sais. Et j'aurais vraiment dû te le dire, même s'il n'y avait rien à dire, seulement… ne ris pas.

"Je ne suis pas. Ne vois-tu pas que je ne le suis pas ? Simplement quoi?"

"Eh bien, quand je lui ai parlé ce jour-là dans le train, j'ai dit : 'Pourquoi ne devrions-nous pas parler ?' Et il a dit : 'Je—je—je—être—être—être—parce que je bégaie ainsi.' Et il l' *a fait* . Vous n'avez jamais rien entendu de pareil. C'était horrible. Il lui a fallu des heures pour prononcer ces quelques mots, et je ne savais pas où chercher. Et je me sentais tellement brutal à cause des choses que nous avions dites à son sujet, que je n'avais plus aucun sens ; et je lui ai raconté sans détour que je m'étais étonné qu'il n'ait même jamais dit qu'il se demandait l'heure du train lorsque nous attendions le 9.1, et j'étais heureux que ce soit un bégaiement et non un désagrément. Et puis j'ai dit que je n'étais pas content qu'il ait bégayé, mais je suis vraiment désolé ; et il a été terriblement gentil à ce sujet, et je lui ai parlé de cet homme qui a guéri ton frère Cecil du bégaiement, et il est allé le voir immédiatement : et il va presque bien maintenant.

"Bonne grace!" dit Molly. "Es-tu sûr... mais pourquoi n'a-t-il pas été guéri depuis longtemps ?"

« Il avait une mère : elle bégayait terriblement – après le choc de la mort de son père, ou quelque chose comme ça, et il s'est mis en travers de son chemin. Et… de toute façon, il ne l'a pas fait. Je pense que c'était pour ne pas blesser les sentiments de sa mère, ou quelque chose du genre. Je ne comprends pas très bien. Et il a dit que ça n'avait pas d'importance quand elle était morte. Et c'est un artiste. Il vend aussi ses tableaux et il enseigne. Il a un studio à Chelsea.

« Tout cela semble un peu mince ; mais si vous êtes content, j'en suis sûr.

"Je le suis", dit Nina.

"Mais qu'a-t-il dit quand il vous l'a demandé ?"

"Il ne me l'a pas demandé", a déclaré Nina.

"Mais il a sûrement dit qu'il t'aimait depuis le premier instant où il t'a vu ?"

Nina devait l'admettre.

"Alors tu vois, je n'étais pas un petit âne si vulgaire après tout."

"Oui, tu l'étais. Vous n'aviez même pas à *penser* de telles choses, et encore moins à les dire. Eh bien, même moi, *je* n'ai pas osé y penser pendant… oh… très longtemps. Mais je le pardonnerai – et si c'est bon, ce sera une jolie petite demoiselle d'honneur, ce sera le cas.

« Quand est-ce que cela sera ? » » demanda Molly, toujours à la dérive dans un océan d'émerveillement.

« Oh, très bientôt, dit-il. Il dit que nous perdons du temps à attendre. Vous voyez, nous sommes tous les deux seuls.

Mais Molly, regardant avec nostalgie le visage transfiguré de son amie, s'aperçut tristement que c'était elle qui était seule, pas eux.

Et la pensée du Pierrot roux avec qui elle avait dansé neuf fois au bal costumé des étudiants, indiscrétion jusqu'alors son plus cher souvenir, n'offrait plus aucune consolation solide.

Nina s'en alla en chantant doucement dans sa barbe. Molly soupira et la suivit lentement.

À IV

ET VIS À MOLETTES

Ses paupières étaient rouges et gonflées, ses cheveux bruns, aplatis dans leurs jolies courbes, collaient étroitement à sa tête. L'encre tachait ses mains et il y en avait même une trace bleuâtre sur son poignet. Un plateau rempli de choses à thé se trouvait parmi la litière de manuscrits sur sa table. La théière ne contenait que des feuilles de thé froides ; le pain et le beurre étaient intacts.

Elle posa le stylo et se dirigea vers la fenêtre. La teinte rose du coucher de soleil se reflétait sur le rivage de brume et de fumée au-delà de la rivière. Au-dessus, là où le ciel était pâle et clair, une ou deux étoiles scintillaient de contentement.

Elle tapa du pied.

Déjà les beaux vêtements de la brume du soir, avec des lumières voilées dans les plis, étaient brodés à peine avec les premières lampes allumées par des ouvriers impatients, et tandis qu'elle le regardait , la broderie s'enrichissait de plus en plus de jaune, de blanc et d'orange - le un collier de bijoux le long du talus, le cadran de l'horloge de l'église.

Elle se tourna de la fenêtre vers la pièce et alluma sa propre lampe, car la pièce était maintenant profondément sombre. C'était une grande pièce basse et agréable. Cela lui avait toujours semblé agréable au cours des cinq années pendant lesquelles elle y avait travaillé, joué, ri et pleuré. Maintenant, elle se demandait pourquoi elle ne l'avait pas toujours détesté.

Les escaliers craquèrent. Le heurtoir parla. Elle se prit la tête à deux mains.

"Mon Dieu!" elle a dit: "c'est trop!"

Pourtant, elle s'est dirigée vers la porte.

"Oh, c'est seulement toi", dit-elle et, sans autre salutation, elle retourna dans la pièce et s'assit à table.

La nouvelle venue devait fermer la porte extérieure et suivre à son gré. La nouvelle venue était une autre fille, plus jeune, plus jolie, plus intelligente. Elle tourna la tête de côté, comme un petit oiseau, et regarda son amie avec des yeux très brillants. Puis elle regarda autour de la pièce.

"Ma chère Jane," dit-elle, "qu'est-ce que tu t'es fait?"

«Rien», dit sa chère Jane d'un ton très boudeur.

« Oh, si le génie brûle – vos escaliers sont diaboliques – mais si vous préférez que je m'en aille… »

"Non, n'y va pas, Milly. Je suis complètement en colère. Elle se leva d'un bond et agita ses bras tendus au-dessus de la masse de papiers sur la table. « Regardez tout cela : trois jours de travail… pourriture… pourriture abjecte ! Je souhaiterais être mort. Je me demandais tout à l'heure si cela ferait très mal si on se penchait trop par la fenêtre... et... Non, je ne l'ai pas fait, comme vous le voyez.

"Quel est le problème?" demanda l'autre prosaïquement.

"Rien. C'est ça. Je vais parfaitement bien – du moins je l'étais – mais maintenant je suis tout tremblant d'avoir bu. Elle montra les tasses de thé. « C'est la chance de ma vie et je ne peux pas la saisir. Je ne peux pas travailler : mon cerveau est comme de la pâte. Et tout dépend de mon cerveau d'idiot – c'est ce qu'il fait depuis cinq ans. C'est ce qui est si horrible. Tout dépend de moi, et je vais m'effondrer.

"Je te l'avais dit!" reprit l'autre. « Vous resteriez en ville tout l'été et l'automne, à travailler dur. Je savais que tu allais craquer, et maintenant tu l'as fait.

"J'ai travaillé pendant cinq ans et je n'ai jamais craqué auparavant."

"Eh bien, c'est fait maintenant. Partez immédiatement. Prenez des vacances. Après cela, vous travaillerez comme Shakespeare et Michel-Ange.

« Mais je *ne peux pas* , c'est juste ça. Ce sont ces histoires pour le *Monthly Multitude* ; Je fais une série. Je suis en retard *maintenant* : et si je n'y parviens pas cette semaine, ils arrêteront la série. C'est ce pour quoi j'ai travaillé toutes ces années. C'est la meilleure chance que j'ai jamais eue, et elle est venue *maintenant* , alors que je ne peux pas la faire. Votre père est médecin : n'existe-t-il pas un médicament que vous puissiez prendre pour que votre tête ressemble davantage à une tête qu'à un pudding au suif ?

« Écoutez, » dit Milly, « je suis vraiment venue vous demander de venir avec nous à la Pentecôte ; mais tu devrais partir *maintenant* . Allez simplement à notre chalet à Lymchurch . Il y a une chère vieille fille dans le village, Mme Beale, qui veillera sur vous. C'est un endroit merveilleux pour travailler. Père a fait des choses là-bas. Vous y ferez assez bien votre travail. Nous ne sommes que lundi. Partez demain.

"Est ce qu'il? Je vais. Oh oui, je le ferai. J'irai ce soir, s'il y a un train.

« Non, ce n'est pas le cas, mon cher fou. Vous allez maintenant vous laver le visage, vous coiffer et m'emmener dîner au restaurant, un vrai dîner à dix-huit sous aux Roches. Je vais accepter une friandise.

C'est après le dîner, alors que les deux jeunes filles attendaient l'omnibus de Milly, que le mot de la soirée fut prononcé.

"J'espère que vous passerez un bon moment tranquille", a déclaré Milly; « et c'est vraiment un bon endroit pour travailler. Le pauvre Edgar y a fait beaucoup de travail l'année dernière. Il y a une armoire avec un tiroir secret qui, dit-il, lui a inspiré des histoires mystérieuses, et… Voilà mon « bus ».

"Pourquoi dis-tu *pauvre* Edgar ?" » demanda Jane en souriant légèrement.

« Oh, tu n'avais pas entendu ? Chose terriblement triste. Il a quitté New York il y a quinze jours. Aucune nouvelle du navire. Sa mère est en deuil. Je l'ai vu hier. Assez en panne. Au revoir. *Prenez* soin de vous et portez-vous bien.

Jane resta longtemps à regarder la masse ondulante de l'omnibus, puis elle inspira profondément et rentra chez elle.

Edgar était mort. Quelle brute Milly était ! Mais, bien sûr, Edgar n'était rien pour Milly – rien d'autre qu'un ami agréable. Comme les gens marchaient lentement dans les rues ! Jane marchait vite – si vite que plus d'un piéton bousculé s'arrêta pour la regarder fixement.

Elle savait qu'il rentrait à la maison – et quand. Elle ne s'était pas avoué que l'intrusion constante de cette pensée : « Il est ici… à Londres », l'émerveillement de savoir quand et comment elle le reverrait, avaient compté pour beaucoup dans ces derniers jours d'efforts acharnés et elle en ressentait du ressentiment. défaite.

Elle est retournée dans ses chambres. Elle se souvient être entrée avec sa clé. Elle se souvient qu'à un moment donné de la nuit, elle avait détruit tous ces futiles débuts d'histoires. Aussi, qu'elle se surprenait à répéter encore et encore, et très fort : « Il y a les garçons, vous savez, il y a les garçons. Car, quand on a deux petits frères à garder, il ne faut pas se permettre de l'oublier.

Mais pour le reste, elle ne se souvient pas très bien. Seulement, elle est sûre qu'elle n'a pas pleuré et qu'elle n'a pas dormi.

Le matin, elle trouva ses chambres très rangées et son carton plein. Elle avait mis les portraits des garçons, car il faut toujours se souvenir des garçons.

Elle a pris un taxi, puis un train, et elle est arrivée au chalet en bord de mer. Ses petites fenêtres clignotaient, éclairées par le feu, lui souhaitant la bienvenue, alors qu'elle sortait presque aveuglément de la gare et remontait le chemin étroit bordé de coquillages.

Milly avait télégraphié. Mme Beale était là, tremblante, gentille, efficace ; avec des fauteuils roulants vers le feu d'avril, des tasses de thé, une sollicitude timide et douce.

"Ma parole, mademoiselle, mais vous avez l'air habillée", dit-elle. "La bouilloire est juste en ébullition, et je vais vous mouiller une tasse de thé dans l'instant, et j'ai une image parfaite d'un poussin en train de rôtir , prêt pour votre petit dîner."

Jane s'appuya en arrière sur la chaise rembourrée et regarda autour de la petite pièce calme et agréable. Pour le moment, cela semblait bien d'avoir un nouvel endroit où être malheureux.

Mais ensuite, lorsque Mme Beale fut partie et qu'elle se retrouva seule dans la maison, il y eut le temps de penser – tout le temps qu'il y avait jamais eu depuis le début du monde – tout le temps qu'il y aurait jamais eu jusqu'à la fin du monde. De cette nuit-là aussi, Jane ne se souvient pas de tout ; mais elle sait qu'elle n'a pas dormi et que ses yeux étaient secs : très secs et brûlants, comme s'ils avaient été léchés entre les paupières par une langue de feu . Ce fut une longue nuit : une nuit spacieuse, avec de la place pour plus de souvenirs d'Edgar qu'elle n'en avait connu.

Edgar, écolier truculent ; Edgar à Oxford, supérieur jusqu'à l'intolérable ; Edgar journaliste, romancier, correspondant de guerre, toujours ami ; Edgar partit en Amérique pour donner des conférences et faire fortune qui, disait-il, rendrait tout possible. Il avait dit cela le dernier soir, alors que beaucoup d'entre eux – garçons et filles, journalistes, musiciens, étudiants en art – étaient allés le voir à Euston. Il l'avait dit au moment de ses adieux et avait regardé comme une question. Avait-elle dit « Oui » – ou seulement le pensait-elle ? Elle s'était souvent posé cette question, même lorsque son cerveau était clair.

Puis elle repoussa la pensée suivante à deux mains et revint au jour où l'écolier d'à côté qu'elle avait admiré et détesté, sauva son chaton du chien du boucher - un épisode héroïque avec du sang et des larmes . La voix d'Edgar, le contact de sa main, le balancement de son pas de valse – la façon dont ses yeux souriaient avant sa bouche. Comme ses yeux étaient brillants et ses mains très fortes. Il était fort dans tous les sens : il se battait pour sa vie , même contre la mer. De grandes vagues lisses et sombres semblaient se précipiter sur elle dans la pièce calme ; elle pouvait entendre leur bruit sur la plage. Pourquoi s'était-elle approchée de la mer ? C'était la même mer qui... Elle repoussa les vagues à deux mains. L'horloge de l'église sonna deux heures.

« Il ne faut pas devenir fou, tu sais, se dit-elle très doucement et raisonnablement, à cause des garçons.

Ses mains étaient serrées d'une manière ou d'une autre, tout son corps était rigide. Elle détendit délibérément les muscles tendus, alluma le feu, balaya l'âtre.

La nouvelle flamme inspirée par son contact fit scintiller un reflet rouge sur la façade du meuble – le meuble avec le tiroir secret qui avait « inspiré à Edgar des contes mystérieux ».

Jane s'y est approchée, l'a caressé, l'a caressé et l'a persuadé de lui révéler son secret. Mais ce ne serait pas le cas.

« Si seulement cela pouvait m'inspirer » , a-t-elle déclaré, « si seulement je pouvais avoir une idée pour l'histoire, je pourrais le faire maintenant, à cette minute. Beaucoup de gens travaillent mieux la nuit. Mon cerveau est à nouveau vraiment clair maintenant, sinon je ne devrais pas pouvoir me souvenir de toutes ces petites choses idiotes. Non, non », a-t-elle crié au souvenir d'un jeune homme embrassant un gant, un petit souvenir effrayant qui est venu piquer. Elle l'a piétiné.

Le lendemain, Jane a parcouru quatre miles pour voir un médecin et recevoir un somnifère.

« Vous voyez, expliqua-t-elle très sérieusement, j'ai du travail à terminer et si je ne dors pas, je ne peux pas. Et je dois le faire. Je ne peux pas vous dire à quel point c'est important.

Le médecin lui donna quelque chose dans un flacon après lui avoir posé quelques questions, et elle rentra au chalet pour continuer à supporter ce qui restait de cette journée interminable et intolérable.

Ce fut le jour où elle sortit le papier à lettres blanc clair, le papier buvard rosé, l'encre noire et le stylo-plume noir, et resta assise à les regarder pendant des heures et des heures. Elle a prié pour obtenir de l'aide, mais aucune aide n'est venue.

« Je prie probablement les mauvaises personnes », dit-elle, quand, au crépuscule, le carré de papier s'affichait vaguement comme une pierre tombale dans l'herbe crépusculaire – « les mauvaises personnes – Non, il n'y a pas de pierres tombales dans la mer – les mauvaises personnes. . Si saint Antoine vous aide à trouver et que les autres saints vous aident à être bons, peut-être que ce sont les morts qui écrivaient eux-mêmes qui vous aidaient à écrire !

Jane a honte d'être sûre qu'elle se souvient avoir prié Dante et Shakespeare, et enfin Christina Rossetti, parce qu'elle était une femme et qu'elle aimait ses frères.

Mais aucune aide n'est venue. La vieille femme allait et venait avec du bois pour le feu, des bougies et de la nourriture. Très gentiment, semble-t-il, mais Jane aurait préféré ne pas le faire. Jane pense qu'elle a dû manger un peu de nourriture, sinon la vieille femme ne l'aurait pas laissée comme elle l'a fait.

Jane prit la potion et se coucha.

Lorsque Mme Beale entra dans le salon le lendemain matin, une pile de manuscrits gisait sur la table, et lorsqu'elle apporta une tasse de thé au chevet de Jane, Jane dormait si paisiblement que la vieille femme n'eut pas le cœur de la déranger. , et posez le thé sur une chaise près de l'oreiller pour qu'il devienne blanc et froid.

Lorsque Jane entra dans le salon, elle resta longtemps à regarder le manuscrit. Finalement , elle le ramassa et, toujours debout, le lut entièrement. Quand elle eut fini, elle resta longtemps avec l'ouvrage à la main. Finalement , elle haussa les épaules et s'assit. Elle a écrit à Milly.

«Voici l'histoire. Je ne sais pas comment j'ai fait, mais le voici. Lisez-le, parce que je suis vraiment un peu fou, et si cela peut vous servir, envoyez-le immédiatement au *Monthly Multitude* . J'ai dormi toute la nuit dernière. Je serai bientôt guéri maintenant. Tout est si délicieux et l'air est splendide. Mille mercis de m'avoir envoyé ici. J'apprécie le reste et je change énormément.— Votre gratitude

« JEANNE . »

Elle l'a lu entièrement. Son sourire à la dernière phrase n'était pas joli à voir.

Lorsque la longue enveloppe fut postée, Jane descendit vers le rivage tranquille et contempla le sable ensoleillé jusqu'à la ligne opale de la marée descendante.

L'histoire était écrite. Le conflit des agonies avait pris fin, et désormais l'agonie la plus féroce avait le champ pour elle seule.

«Je suppose que j'apprendrai à le supporter maintenant», se dit-elle. «J'aurais aimé ne pas oublier comment pleurer. Je suis sûr que je devrais pleurer. Mais l'histoire est finie, de toute façon. J'ose dire que je me souviendrai de comment pleurer avant que la prochaine histoire ne soit terminée.

Il restait encore deux nuits et une journée entière . Les nuits contenaient des îlots de sommeil – des îlots chauds et brumeux dans un fleuve d'heures lentes, rampantes et paresseuses. La journée était légère, venteuse et ensoleillée, avec un ciel bleu parsemé de nuages. Le jour était pire que la nuit, car pendant la journée, elle se rappelait à tout moment qui elle était et où.

C'était le dernier jour de la semaine. Elle était assise rigide sous le petit porche, ses yeux traçant encore et encore avec une intensité consciente le motif tordu des tiges de chèvrefeuille en herbe. Un bruit de roues brusquement arrêté lui parvint, et elle dénoua ses doigts raides et descendit le chemin à la rencontre de Milly – une Milly pâle, avec des taches rouges sur les joues et des sourcils féroces et froncés – une Milly qui recula devant le baiser offert. et parla sur un ton qu'aucun des deux n'avait entendu auparavant.

"Entre. Je veux te parler."

Le nouveau désastre ainsi clairement annoncé n'émouvait pas du tout Jane. Il n'y avait plus de place dans son âme pour la douleur. Dans la petite salle à manger, consciencieusement « pittoresque » avec ses chiens à vaisselle tachetée et son placard d'angle brillant de tasses à thé à motifs en saule, Milly ferma la porte et se tourna vers son amie.

« Maintenant, » dit-elle, « je suis venue te voir , parce qu'il y a certaines choses que je ne pourrais pas t'écrire, même pour toi. Vous pouvez retourner à la gare en taxi, j'ai dit à l'homme d'attendre. Et j'espère que je ne reverrai plus jamais ton visage.

"Que veux-tu dire?" Jane posa la question machinalement, et pas du tout parce qu'elle ne connaissait pas la réponse.

"Tu vois ce que je veux dire", répondit l'autre, toujours avec une fureur blanche. « Je t'ai découvert. Vous pensiez être en sécurité, et Edgar était mort, et personne ne le saurait. Mais comme ça arrive *Je* savais; et tout le monde aussi.

Jane humidifia les lèvres sèches et dit : « Tu savais quoi ? et retenu par la table.

"Tu ne pensais pas qu'il *m'en avait* parlé, n'est-ce pas?" Milly a flashé - " mais il l'a fait."

"Je pense que tu dois *me dire* ce que tu veux dire", dit Jane en déplaçant son emprise de la table au fauteuil.

"Oh, certainement." Milly secoua la tête et les doigts de Jane se resserrèrent sur le dossier de la chaise. « Oui, je ne m'étonne pas que tu aies l'air malade – je suppose que tu étais désolé quand tu l'as fait. Mais ça ne sert à rien d'être désolé ; tu aurais dû penser à tout ça avant.

«Dis-moi », dit Jane à voix basse.

« Je vais vous le dire assez vite. Tu verras, je le sais. Eh bien, cette histoire que vous m'avez envoyée, vous venez de la copier d'une histoire d'Edgar qui se trouvait dans l'ancien cabinet. Il l'a écrit quand il était ici ; et il a dit que ce n'était pas bon, et j'ai dit que ça l'était, et ensuite il a dit qu'il le laisserait dans le tiroir secret et qu'il verrait à quoi il ressemblerait à son retour. Et vous l'avez trouvé. Et vous pensiez que vous étiez très intelligent, j'imagine, et qu'Edgar était mort et que personne ne le saurait. Mais je savais, et… »

"Oui," l'interrompit Jane, "tu as déjà dit ça. Alors tu penses que j'ai trouvé le manuscrit d'Edgar ? Si je l'ai fait , j'ai dû le faire pendant mon sommeil. Quand j'étais enfant, je marchais dans mon sommeil. Tu me crois, Milly, n'est-ce pas ?

"Non," dit Milly, "je ne le fais pas."

"Alors je ne dirai rien de plus", dit Jane avec une dignité amère. « J'y vais immédiatement et j'essaierai de pardonner votre cruauté. *Je* n'aurais jamais douté *de votre* parole, jamais. Je suis très malade, regardez-moi. J'ai bu un somnifère et je suppose que cela m'a bouleversé : de telles choses sont arrivées. Vous me connaissez depuis huit ou neuf ans : m'avez-vous déjà vu faire une chose déshonorante ou mentir ? Le déshonneur est en vous de croire de telles choses de moi.

Jane s'était redressée et se tenait debout, grande et hagarde, ses yeux sombres brillant dans leurs orbites profondes. L'autre femme était intimidée. Elle hésita, balbutia un demi-mot et se tut.

« Au revoir », dit Jane ; "et j'espère devant Dieu que personne ne sera jamais aussi brutal avec vous que vous l'avez été avec moi." Elle se tourna, mais avant d'atteindre la porte, Milly l'avait attrapée par le bras.

"Non, ne le fais pas, ne le fais pas!" elle a pleuré. « Je *te* crois , je le fais ! Pauvre chérie ! Vous avez dû le faire pendant votre sommeil. Oh, pardonne-moi, Jane chérie. Je ne le dirai jamais à personne, et Edgar… »

"Ah," dit Jane en tournant vers elle des yeux tristes, "Edgar aurait cru en moi."

Et là-dessus, Milly comprit – en partie du moins – et tendit les bras.

« Oh, pauvre chérie ! et je ne l'ai même jamais deviné ! Oh, pardonne-moi ! » et elle a pleuré sur Jane et l'a embrassée plusieurs fois. "Oh mon cher!" dit-elle, alors que Jane se livrait aux bras et son visage aux baisers, "J'ai quelque chose à te dire. Vous devez être courageux.

"Non, pas plus," dit Jane d'une voix stridente ; «Je n'en peux plus. Je ne veux pas savoir comment c'est arrivé, ou quoi que ce soit. Il est mort, ça suffit.

"Mais..." Milly s'accrochait à elle en sanglotant, sanglotant de sympathie et d'agitation.

Jane la repoussa, la tint à bout de bras et la regarda avec des yeux encore secs.

« Tu es une bonne petite chose, après tout, » dit-elle. « Oui, maintenant je vais vous le dire. Vous aviez bien raison. C'était un mensonge – mais la moitié était vraie – la moitié que je vous ai racontée – mais je voulais que vous croyiez aussi l'autre moitié. J'ai marché dans mon sommeil et j'ai dû ouvrir ce placard et en sortir l'histoire d'Edgar, car je me suis retrouvé là, la tenant dans les mains. Et il était mort, et... Oh, Milly. Je savais qu'il était mort, bien sûr, et pourtant il était là – je vous donne ma parole qu'il était là, et je l'ai entendu dire : « Prends-le, prends-le, prends-le ! très clairement, comme si je vous parlais maintenant. Et je l'ai pris; et je l'ai copié – cela m'a pris presque toute la nuit – et ensuite je vous l'ai envoyé. Et je ne t'aurais jamais dit la vérité tant que tu ne me croyais pas – jamais – jamais. Mais maintenant tu me crois, je ne te mentirai pas. Là! Laisse-moi partir. Je pense que j'étais fou à l'époque, et je sais que je le suis maintenant. Dites-le à tout le monde . Je m'en fiche."

Mais Milly l'entoura de nouveau de ses bras. L'intérêt amoureux avait pris le pas sur le sens moral. Qu'importaient l'histoire idiote, ou le vol, ou le mensonge, qu'étaient-ils, comparés au secret d'amour qu'elle avait surpris ?

« Ma Jane chérie, dit-elle en serrant son amie contre elle et en pleurant toujours abondamment, ne t'inquiète pas pour cette histoire : je comprends très bien. Oublies çà. Vous avez bien assez de problèmes à supporter sans cela. Mais il y a une chose, c'est aussi bien que je l'ai découvert avant la publication de l'histoire. Parce qu'Edgar n'est pas mort. Son bateau a été remorqué : il est chez lui.

Jane a ri.

« Ne pleure pas, ma chérie, » dit Milly ; « Je vais t'aider à le supporter. Seulement… oh mon Dieu, comme c'est affreux pour toi !… il va se marier.

Jane rit encore ; et puis elle pense que les grandes vagues vertes se sont réellement levées tout autour de la pittoresque salle à manger, ont soulevé des montagnes et, en tombant, l'ont recouverte.

Jane a été malade si longtemps que Milly a dû raconter l'histoire à Edgar, et ils l'ont envoyée, et elle a été publiée au nom de Jane. Donc les petits frères allaient bien. Et il lui écrivit aussi l'histoire suivante, et ils corrigèrent les épreuves ensemble.

Jane a toujours trouvé dommage que Milly n'ait pas pris la peine de demander le nom de la fille qu'Edgar avait l'intention d'épouser, car ce nom s'est avéré, après enquête, être Jane.

V

LA MILLIONNAIRE

je

C'est une chose lamentable d'être à Londres en août. Les rues sont bonnes pour une chose, et votre taxi ne peut jamais se diriger droit vers l'endroit où vous voulez aller. Et les arbres sont bruns dans les parcs, et tous ceux que vous connaissez sont absents, de sorte qu'il n'y aurait nulle part où aller dans votre taxi, même si vous aviez de l'argent pour le payer, et vous pourriez y aller sans extravagance.

Stephen Guillemot, assis à la table inconfortable de son petit-déjeuner dans la chambre qu'il partageait avec son ami, maudissait sa chance. Son ami était au bord de la mer, et il se trouvait ici, dans la noirceur sale et sordide de ses appartements du Temple. Mais il n'avait pas d'argent pour des vacances ; et quand Dornington l'avait supplié d'accepter un prêt, il avait juré Dornington , et Dornington était parti pas du tout content. Et maintenant, Dornington était au bord de la mer, et il était ici. Les mouches bourdonnaient dans les vitres et autour du pot de marmelade gluant ; le soleil entrait par la fenêtre ouverte. Il n'y avait aucun travail à faire. Stephen était avocat de métier ; mais, en fait et par force, un fainéant. Aucune affaire ne lui est venue. Toute la journée, les pas des clients résonnaient dans le vieil escalier de bois sale, des clients pour Robinson au deuxième, pour Jones au quatrième, mais aucun pour Guillemot au troisième. Même maintenant, des pas arrivaient, même s'il n'était que dix heures. Le jeune homme jeta un coup d'œil au pot de marmelade, au torchon tordu taché de thé, que sa blanchisseuse avait étalé pour son petit-déjeuner.

« Supposons que ce soit un client… » Il s'interrompit en riant. Il n'avait jamais pu se guérir de ce vieil espoir qu'un jour les pieds d'un client – un client riche – s'arrêteraient à sa porte, mais les pieds étaient toujours passés – comme ceux-là. Les marches passèrent effectivement devant sa porte, s'arrêtèrent, revinrent et... oh merveille ! c'est *son* heurtoir qui réveilla les échos du Temple.

Il jeta un coup d'œil à la table. C'était désespéré. Il haussa les épaules.

« J'ose dire que ce n'est qu'une facture », dit-il avant d'aller voir.

Le nouveau venu était impatient, car au moment même où Guillemot ouvrait la porte, le heurtoir était en train de retomber.

"Est-ce que M. Guillemot... Oh, Stephen, j'aurais dû vous connaître n'importe où !"

Une vision radieuse dans une robe en lin blanc – une robe en lin très élégante d'apparence sur mesure – et un grand chapeau blanc se tenait devant sa porte, lui serrant chaleureusement la main.

"Tu ne veux pas m'inviter à entrer?" » demanda la vision en souriant devant son visage abasourdi.

Il recula machinalement et ferma la porte derrière lui tandis qu'elle entrait. Puis il la suivit dans la pièce qui lui servait de bureau et de salon, et la regarda, impuissant.

« Vous ne me connaissez pas du tout, dit-elle ; « C'est dommage de te taquiner. J'enlèverai mon chapeau et mon voile ; tu me connaîtras alors. Ce sont ces belles plumes !

Et elle les enleva, devant le verre tacheté de mouches sur la cheminée ; puis elle tourna vers lui un visage lumineux, un joli visage mobile, couronné de cheveux châtain clair. Et il restait toujours confus.

"Je n'aurais jamais pensé que tu aurais oublié l' heure de l'ami de l'enfance", reprit-elle. "Je vois que je dois te le dire de sang-froid."

"Eh bien, c'est Rosamund !" cria-t-il soudain. « Pardonne-moi ! Je n'ai jamais, jamais rêvé… Ma chère Rosamund , tu n'es pas vraiment changée du tout, c'est seulement… tes cheveux sont coiffés et… »

« Et les belles plumes », dit-elle en lui tendant un pli de sa robe. "Ce sont de très jolies plumes, n'est-ce pas ?"

« Très », dit-il. Et puis soudain un silence embarrassé s'établit entre eux.

La jeune fille l'interrompit avec un rire pas tout à fait spontané.

« Comme tout cela est drôle ! » dit-elle. « Je suis allée à New York avec mon oncle quand mon cher papa est mort… puis je suis allée à Girton , et maintenant le pauvre oncle est mort, et… » Son regard tomba sur la nappe. « Je vais ranger votre horrible petit-déjeuner », dit-elle.

"Oh s'il te plait!" » plaida-t-il en prenant le pot de marmelade dans ses mains impuissantes. Elle lui prit le pot.

«Oui, je le suis», dit-elle fermement; "et tu peux simplement t'asseoir et essayer de te rappeler qui je suis."

Il se retira docilement vers le siège de la fenêtre et la regarda tandis qu'elle emportait la vaisselle laide et la nourriture la plus laide pour les cacher dans sa petite cuisine ; et tandis qu'il la regardait, il se souvenait de beaucoup de choses. L'enfance solitaire dans un presbytère de campagne − les longues journées ennuyeuses sans camarades de jeu ; puis l'arrivée du nouveau médecin et de sa petite fille Rosamund Rainham − et presque en même temps, semblait-il, la dame invalide et le petit garçon qui logeait à la poste. Ensuite, il y avait des camarades de jeu, chers camarades de jeu, pour l'encourager et lui apprendre − pauvre Stephen, il savait à peine ce que signifiait jouer ou rire. Puis la dame invalide mourut et le père de Stephen se réveilla de ses rêves au milieu de ses vieux livres, comme il avait l'habitude de le faire de temps en temps, s'enquit de la situation du garçon, Andrew Dornington , et, le trouvant sans amis et sans abri, l'emmena chez lui pour devenir le petit frère et ami de Stephen. Puis le long temps heureux où les trois enfants étaient toujours ensemble : se promener, faire du bateau, faire des nids d'oiseaux , lire, jouer et se disputer ; la tempête de larmes de Rosamund lorsque les garçons sont allés au Collège ; le choc de surprise et la tristesse passagère avec laquelle Stephen apprit que le médecin était mort et que Rosamund était partie en Amérique chez le frère de sa mère. Puis la plénitude de la vie, les vieux jours presque oubliés, ou seulement rappelés comme un rêve agréable. Stephen n'avait jamais songé à revoir Rosamund − il n'avait certainement jamais eu un très ardent désir de la revoir ; en tout cas, depuis l'année de son départ. Et maintenant… elle était là, devenue femme et charmante, en train de ranger ses affaires de petit-déjeuner ! Il entendait le robinet couler et savait qu'elle devait se laver les mains à l'évier, en utilisant l'horrible morceau de savon jaune contenant des feuilles de thé. Elle était en train de se sécher les mains sur la serviette sale derrière la porte de la cuisine. Non; elle entra en séchant ses doigts roses sur son mouchoir.

« Quelle horrible vieille femme de ménage vous devez avoir ! » dit-elle; "Tout est recouvert de poussière de six pouces de profondeur - et toute votre vaisselle est sale."

"Je suis désolé, ce n'est pas plus agréable", a-t-il déclaré. « Oh, mais ça fait du bien de te revoir ! Que d'heures nous avions ! Tu te souviens quand nous avons brûlé tes poupées le 5 novembre ?

«Je devrais penser que je l'ai fait. Et vous souvenez-vous quand j'ai peint votre nouveau coffre à outils et les manches de vos scies, vos vrilles et autres objets avec de l'émail vert pâle ? Je pensais que tu serais si content.

Elle avait pris place, pendant qu'elle parlait, au fond de l'unique fauteuil confortable, et il répondait depuis sa banquette près de la fenêtre ; et en un instant, tous deux furent lancés dans un flot de réminiscences, et la fuite du temps ne faisait pas partie des choses dont ils se souvenaient. L'heure et les quarts sonnèrent, et ils parlèrent. Mais l'insistance de midi, sonnée par l'horloge du Palais de Justice, remit Miss Rainham sur ses pieds.

"Douze!" elle a pleuré. « Comme le temps passe ! Et je ne t'ai jamais dit pourquoi je suis venu. Regardez ici. Je suis terriblement riche ; Je ne l'ai entendu que la semaine dernière. Mon oncle n'a jamais semblé très aisé. Nous vivions très simplement, et je faisais la vaisselle, l'époussetage et tout; et maintenant il est mort et m'a laissé tout son argent. Je ne sais pas où il a tout gardé. Les gens à l'étage au-dessus m'en ont parlé. J'allais les voir, et j'ai vu votre nom ; et je ne pouvais tout simplement pas le passer. Écoute, Stephen, es-tu très occupé ?

« Pas trop occupé pour faire tout ce que tu veux. Je suis content que tu aies eu de la chance. Que puis-je faire pour vous?"

« Veux-tu vraiment faire tout ce que je veux ? Promesse."

" Bien sûr, je le promets." Il la regardait et se demandait si elle savait combien il lui serait difficile de lui refuser quoi que ce soit : car M. Guillemot était libre de fantaisies, et cette gracieuse vision, ressuscitée des temps anciens, lui avait un peu tourné la tête.

"Bien! Vous devez être mon avocat.

« Mais je ne peux pas. Jones… »

« Dérangé Jones ! » dit-elle. « Je ne m'approcherai pas de lui. Je ne serai pas inquiété par Jones. À quoi sert d'avoir une fortune – et c'est une grande fortune, je peux vous le dire – si je ne peux même pas choisir mon propre avocat ? Écoutez, Stephen – vraiment – je n'ai ni parents ni amis en Angleterre – pas d'amis masculins, je veux dire – et vous ne me facturerez pas plus que vous ne le devriez, mais vous me facturerez suffisamment. Oh, je me sens comme M. Boffin – et vous êtes Mortimer Lightwood, et Andrew est Eugene. Est-ce que tu l'appelles toujours Dora ?

C'était la première question qu'elle posait à propos du garçon qui avait partagé toute leur jeunesse avec eux.

«Oh, Dornington va bien. Il serait terriblement malade si tu l'appelais Dora aujourd'hui. Il s'en sort un peu, pas beaucoup. Il se lance dans le journalisme. Il est à Lymchurch en ce moment ; il vit ici avec moi en général.

"Oui je sais; J'ai vu son nom sur la porte . Et Stephen ne s'est demandé que plus tard pourquoi elle n'avait pas mentionné ce nom plus tôt dans l'interview.

« Tiens, donne-moi du papier et des stylos, le meilleur qu'il soit temps de se procurer. Maintenant, dis-moi quoi dire à Jones. Je veux lui dire que je déteste son nom même ; que je sais que je ne pourrais jamais supporter sa vue ; et que tu vas t'occuper de tout pour moi.

Il a résisté, elle a plaidé ; et finalement la lettre fut écrite, pas tout à fait dans ces termes, et Stephen, à sa demande, lui indiqua à contrecœur la méthode à suivre pour donner une procuration.

« Il faut tout arranger, dit-elle ; « Cela ne me dérangera pas. Maintenant je dois partir. Jones est humain, après tout. Il savait que je devrais avoir besoin d'argent et il m'en a envoyé beaucoup. Et je pars en vacances, juste pour voir ce que ça fait d'être riche.

« Vous n'y allez pas seul, j'espère », dit Stephen. Et puis, pour la première fois, il se souvint que les belles jeunes filles n'étaient pas autorisées à ranger leurs affaires de thé dans le Temple sans chaperon, même pour leurs notaires.

"Non; Constance Grant est avec moi. Vous ne la connaissez pas. J'ai fait sa connaissance à Girton . C'est une chérie.

« Écoute, » dit-il, se tenant maladroitement derrière elle alors qu'elle épinglait son chapeau et son voile devant son verre, « quand tu reviendras, je viendrai te voir. Mais il ne faut pas revenir ici ; c'est–ce n'est pas habituel. Elle sourit à son reflet dans le verre.

« Oh, j'ai oublié vos notions rigides d'anglais ! Tellement absurde ! Ne pas voir son vieil ami *et* son *notaire* ! Cependant, je ne viendrai pas là où on ne veut pas de moi... »

« Vous savez… » commença-t-il avec reproche ; mais elle l'interrompit.

« Oh oui, tout va bien. Maintenant, souviens-toi que toutes mes affaires sont entre tes mains, et quand je reviendrai, tu devras me dire exactement ce que je vaux : entre huit et quatorze cent mille livres, disent-ils ; mais *c'est* absurde, n'est-ce pas ? Au revoir."

Et avec un dernier changement de jupes blanches contre les lambris sales et un dernier geste d'une main gantée de blanc, elle disparut dans l'escalier.

Stephen inspira longuement. « Cela ne peut pas être quatorze cent mille, » dit-il lentement ; "mais j'aimerais que ce ne soit pas quatre pence."

II

La marée était basse, les longues lignes des bancs de sable brillaient de jaune au soleil – plus jaunes à cause des flaques d'eau bleue laissées entre eux. Au loin, là où la bande blanche et basse marquait le bord de la mer qui se retirait encore, de petites silhouettes avançaient lentement, poussant les filets à crevettes dans les eaux peu profondes.

Sur l'une des aines lisses et usées par les vagues, une jeune fille était assise et dessinait le village ; sa robe rose et son parapluie japonais rouge faisaient une tache brillante sur l'or du sable.

Plus loin le long de la plage, au bout de la digue herbeuse, un jeune homme et une jeune femme se prélassaient sous le soleil d'août. Son parasol était blanc, tout comme sa robe et le chapeau posé à côté d'elle. Depuis son accession à la fortune Rosamund Rainham ne portait que du blanc.

« C'est la plus jolie tenue du monde », avait-elle dit à Constance Grant ; « et quand on est pauvre, c'est ce qu'il y a de plus impossible. Mais maintenant, je peux avoir une robe propre tous les jours, et aussi une conscience pure. »

«Je ne suis pas sûre pour la conscience », avait répondu Constance avec son sourire sage. "Pensez aux millions de pauvres."

"Oh frere!" Miss Rainham avait ri, pas sans cœur, mais joyeusement. « Dieu merci, j'ai de quoi être heureux moi-même et rendre heureux des tas d'autres personnes aussi. Et la première étape est que personne ne sache que je suis riche, alors n'oubliez pas que nous sommes deux professeurs de lycée en vacances.

«Je déteste jouer la comédie», avait dit Constance, mais elle s'était soumise, et maintenant elle était assise à dessiner, et Rosamund , dans sa robe blanche, observait les mouettes et les crevettes depuis sous la digue de Lymchurch .

« Et donc tes vacances sont finies dans trois jours », disait-elle au jeune homme à côté d'elle ; "Ça a été un bon moment, n'est-ce pas ?"

Il n'a pas répondu; il empilait les cailloux en tas, et toujours à un moment donné le tas s'effondrait.

"Que pensez-vous de? Encore des poèmes ?

«J'avais un vers qui me trottait dans la tête», s'excusa-t-il; "ça n'a rien à voir avec quoi que ce soit."

« Écrivez-le tout de suite », dit-elle impérieusement, et il griffonnait docilement dans son cahier , pendant qu'elle entreprenait le travail de construction du tas de pierres – il grandissait sous ses doigts légers.

"Lis le!" dit-elle, lorsque le gribouillage du crayon s'arrêta et qu'il lut :

«Maintenant, les nuages irrités, poussés par le vent, déployaient des ailes blanches, longues et penchées, sur la mer et la terre; Les vagues reculent, léguant à nos yeux Le trésor de leur sable désert ; Et là où les vagues les plus proches s'enroulent blanches et basses, les crevettes aux pieds lents vont jusqu'aux genoux dans la saumure tourbillonnante.

Large étendue de sable pâle où se concertent des mouettes bruyantes
Marqué de larges flèches par leurs pieds plantés, Des bassins blancs
ondulés où se trouvaient les eaux profondes tardives , Et toujours les
vagues blanches rassemblées en retraite, Et le vent gris en seule suprématie
Sur l'opale et le froid ambré de assombrir le ciel et la mer. »

« Opale et ambre froid », répéta-t-elle ; « Ce n'est plus comme ça maintenant.
C'est du saphir, de l'or et des diamants.

«Oui», dit-il; "Mais c'était comme ça la semaine dernière..."

«Avant de venir——»

"Oui, avant votre arrivée;" son ton donnait un nouveau sens à ses paroles.

« Je suis contente d'avoir apporté du beau temps », dit-elle joyeusement, et le
petit tas de pierres s'écroula sous sa main.

"Vous avez apporté la lumière du monde", dit-il en lui attrapant la main et
en la tenant. Il y eut un silence. Un pêcheur passant le long de la digue leur
salua. « Qu'est-ce qui vous a poussé à venir à Lymchurch ? » » dit-il à l'instant,
et sa main reposa légèrement sur la sienne. Elle hésita et baissa les yeux sur
sa main et la sienne.

«Je savais que tu étais là», dit-elle. Ses yeux rencontrèrent les siens. «J'ai
toujours eu envie de te revoir un jour . Et tu m'as connu tout de suite. C'était
si gentil de ta part.

« Vous n'avez pas changé, dit-il ; "ton visage n'a pas changé, seulement tu es
plus vieux, et..."

« J'ai vingt-deux ans ; tu n'as pas à me le reprocher. Le vôtre est le même à
un mois près.

Il s'approcha un peu plus d'elle avec son coude.

« Vous est-il déjà venu à l'esprit, demanda-t-il en regardant la mer, que vous
et moi étions faits l'un pour l'autre ?

"Non; jamais."

Il regardait toujours la mer et son visage s'assombrit fortement.

« Ah… non… ne ressemble pas à ça, ma chérie ; cela ne m'est jamais venu à
l'esprit… je pense que j'ai toujours dû le savoir d'une manière ou d'une autre,
seulement… »

"Seulement quoi ?... vraiment ?... seulement quoi ?" Un silence. Puis : «
Seulement quoi ? il a demandé à nouveau.

"Seulement j'avais tellement peur que ça ne *te vienne jamais à l'esprit* !"

Il n'y avait personne sur le vaste sable nu, à part l'artiste discret : leurs visages étaient très proches.

« Nous serons très, très pauvres, j'en ai peur », dit-il à l'instant.

"Je peux continuer à enseigner."

« Non » – sa voix était décidée – « ma femme ne travaillera pas – du moins pas ailleurs que chez nous. Cela ne vous dérangera pas de jouer un peu à l'amour dans un cottage, n'est-ce pas ? Je vais y aller maintenant que j'ai quelque chose à faire. Oh, ma chérie, Dieu merci, j'en ai assez pour le cottage ! Quand m'épouseras-tu ? Nous n'avons rien à attendre, aucune relation à consulter, aucun règlement à conclure. Tout ce qui est à moi est à toi, ma fille.

« Et tout cela est à moi... Oh ! Stéphane ! »

Car, avec un jet de galets, un homme tomba de la digue à deux mètres d'eux.

La situation ne pouvait être dissimulée, car la tête de Miss Rainham était sur M. L'épaule de Dornington . Ils ont surgi.

"Eh bien, Stephen!" » répéta Andrew, « c'est... c'est gentil de votre part ! Vous vous souvenez de Rosamund ? Nous venons de découvrir que... Mais Rosamund s'était retournée et s'éloignait rapidement sur le sable.

Stephen remplit une pipe et l'alluma avant de dire : « Vous avez fait bon usage de votre temps, vieil homme. Je vous félicite." Son ton était froid.

"Il n'y a aucune raison pour que je ne fasse pas bon usage de mon temps", répondit Dornington , et son ton avait pris le froid de celui de l'autre.

«Aucun du tout. Vous avez obtenu le prix et je vous félicite. Que ce soit juste pour la fille est une autre question.

Dans les moments d'agitation, l'homme cherche instinctivement sa pipe. C'était maintenant au tour de Dornington de remplir et d'éclairer.

— Bien sûr , c'est votre affaire, dit Guillemot en s'irritant du silence, mais je pense que vous auriez pu donner une chance à l'héritière. Cependant, c'est chacun pour soi, je suppose, et... »

"Héritière?"

« Oui, l'héritière... la millionnaire, si vous préférez. J'ai fouillé ses affaires : il *s'agit* d'un million environ.

« Une balle plutôt bon marché, n'est-ce pas ? »

"C'est une très bonne chose pour vous", dit sauvagement Stephen. « Peut-être que je ne devrais pas vous en vouloir. Mais je dois dire, Dornington – je vois que nous voyons les choses différemment – mais je dois dire que je n'aurais pas dû me soucier de tenter une telle chance moi-même.

Dornington avait mis les mains dans ses poches et regardait son ami.

"Je vois," dit-il lentement. « Et sa fortune est vraiment si grande ? Je ne pensais pas que cela avait été si grave. Oui. Eh bien, Guillemot, ce n'est pas la peine d'en faire du tapage ; Je ne veux pas me disputer avec mon meilleur ami. Viens chez moi, veux-tu ? Ou restez : venez et laissez-moi vous présenter Miss Grant, et vous pourrez l'accompagner ; elle te montrera où j'habite. Je vais faire une petite promenade.

Cinq minutes plus tard, Stephen, en réponse à l'appel de Rosamund à la fenêtre, suivait Miss Grant sur l' étroit sentier dallé menant à la maison que Rosamund avait empruntée. Et dix minutes plus tard, Andrew Dornington marchait à grands pas sur la route menant à la gare, un sac Gladstone à la main.

Stephen a déjeuné au chalet. Les filles servaient elles-mêmes le déjeuner ; ils n'avaient pas de service loué dans la petite chaumière. Rosamund s'efforça de parler gaiement.

À la fin du repas, un enfant blond se tenait dans la porte qui s'ouvrait directement de la rue sur le salon, à la manière primitive de Lymchurch .

« Je m'ai donné une lettre pour toi », dit l'enfant, et Rosamund la prit, donnant en échange quelques fruits de la table assez désordonnée.

"Excusez-moi", dit-elle, la rose sur les joues, car elle vit que l'écriture manuscrite était celle qu'elle avait vue dans de nombreux vers écrits au crayon . Elle lut la lettre, fronça les sourcils, puis la relut. "Constance, tu pourrais prendre le café."

Constance est sortie. Puis la jeune fille s'est retournée contre son invité.

"C'est *votre* faute," dit-elle avec une fureur concentrée qui le fit se lever face à elle. « Pourquoi es-tu venu te mêler ! Vous lui avez dit que j'étais riche – ce que je ne voulais pas qu'il sache avant… jusqu'à ce qu'il ne puisse plus s'en empêcher. Vous avez tout gâché ! Et maintenant, il est parti – et il ne reviendra jamais. Oh, j'espère que tu en souffriras un jour . Vous le ferez, s'il y a une justice dans le monde ! »

Il avait l'air d'en souffrir même maintenant, mais quand il parlait, sa voix était égale.

« Je suis extrêmement désolé », a-t-il déclaré, « mais après tout, il y a très peu de mal. Vous auriez dû me prévenir que vous comptiez jouer une comédie, et j'aurais accepté le rôle que vous m'auriez assigné. Pourtant, vous avez réussi. De toute évidence, il « vous aime pour vous-même ». Écrivez-lui et dites-lui de revenir : il viendra.

« Comme vous le connaissez peu, dit-elle, après toutes ces années ! Même moi, je le connais mieux que ça. C'est pour cela que je faisais semblant de ne pas être riche. Dès que j'ai eu connaissance de l'argent, j'ai décidé de le retrouver et d'essayer si je pouvais le faire s'en soucier. Je sais que cela semble horrible ; Cela ne me dérange pas, c'est vrai. Et je l'avais fait; et puis tu es venu. Oh, j'espère que je ne te reverrai plus jamais ! Je ne te parlerai plus jamais ! Non, je ne veux pas dire que… » Elle cacha son visage dans ses mains.

« Rosamund , essaye de me pardonner. Je ne savais pas, je ne pouvais pas savoir. Je te le ramènerai, je le jure ! Faites-moi seulement confiance.

« Vous ne pouvez pas, » dit-elle ; "c'est fini."

"Laissez-moi vous dire quelque chose. Si tu n'avais pas eu cet argent, mais si tu n'avais pas eu cet argent, je ne t'aurais jamais vu. Mais je n'ai pensé qu'à toi depuis le jour où tu es venu au Temple. Je ne vous dis pas cela pour vous ennuyer, seulement pour vous montrer que je ferais tout au monde pour vous éviter d'être malheureux. Pardonne-moi, chérie ! Oh, pardonne-moi ! »

« Ce n'est pas bon, dit-elle ; mais elle lui tendit la main. Lorsque Constance Grant revint avec le café, elle trouva M. Guillemot seul regardant par la fenêtre les tournesols et les roses trémières.

"Quel est le problème?" elle a demandé.

« Je me suis ridiculisé », dit-il, oubliant, en regardant ses yeux aimables, qu'il y a trois heures, elle n'était qu'un nom pour lui.

"Puis-je faire quelque chose?"

"Tu es son ami", dit-il. "Miss Grant, je descends à la mer, si vous pouviez venir avec moi et me laisser parler, mais je n'ai pas le droit de vous déranger."

«Je viendrai», dit Constance. « Je viendrai de temps en temps quand j'aurai préparé le déjeuner. Ce n'est pas un problème. Comme tu le dis, je suis son amie.

III

Rosamund resta dans la petite maison derrière la digue, et elle écrivit des lettres longues et nombreuses qui s'accumulèrent sur la cheminée des pièces du Temple. Andrew les y trouva à son retour en ville à la mi-octobre. La pièce était sans joie, sans locataires, sans feu. Il alluma le gaz et parcourut ses lettres. Il n'osait pas ouvrir ceux qui venaient d'elle. Il y avait des factures, des cartes d'invitation, un ou deux manuscrits retournés, un chèque pour un article de magazine et une lettre écrite de la main de Stephen. Elle était datée de quinze jours plus tôt.

« CHER VIEUX TYPE , disait-on, je pars chez mon père. Je ne peux pas le supporter. Je ne peux pas faire face à toi ou à qui que ce soit . J'aimerais que Dieu ne t'aie jamais rien dit à propos de Rosamund L'argent de Rainham . Il n'y a pas d'argent : tout était dans la Crystal Oil Co. Personne ne se doutait que ce n'était pas bon, mais j'ai l'impression que j'aurais dû le savoir. Il y en a une petite centaine en consoles : c'est la fin de son million. Ce n'était pas vraiment ma faute, bien sûr. Elle ne m'en veut pas.— Le vôtre,

« ÉTIENNE GUILLEMOT . »

Puis il ouvrit ses lettres – les lut toutes – dans l'ordre des dates indiquées sur les cachets de la poste, car même en amour, Andrew était un homme d'ordre – les lisait avec des yeux piquants et brûlants. Ils étaient quatre ou cinq. D'abord la franche plaidoirie de l'affection, puis la froideur de l'orgueil et de l'amour blessés ; puis des doutes, des interrogations. Était-il malade ? Était-il absent ? Ne répondrait-il pas au moins ? Un désir passionné, une tendre anxiété respiraient dans chaque mot. Puis vint la dernière lettre de toutes, écrite il y a quinze jours :

« CHER ANDREW , je veux que tu comprennes que tout est fini entre nous. Je sais que tu le souhaitais, et maintenant je vois que tu as raison. Je n'aurais jamais pu être autre chose pour toi que ton ami aimant,

« ROSAMONDE . »

Il l'a lu deux fois ; ce fut pour lui un choc plus grand que ne l'avait été la lettre de Stephen. Puis il a compris. La millionnaire pouvait s'abaisser à courtiser un pauvre amant dont l'orgueil avait combattu et vaincu son amour : la jeune fille qui n'avait qu'une « centaine de consolations » avait aussi sa fierté.

Le crépuscule du début octobre remplissait la pièce. Andrew attrapa le sac qu'il avait apporté avec lui, claqua la porte et descendit les escaliers en trombe. Il attrapa un taxi qui passait dans Fleet Street et le dernier train pour Lymchurch .

Un sud-ouest furieux l'y attendait. Il pouvait à peine résister à cela – il soufflait, le déchirait et le secouait, l'emportant presque contre lui alors qu'il chancelait sur la route qui partait de la gare. La nuit était d'un noir d'encre, mais il connaissait Lymchurch dans ses moindres recoins, et il la combattit vaillamment, même si de temps en temps il était obligé de s'accrocher à une porte ou à un poteau et de tenir bon jusqu'à ce que la rafale soit passée. Ainsi, essoufflé et échevelé , sa cravate sous l'oreille gauche, son chapeau battu, ses cheveux en désordre, il atteignit enfin le refuge du petit porche de la maison sous la digue.

Rosamund elle-même ouvrit la porte ; ses yeux lui montraient deux choses : son amour et sa fierté. Lequel serait le plus fort ? Il se souvint de la réponse à cette question dans son propre cas, et il frissonna lorsqu'elle lui prit la main et le conduisit dans la pièce chaude et éclairée par une lampe. Les rideaux étaient tirés ; le foyer a balayé ; un chat tigré ronronnait sur le tapis ; un livre était ouvert sur la table : tout respirait le sobre confort de la maison. Elle s'assit de l'autre côté du foyer et le regarda. Ni l'un ni l'autre n'a parlé. C'était un moment gênant.

Rosamund rompit le silence.

«C'est très amical de votre part de venir me voir», dit-elle. «Je me sens très seul maintenant. Constance est retournée à Londres.

« Elle a repris son enseignement ?

"Oui; Je voulais qu'elle reste, mais... »

« J'ai eu des nouvelles de Stephen. Il est bien malheureux ; il semble penser que c'est de sa faute.

"Pauvre, cher garçon!" » Elle parla d'un air songeur. « Bien sûr, ce n'était pas sa faute. Cela ressemble à un rêve d'avoir été si riche pendant un petit moment et de n'avoir rien fait avec cela, ajouta-t-elle en riant et en jetant un coup d'œil à sa robe bordée de fourrure, pour acheter un nombre des plus extravagants de vêtements. robes blanches. Comme tu as l'air terriblement fatigué, Andrew ! Va te laver – la chambre d'amis est la première porte en haut de l'escalier – et je te préparerai à dîner.

Lorsqu'il redescendit, elle avait posé une nappe sur la table et disposait de l'argenterie et du verre.

« Une autre relique de ma brève prospérité », dit-elle en touchant les fourchettes et les cuillères. "Je suis content de ne pas avoir à manger avec des choses nickelées."

Elle parlait gaiement pendant qu'ils mangeaient. L'atmosphère familiale de la pièce a touché Dornington . Rosamund elle-même, dans sa robe blanche, n'avait jamais paru aussi belle et désirable. Et sans sa folle fierté, il aurait pu être ici maintenant, partageant sa jolie petite vie de famille avec elle – non pas en tant qu'invité, mais en tant que mari. Il rougit pourpre. Rougir était un de ses vieux trucs – un de ceux qui lui avaient valu son surnom féminin de Dora, et dans la confusion que lui causait son rougissement, il parla.

" Rosamund , peux-tu me pardonner un jour ? "

«Je te pardonne de tout mon cœur», dit-elle, «si j'ai quelque chose à pardonner».

Mais dans son ton se reflétait le ressentiment d'une femme qui ne pardonne pas. Pourtant il avait raison. Il s'était sacrifié; et s'il avait choisi de souffrir ? Mais qu'en est-il des lignes bleues sous ses chers yeux, des creux de son cher visage ?

« Vous avez été malheureux », dit-il.

"Eh bien", a-t-elle ri, "je n'étais pas vraiment contente de perdre ma fortune."

« Chérie, dit-il désespérément, n'essaieras-tu pas de me pardonner ? Cela semblait juste. Comment pourrais-je te sacrifier à un sans le sou… »

— J'en avais assez pour les deux, ou du moins je pensais l'avoir fait, dit-elle avec obstination.

"Ah, mais tu ne vois pas..."

«Je vois que vous teniez plus à ne pas être considéré comme un mercenaire par Stephen que…»

"Pardonne-moi!" il a plaidé; "reprends moi."

"Oh non" - elle secoua sa tête brillante - " Stephen pourrait me prendre pour un mercenaire ; Je ne pouvais pas supporter ça . Vous voyez, vous êtes plus riche que moi maintenant. Combien m'avez-vous dit que vous gagniez par an en écrivant ? Comment puis-je te sacrifier à un sans le sou… »

« Rosamund , tu le penses vraiment ?

«Je le pense vraiment. Et en outre--"

"Quoi?"

"Je ne t'aime plus ." La tête brillante s'abaissa et se détourna.

«J'ai tué ton amour. Je ne me demande pas. Pardonne-moi de t'avoir dérangé. Au revoir!"

"Qu'est-ce que tu vas faire?" » demanda-t-elle soudain.

« Oh, n'ayez pas peur, rien de désespéré. Travaillez dur et essayez de vous pardonner.

"Pardonne- *moi* ? Vous n'avez rien à pardonner.

« Non, rien, si tu avais cessé de m'aimer ? Avez-vous? Est-ce vrai?"

"Au revoir!" dit-elle. « Vous séjournez au « Navire » ? »

"Oui."

« Ne nous séparons pas dans la colère. Je serai sur la digue demain matin. Alors, séparons-nous, amis.

Le matin, Andrew sortit au grand air. Les arbres, encore dorés dans les maisons plus calmes, étaient presque sans feuilles dans Lymchurch sauvage et venteux . Il se tenait au soleil et, malgré lui, une sorte de joie lui parvenait dans l'air frais d'octobre. Puis le *tintement* d'une sonnette de vélo retentit juste derrière lui, et voilà Stephen.

Ils se serrèrent la main et Stephen haussa les sourcils.

"Est-ce que c'est bien?" Il a demandé. "Je savais que tu viendrais ici quand je suis rentré à la maison hier soir et que j'ai découvert que tu avais ma lettre."

"Non; ça ne va pas. Elle ne veut pas de moi.

"Pourquoi?"

« Fierté ou vengeance, ou quelque chose comme ça. N'en parlons pas.

"D'accord. Je veux un petit-déjeuner ; nous avons quitté la ville à 7h20. Je meurs de faim."

"Qui sommes nous'?"

"Mlle Grant et moi. Je pensais que Rosamund aurait besoin d'un *chaperon* ou d'une demoiselle d'honneur, ou quelque chose du genre, alors je l'ai amenée avec son vélo."

"Toujours attentionné", a déclaré Andrew avec une sorte de rire.

Bientôt, en se promenant le long de la digue, ils rencontrèrent les deux jeunes filles. Rosamund avait l'air radieuse. Où était le chéri pâle et aux yeux creux de la nuit dernière ? Le vent qui ébouriffait ses cheveux bruns lui avait soufflé des roses sur les joues.

"Est-ce que tu me pardonnes?" murmura Stephen lors de leur rencontre.

"Cela dépend", répondit-elle.

Ils marchèrent tous ensemble, et bientôt Stephen et Constance prirent du retard.

Alors Rosamund parla.

« Tu penses vraiment que je devrais écraser ma fierté, et… et… »

Hope rit au visage d'Andrew – rit et s'enfuit – car il regarda le visage de Miss Rainham , et il n'y avait aucun signe de cession en cela.

"Oui," dit-il presque maussade.

"C'est autant dire que vous aviez tort."

« Je... peut-être que j'avais tort. Qu'importe?"

«Cela compte énormément. Supposons que j'aie mon argent maintenant, est-ce que tu me fuirais ?

"Je—je suppose que je devrais agir comme avant."

"Alors tu ne tiens pas plus à moi qu'avant ?"

«Je t'aime mille fois plus», cria-t-il en tournant vers elle des yeux hagards et en colère. « Oui, je crois que j'avais tort. Rien ne m'enverrait de toi maintenant, à part toi-même… »

Elle frappa dans ses mains.

"Alors restez", dit-elle, "car c'est une farce, et mon argent est aussi en sécurité que des maisons."

Il lui lança un regard renfrogné.

« Tout cela n'est qu'un piège ? Tu as joué avec moi ? Au revoir, et Dieu vous pardonne !

Il se tourna pour partir, mais Constance, surgissant derrière eux, lui attrapa le bras.

« Ne sois pas si idiote », dit-elle. « *Elle* n'avait rien à voir là-dedans. Elle pensait que son argent avait disparu. Vous ne pensez pas *qu'elle* aurait joué un tel tour, même pour gagner *vos* précieuses affections. Vous ne méritez pas votre chance, M. Dornington .

Rosamund le regardait avec des yeux mouillés et ses lèvres tremblaient.

"Constance ne me l'a dit que ce matin", a-t-elle déclaré. « Elle et Stephen l'ont planifié, pour que tu… pour que je… de… de… »

« Et puis elle a presque tout gâché en étant aussi stupide que toi. Qu'importe lequel d'entre vous a l'argent ?

«Rien», dit vaillamment Rosamund ; « Je le vois clairement. N'est-ce pas, Andrew ?

« Je ne vois que toi, Rosamund », dit-il, et ils se tournèrent et marchèrent le long de la digue, main dans la main, comme deux enfants.

« C'est très bien, » dit Stephen ; mais, par Jupiter, j'en ai assez de jouer à la Providence et de gérer les affaires des autres.

« Elle était très gentille à ce sujet », dit Constance en continuant son chemin.

« Eh bien, elle peut l'être ; elle a le désir de son cœur. Mais ce n'était pas facile. Quelle bénédiction qu'elle soit si peu professionnelle ! Je n'aurais pas pu le faire sans toi.

«Je suis très heureuse d'avoir rendu service», dit Constance modestement.

« Je n'aurais pas pu m'en sortir sans toi. Je ne peux plus jamais vivre sans toi.

"Mais cela n'a aucun sens", a déclaré Miss Grant.

« Tu ne m'y obligeras pas, Constance ? Il n'y a pas d'argent fou pour s'interposer entre *nous* .

Il attrapa la main qui se balançait à ses côtés.

"Mais tu as dit que tu *l' aimais* , et c'est pourquoi..."

« Ah, mais c'était il y a mille ans. Et même alors, c'était absurde, Constance.

Ainsi deux autres longèrent la digue sous le soleil d'octobre, joyeusement, comme des enfants, main dans la main .

VI

L'ERMITE DES «IFS»

Maurice Brent en savait beaucoup sur l'anthologie grecque et très peu sur les femmes. Personne, à part lui-même, n'avait la moindre idée de ce qu'il savait de l'un, et personne n'avait moins que lui-même la moindre idée du peu qu'il connaissait de l'autre. De sorte que lorsque, étranger et pèlerin désespérément égaré au milieu d'une soirée chic, il commença à tomber amoureux de Camilla, cela ne semblait être l'affaire de personne de lui dire, ce que tout le monde savait, que Camilla avait contracté l'habitude de se fiancer au moins une fois par an. Bien sûr, cela se passait toujours à la campagne, car c'était là que Camilla s'ennuyait le plus. Aucun autre jeune homme éligible n'était libre pour le moment : Camilla ne s'est jamais engagée auprès d'inéligibles. L'habitude des années ne se rompt pas facilement : Camilla s'est fiancée à Maurice et, pendant les six mois de fiançailles, il a vécu au paradis. Un paradis de fous, si l'on veut, mais un paradis quand même.

Vers Pâques, Camilla lui dit très gentiment et gentiment qu'elle s'était trompée sur son propre cœur : elle espérait qu'il ne se laisserait pas rendre très malheureux par cela. Elle lui souhaiterait toujours le meilleur du bonheur, et sans doute le trouverait-il dans l'affection d'une autre fille bien plus aimable et plus digne de lui que sa sincère amie Camilla. Camilla avait raison : personne n'aurait pu être moins digne de lui qu'elle : mais après tout, c'était Camilla qu'il pensait aimer, Camilla qu'il sentait qu'il voulait, pas n'importe quelle autre fille, aussi gentille ou digne soit-elle.

Il l'a pris très doucement : il lui a envoyé un message si froid et si indifférent que Camilla en a été très bouleversée et a pleuré presque toute la soirée et s'est levée le lendemain avec les paupières gonflées et de très mauvaise humeur. Elle n'était plus aussi sûre de son pouvoir qu'elle l'avait été – et la perte d'une telle certitude n'est jamais agréable.

Pendant ce temps, il faisait une annonce pour une maison meublée et en trouvait une par lettre, ce qui semblait être exactement ce qu'il cherchait. "Joliment et commodément meublé à huit kilomètres d'une gare ferroviaire - une maison bien construite située sur son propre terrain de cinq acres - un jardin, un verger et une vue magnifique." Aussi inexpérimenté dans les mœurs des agents de maison que dans celles des femmes, il la prit en dépôt, paya un quart de loyer et descendit en prendre possession. Il avait demandé à l'agent immobilier local de trouver une femme qui viendrait quelques heures par jour pour « faire pour lui ».

« Je ne veux pas que les femmes idiotes vivent dans la maison », dit-il.

C'est par une mauvaise soirée de juin que l'avion de la gare l'a déposé devant sa nouvelle maison. Le trajet avait été long et morne, et Maurice parut plutôt soixante-dix milles que sept. Maintenant, il baissait la vitre de la voiture et mettait la tête sous la pluie pour voir sa nouvelle maison. C'était une villa en stuc, avec des grilles en fer du plus mauvais goût possible. Elle avait un air à la fois neuf et usé ; personne ne semblait y avoir jamais vécu, et pourtant tout y était brisé et délabré. La porte collait un peu d'abord à cause de l'humidité, et quand enfin elle s'ouvrit et que Maurice visita sa maison, il la trouva meublée principalement de toiles cirées, de tables à trois pieds et de photographies dans des cadres Oxford - comme un logement de bord de mer. maison. Cependant, la maison était propre et la femme qui s'y trouvait était propre, mais l'atmosphère du lieu était celle d'un caveau. Il regardait à travers les vitres ruisselantes la vue magnifique tant évoquée dans les lettres des agents de la maison. La maison se trouvait presque au bord d'une carrière de craie désaffectée ; loin en contrebas s'étendait une plaine plate, parsemée ici et là de fours à chaux et de hautes cheminées enfumées. Les cinq acres semblaient très nus et couverts de chardon, et la pluie tombait abondamment d'un cyprès frissonnant et à moitié mort sur une parcelle d'herbe à poils longs et traînée. M. Brent frissonna également et ordonna d'allumer un feu.

La femme partie, il resta longtemps assis près du feu dans une de ces chaises de rotin et de bois qui se replient — qui voudrait qu'une chaise se plie ? — si communes dans les hôtels. À moins que vous ne soyez assis bien droit sur ces chaises, vous en tombez. Il regardait le feu, réfléchissait et rêvait. Ses rêves étaient, naturellement, ceux de Camilla ; ses pensées étaient tournées vers son travail.

« Cela fait trois ans que je prends la maison », dit-il. "Eh bien, un endroit vaut un autre pour être misérable. Mais il faut que je meuble une pièce, car on ne peut pas travailler sur de la toile cirée."

Le lendemain, il marcha jusqu'à Rochester et acheta de vieux bureaux , des chaises et des bibliothèques, quelques tapis persans et quelques objets en laiton, déballa ses livres et s'installa dans la vie d'ermite à laquelle il s'était voué. La femme venait chaque matin de sa chaumière située à un kilomètre et demi et repartait à midi. Il prenait ses repas lui-même — toujours des côtelettes, ou des steaks, ou des œufs – et commença bientôt à s'habituer à l'endroit. Quand le soleil brillait, ce n'était pas si mal. Il ne pouvait lutter contre les épines et les chardons sur ses cinq acres, et ils se sont rapidement transformés en un véritable désert. Mais il est agréable de s'y promener dans un désert ; et quelques fleurs avaient survécu à une longue négligence et produisaient çà et là des boutons rouges, blancs ou jaunes. Et il a travaillé sur son livre sur la poésie grecque.

Il se crut presque content ; il ne s'était jamais autant soucié des gens que des livres, et maintenant il ne voyait plus personne, et ses livres commençaient à encombrer ses étagères. Personne ne passait par « Les Ifs » – ainsi appelés, imaginait-il, en hommage extravagant au cyprès en décomposition – car ils se trouvaient à côté d'un chemin herbeux qui reliait autrefois deux routes principales, chacune distante de quelques kilomètres. Une meilleure route les rejoignait désormais dans la vallée, et personne ne passait devant la fenêtre de Maurice, sauf le lait, le pain, le boucher et le facteur.

L'été est devenu brun et sec et est devenu l'automne, l'automne est devenu humide et froid et s'est transformé en hiver, et tous les vents du ciel ont soufflé froid et humide à travers les fissures de la maison mal construite.

Maurice était content quand le printemps arrivait ; il occupait la maison depuis trois ans, et c'était un homme prudent et aussi, à sa manière, déterminé. Pourtant, c'était bon de contempler à nouveau quelque chose de vert, de voir du soleil et un ciel chaud ; c'était près de Pâques maintenant. Durant ces dix mois, rien ne lui était arrivé. Il n'était jamais allé au-delà de ses cinq acres et personne n'était venu le voir. Il n'avait pas de relations, et les amis oublient vite ; en outre, après tout, les amis, contrairement aux parents, ne peuvent pas aller là où ils ne sont pas invités.

C'est le samedi précédant Pâques que la carrière s'écroula. Maurice travaillait dans son bureau lorsqu'il entendit un craquement soudain et un bruit lent et fendu, puis un long et fort grondement, comme le tonnerre, qui résonnait et répétait. résonnait dans les collines de chaque côté. Et, regardant par sa fenêtre, il vit le nuage de poussière blanche s'élever bien au-dessus des limites de l'ancienne carrière et sembler s'éloigner pour rejoindre les nuages cotonneux du ciel bleu.

« Je suppose que tout est suffisamment sûr ici », dit-il avant de retourner à ses manuscrits. Mais il ne pouvait pas travailler. Enfin , quelque chose s'était produit ; il s'est retrouvé secoué et excité. Il posa la plume. « Je me demande si quelqu'un a été blessé ? il a dit; « La route passe juste en dessous, bien sûr. Je me demande s'il y en aura encore… je me demande ? Un fil trembla, la cloche craquée résonna durement dans le silence de la maison. Il se leva d'un bond. «Qui diable…» dit-il. "La maison n'est peut-être pas sûre après tout, et ils sont venus me le dire."

En longeant la toile cirée usée du hall, il aperçut, à travers la vitre inquiétante et tachetée de blanc de sa porte d'entrée, le contour d'un chapeau de femme.

Il ouvrit la porte – elle resta bloquée comme d'habitude – mais il parvint à l'ouvrir. Il y avait une fille qui tenait un vélo.

"Oh!" dit-elle sans le regarder, je suis vraiment désolée de vous déranger, mon vélo est en panne et j'ai peur que ce soit une crevaison, et pourriez-vous me donner de l'eau pour trouver le trou, et si je peux asseyez-vous une minute.

Sa voix devenait de plus en plus basse.

Il ouvrit grand la porte et tendit la main vers le vélo. Elle fit deux pas, un peu chancelants, et s'assit dans l'escalier : il n'y avait pas de chaises : le mobilier de l'entrée n'était que de toile cirée et de pinces à chapeau.

Il voyait maintenant qu'elle était très pâle ; son visage paraissait verdâtre derrière les mailles blanches de son voile.

Il appuya la machine contre la porte, tandis qu'elle appuyait sa tête contre le vilain papier marbré du mur de l'escalier.

« J'ai bien peur que vous soyez malade, » dit-il doucement. Mais la jeune fille ne répondit rien. Sa tête glissa le long du mur vernis et reposa sur l'escalier deux marches au-dessus de l'endroit où elle était assise. Son chapeau était tordu et tordu ; même un étudiant en grec pouvait voir qu'elle s'était évanouie.

"Oh Seigneur!" a-t-il dit.

Il ôta son chapeau et son voile – il ne sut jamais comment, et il s'étonna ensuite de sa propre habileté, car il y avait beaucoup d'épingles, longues et courtes ; il alla chercher le coussin dans son fauteuil et le lui mit sous la tête ; il lui ôta ses gants et lui frotta les mains et le front avec du vinaigre, mais son teint resta vert, et elle gisait en tas au pied de son escalier.

Puis il se souvint que les personnes évanouies devaient être allongées à plat et ne pas être autorisées à s'étendre en tas au pied des escaliers, alors il prit très doucement et avec précaution la jeune fille dans ses bras et la porta dans son salon. Ici, il la déposa par terre - il n'avait pas de canapé - et s'assit à côté d'elle sur le sol, l'éventant patiemment avec un exemplaire de l' *Athénée* et observant le visage pincé et pâle à la recherche d'un signe de retour à la vie. Ce fut enfin, dans un battement de paupières, une respiration longue et haletante. L'érudit grec se précipita vers le whisky – un brandy qu'il considérait comme un simple complément des bateaux de la Manche – leva la tête et porta le verre à ses lèvres. Le sang était revenu sur son visage dans un afflux d'œillet ; elle a bu – s'est étouffée – a bu – il a baissé la tête et ses yeux se sont ouverts. C'étaient de grands yeux gris clair – qui avaient l'air très perplexes à l'instant – mais eux et la teinte rouge clair des joues et des lèvres transformaient le visage.

« Mon Dieu, dit-il, elle est jolie ! Joli? elle est belle!"

Elle était. Qu'une telle beauté se soit si facilement cachée derrière un masque teinté de vert, avec une paupière enfoncée, semblait un miracle à l'ingénu rat de bibliothèque.

« Tu vas mieux maintenant », dit-il avec une banalité fiévreuse. « Donnez-moi vos mains… alors… maintenant je peux… oui, c'est vrai… ici, cette chaise est la seule confortable… »

Elle se laissa tomber dans le fauteuil et écarta d'un geste le whisky qu'il lui offrait avec empressement. Il la regardait avec une sollicitude respectueuse.

Au bout de quelques instants, elle étendit les bras comme une enfant endormie, bâilla, puis éclata soudain de rire. Il y avait un son étrange. Personne n'avait ri dans cette maison depuis la nuit humide où M. Brent en avait pris possession, et il n'avait jamais pu se résoudre à croire que quelqu'un y ait jamais ri auparavant.

Puis il se rappela avoir entendu dire que les femmes avaient des crises hystériques aussi bien que des évanouissements, et il dit avec empressement : « Oh, non ! Tout va bien… tu étais faible… la chaleur ou quelque chose comme ça… »

"Est-ce que je me suis évanoui?" » demanda-t-elle avec intérêt. «Je ne me suis jamais évanoui auparavant. Mais… oh… oui… je me souviens. C'était plutôt horrible. La carrière est presque tombée sur moi, et je me suis arrêté juste à temps – et j'ai contourné par cette route parce que l'autre était bouchée, et j'étais si heureux quand j'ai vu la maison. Merci beaucoup; ça a dû être très pénible. Je pense que je ferais mieux de commencer bientôt… »

« Non, ce n'est pas le cas ; tu n'es pas encore apte à rouler seul, se dit-il. Il dit à voix haute : « Vous avez parlé d'une crevaison. Quand vous irez mieux, je la réparerai. Et regarde ici, as-tu déjeuné ?

"Non", dit-elle.

"Alors… si vous me le permettez." Il quitta la pièce et revint aussitôt avec le plateau dressé pour son propre déjeuner ; puis il alla chercher dans le garde-manger tout ce qui lui tombait sous la main : un demi-poulet froid, du pudding de viande froide, un pot de confiture, de la bière en bouteille. Il les posa confusément sur la table. "Maintenant," dit-il, "viens essayer de manger."

« C'est très gentil de votre part de vous déranger », dit-elle, avec un ton un peu surpris, car elle s'attendait à ce que le « déjeuner » soit un repas formel fixe présidé par une parente discrète. "Mais n'est-ce pas… n'est-ce pas… est-ce que tu vis seul, alors ?"

« Oui, une femme vient le matin. Je suis désolée qu'elle soit partie : elle aurait pu vous organiser un meilleur déjeuner.

"Mieux? eh bien, c'est charmant ! » dit-elle en acceptant la situation avec un franc amusement, et elle donna une ou deux touches à la table pour remettre tout à sa place.

Puis ils déjeunèrent ensemble. Il l'aurait servie debout, comme on sert une reine, mais elle rit encore, et il prit place en face d'elle. Pendant le déjeuner, ils ont parlé.

Après le déjeuner, ils réparèrent le pneu crevé et parlèrent tout le temps ; puis il était plus de trois heures.

« Vous n'irez pas encore », dit-il alors, osant beaucoup pour ce qui lui paraissait un grand enjeu. "Laissez-moi vous préparer du thé, je peux, je vous l'assure, et voyons si le pneu tient le coup..."

"Oh, le pneu va bien, grâce à votre intelligence——"

« Eh bien, dit-il désespérément, ayez pitié d'un pauvre ermite ! Je vous donne ma parole, je suis ici depuis dix mois et trois jours, et pendant ce temps je n'ai adressé un seul mot à aucun être humain, sauf à ma couturière.

"Mais si tu veux parler aux gens, pourquoi as-tu commencé à être un ermite ?"

"Je pensais que non, alors."

« Eh bien, maintenant que vous savez mieux, pourquoi ne revenez-vous pas parler aux gens de la manière habituelle ? »

Ce fut le premier et le dernier signe qu'elle donna que les circonstances dans lesquelles elle se trouvait avec lui étaient tout sauf ordinaires.

«J'ai un livre à terminer», dit-il. « Voudriez-vous prendre le thé dans la nature ou ici ? Il a sagement pris son consentement pour acquis cette fois-ci, et sa sagesse a été justifiée.

Ils prirent le thé dans le jardin. Le désert s'épanouissait comme une rose, selon Maurice. Dans son esprit, il répétait sans cesse : « Comme j'ai dû m'ennuyer pendant tout ce temps ! Comme j'ai dû m'ennuyer ! »

Il lui semblait que son esprit s'ouvrait, comme une fleur, et pour la première fois. Il n'avait jamais aussi bien parlé, et il le savait : toutes les graines de la pensée, semées au cours de ces longues heures de solitude, portaient désormais leurs fruits. Elle a écouté, elle a répondu, elle a argumenté et débattu.

«Beau... et sensé», se disait Maurice. "Quelle femme merveilleuse!" Il y avait en outre une vivacité d'esprit, une vivacité d'allure qui le charmaient. Camilla était languissante et rêveuse.

Soudain, elle se leva.

« Je dois y aller, dit-elle, mais je me suis tellement amusée. Vous êtes un hôte idéal : merci mille fois. Peut-être nous reverrons-nous un jour , si vous revenez dans le monde. Savez-vous que nous avons parlé et discuté pendant des heures et des heures sans même penser à nous demander quels sont nos noms respectifs. Je pense que nous nous sommes fait un très magnifique compliment, n'est-ce pas ?

Il a souri et a dit : « Je m'appelle Maurice Brent. »

«La mienne est Diana Redmayne. Si cela ressemble à quelqu'un du *Family Herald* , je n'y peux rien. Il avait fait rouler le vélo sur la route, et elle avait enfilé un chapeau et des gants et s'était levée prête à monter avant de dire : « Si vous revenez au monde , je vous rencontrerai presque certainement. Nous semblons connaître les mêmes personnes ; J'ai entendu votre nom plusieurs fois.

"De qui?" a-t-il dit.

« Entre autres, dit-elle le pied sur la pédale, de ma cousine Camilla. Au revoir."

Et il dut regarder la route après la silhouette volante rapide.

Puis il retourna dans la petite maison isolée et vers midi et demi ce soir-là, il se rendit compte qu'il n'avait fait aucun travail ce jour-là et que les heures qui n'avaient pas été passées à parler à Diana Redmayne l'avaient été à penser à elle. .

« Ce n'est pas parce qu'elle est jolie et intelligente, dit-il ; « et ce n'est même pas parce qu'elle est une femme. C'est parce qu'elle est le seul être humain intelligent à qui j'ai parlé depuis près d'un an.

Ainsi, jour après jour, il pensait à elle.

Ce n'est que trois semaines plus tard que la cloche craqua et tinta de nouveau, et de nouveau à travers le verre tacheté, il aperçut un chapeau de femme. À son infini dégoût et surprise, son cœur se mit à battre violemment.

«Je deviens nerveux à l'idée de vivre tout seul», dit-il. « Confondre cette porte ! comment ça colle… il faut que je le fasse planifier .

Il ouvrit la porte et se retrouva face à face avec… Camilla.

Il recula et s'inclina gravement.

Elle était plus belle que jamais – et il la regardait en se demandant comment il avait pu la trouver, ne serait-ce que passablement jolie.

"Tu ne veux pas m'inviter à entrer?" dit-elle timidement.

"Non," dit-il, "je suis tout seul."

«Je sais», dit-elle. « Je viens seulement d'apprendre que tu vis ici tout seul, et je suis venu te dire, Maurice, que je suis désolé. Je ne savais pas que tu t'en souciais autant, ou... »

« Ne le faites pas », dit-il, mettant fin à ses aveux comme un bon batteur arrête une balle de cricket. « Croyez-moi, je ne me suis pas fait ermite à cause de... tout ça. J'avais un livre à écrire, c'est tout. Et... et c'est très gentil de votre part de venir me voir, et j'aimerais pouvoir vous demander de venir, mais... Et c'est gentil de votre part de vous intéresser à un vieil ami – vous aviez dit que vous le feriez, mais vous ne l'avez pas fait. je vous l'ai dit dans la lettre... et... j'ai suivi le conseil que vous m'avez donné.

"Tu veux dire que tu es tombé amoureux de quelqu'un d'autre."

"Vous vous souvenez de ce que vous avez dit dans votre lettre."

« Quelqu'un de plus gentil et de plus digne, ai-je dit», répondit Camilla d'un ton neutre, «mais je n'ai jamais pensé... Et est-ce qu'elle l'est?»

" Bien sûr , elle me le semble", dit-il en lui souriant pour exprimer un sentiment amical.

"Alors, au revoir, je vous souhaite bonne chance."

« Vous l'avez dit aussi dans votre lettre, dit-il. "Au revoir."

"Qui est-elle?"

"Je ne dois même pas te le dire avant de lui avoir dit " , sourit-il à nouveau.

« Alors au revoir », dit brièvement Camilla ; "pardonne-moi de t'avoir dérangé si inutilement."

Il se retrouva devant sa porte et Camilla, sur son vélo, dévala la route à toute vitesse, suffoquant de larmes de colère, de mortification et de profonde déception. Parce qu'elle savait maintenant qu'elle l'aimait autant qu'il était en elle d'aimer quelqu'un, et parce qu'elle, qui avait humilié tant de personnes, s'était enfin humiliée elle-même – et en vain.

Maurice Brent a laissé sa porte ouverte et a parcouru ses cinq acres, rempli d'étonnement. Camilla elle-même n'avait pas été plus profondément étonnée que lui des paroles qu'il avait prononcées. Un instant auparavant, il n'avait même pas pensé qu'il était amoureux, encore moins envisagé de l'avouer : et maintenant, apparemment sans sa volonté, il s'engageait dans cette déclaration. Était-ce vrai, ou avait-il dit cela seulement pour se défendre de ses avances dans lesquelles il ne voyait qu'un nouveau piège ? Il l'avait dit pour se défendre , oui, mais c'était vrai, néanmoins ; c'était la partie merveilleuse de tout cela. Et ainsi il marcha dans le désert, perdu dans l'émerveillement ; et tandis qu'il marchait, il remarqua les bicyclettes qui passaient devant sa porte – le long de sa route peu fréquentée, par un, par deux et par trois – car c'était un samedi et la route inférieure était encore froide et cachée sous son chargement de craie, et aucun ne pouvait le faire. passer par là. Cette route était chaude et poussiéreuse, et les gens la parcouraient continuellement. Il se dirigea vers son laid portail en fer et regarda par-dessus, distraitement. Peut-être qu'un jour elle reviendrait par là – elle s'arrêterait sûrement – surtout s'il était à la porte – et peut-être resterait et parlerait un peu. Comme pour répondre moqueusement à la pensée nouveau-née, un éclair bleu apparut le long de la route ; Diana Redmayne passa à toute vitesse – s'inclina froidement – puis, à dix mètres de distance, se retourna et agita une main gantée de blanc, avec un sourire charmant. Maurice jura doucement et rentra réfléchir.

Son travail avançait lentement ce jour-là et dans les jours qui suivirent. Le vendredi suivant, il se rendit à Rochester et, au crépuscule de la soirée, il marcha le long de la route, à environ un mile de «The Ifs», puis, avançant lentement, il jeta de sa main des poignées de quelque chose de sombre et donna un coup de pied . la poussière blanche dessus pendant qu'il gisait.

« J'ai l'impression que l'ennemi sème l'ivraie », dit-il.

Puis il rentra chez lui, plein d'impatience anxieuse. Le lendemain, il faisait chaud et lumineux. Il emporta son fauteuil dans le cauchemar d'une véranda et resta assis là à lire ; ce n'est qu'au-dessus du haut du livre que ses yeux pouvaient suivre la courbe de la route blanche. Cela rendait plus difficile le suivi du texte. Bientôt, les cyclistes commencèrent à passer, par un, par deux, par trois ; mais un certain pourcentage faisait rouler ses machines, d'autres s'arrêtaient à portée de vue pour gonfler leurs pneus . Un homme s'est assis sous la haie à trente mètres de là et a mis sa machine en pièces ; Bientôt, il s'approcha et demanda de l'eau. Brent l'a donné, dans une bassine en fer blanc, à contrecœur et sans ouvrir la porte.

« J'en ai exagéré, dit-il, un quart de livre aurait suffi ; mais je ne sais pas – peut-être vaut-il mieux être prudent. Pourtant, trois livres, c'était peut-être excessif.

Tard dans l'après-midi, une silhouette rose roulant sur une bicyclette arrivait lentement sur la route. Il resta assis et essaya de lire. Dans un instant, il entendrait le cliquetis de la porte : alors il surgirait et serait très étonné. Mais la porte ne claqua pas, et lorsqu'il releva à nouveau les yeux, la blouse rose avait disparu et avait presque dépassé la limite des cinq acres. Puis il s'est levé et s'est enfui.

« Miss Redmayne, puis-je vous aider ? Qu'est-ce que c'est? Avez-vous eu un déversement ? » dit-il en la rattrapant.

« Puncture », dit-elle laconiquement.

« Vous êtes très malheureux. Ne puis-je pas vous aider à le réparer ?

"Je le réparerai dès que j'arriverai dans un endroit ombragé."

« Venez dans le désert. Vous voyez, voici la porte latérale. Je vais chercher de l'eau dans un instant.

Elle le regarda d'un air dubitatif, puis consentit. Elle a refusé le thé, mais elle est restée et a parlé longtemps après que le vélo ait été réparé.

Le samedi suivant, il marchait le long de la route, et revenait, et continuait, et de nouveau l'endroit était animé de cyclistes en colère s'occupant, chacun à sa manière, d'un pneu crevé . Il tomba sur Miss Redmayne assise près du fossé en train de réparer le sien. C'était l'époque où il s'asseyait au bord de la route et lui racontait tout sur lui, réservant uniquement les points où sa vie avait touché celle de Camilla.

La semaine suivante, il parcourut de nouveau la route, et cette fois il dépassa Miss Redmayne, qui reprenait résolument son vélo par le chemin par lequel elle était venue.

"Laisse-moi le faire rouler pour toi", dit-il. « Où aller ? »

«Je retourne à Rochester», dit-elle. « Je viens généralement voir mes tantes à Felsenden le samedi, mais je crains de devoir y renoncer ou de prendre le train ; cette route n'est pas sûre.

"Pas sécurisé?" dit-il avec une agitation qui ne pouvait lui échapper.

« Pas en sécurité », répéta-t-elle. « M. Brent, il y a une personne très malveillante dans cette partie du pays – une personne parfaitement épouvantable. »

"Que veux-tu dire?" réussit-il à demander.

« Ces trois samedis, j'ai suivi cette route ; chaque fois que j'ai eu une crevaison. Et chaque fois j'ai retrouvé incrusté dans mon pneu l'évidence de la malice de quelqu'un. C'est un élément de preuve. Elle tendit sa main non gantée. Sur sa paume rose se trouvait une punaise de bonne taille . « Une fois, ce pourrait être un accident ; deux fois une coïncidence ; trois fois, c'est trop. La route est impossible.

"Pensez-vous que quelqu'un l'a fait exprès?"

«Je le sais», dit-elle calmement.

Puis il devint désespéré.

«Essayez de me pardonner», dit-il. «J'étais si seul et je voulais tellement…»

Elle tourna vers lui de grands yeux.

"Toi!" elle a pleuré et s'est mise à rire.

Son rire était très joli, pensa-t-il.

"Alors tu ne savais pas que c'était moi?" » dit l'étudiant grec.

"Toi!" dit-elle encore. — Et cela vous a-t-il amusé de voir tous ces pauvres gens en difficulté et de savoir que vous leur avez gâché leurs pauvres petites vacances, et trois fois aussi.

ai jamais pensé », dit-il; « C'était toi que je voulais voir. Essayez de me pardonner ; tu ne sais pas à quel point je te voulais. Quelque chose dans sa voix la faisait taire. « Et ne riez pas, » continua-t-il. « J'ai l'impression que je ne voulais rien d'autre au monde que toi. Laisse-moi venir te voir, laisse-moi essayer de t'intéresser aussi.

« Vous dites des bêtises », dit-elle, car il s'arrêta sur une note qui exigeait une réponse. "Eh bien, tu as dit à Camilla..."

« Oui, mais toi, mais je voulais dire *toi* . J'ai cru que je tenais à elle autrefois, mais je ne me suis jamais vraiment soucié de tout mon cœur et de toute mon âme d'autre que toi.

Elle le regarda calmement et sérieusement.

« Je vais oublier tout cela, dit-elle ; mais tu me plais beaucoup, et si tu veux venir me voir, tu peux. Je vais vous présenter mes tantes à Felsenden comme… comme une amie de Camilla. Et je serai ami avec toi ; mais jamais rien d'autre. Voulez-vous connaître mes tantes ?

Maurice avait parfois des inspirations de bon sens. Quelqu'un est venu le voir maintenant et il a dit : « Cela m'intéresse beaucoup. »

« Alors aide-moi à réparer mon vélo, et tu pourras venir là-bas demain. C'est « The Grange », vous ne pouvez pas le manquer. Non, pas un autre mot de bêtise, s'il vous plaît, sinon nous ne pouvons pas être amis.

Il l'a aidée à réparer le vélo et ils ont parlé de la beauté du printemps et de la poésie moderne.

C'est à « The Grange », Felsenden , que Maurice revit Miss Redmayne — et c'est de « The Grange », Felsenden , qu'en septembre il l'épousa.

"Et pourquoi as-tu dit que tu ne serais jamais autre chose qu'un ami ?" lui a-t-il demandé le jour où ce mariage a été arrangé. "Oh! tu as failli me faire croire ! Pourquoi as-tu dit cela ?

« Il faut dire quelque chose ! elle a répondu. "En plus, tu ne m'aurais jamais respecté si j'avais dit 'oui' tout de suite."

« Auriez-vous pu le dire ? Alors, est-ce que tu m'aimais ?

Elle le regarda et son regard fut une réponse. Il se baissa et l'embrassa gravement.

« Et tu t'en souciais vraiment, même alors ? J'aurais aimé que tu sois plus courageux," dit-il un peu tristement.

« Ah, mais, » dit-elle, « je ne te connaissais pas alors, tu dois essayer de me pardonner, ma chérie. Pensez à l'ampleur de l'enjeu ! Supposons que je t'aie perdu ! »

VII

LA TANTE ET L'EDITEUR

Tante Kate était le grand réconfort de l'existence de Kitty. Toujours gentille, serviable, compatissante, aucun problème de fille n'était trop léger, aucune question de fille n'était trop difficile pour son cœur tendre – sa perspicacité délicate. Quelle différence avec la sinistre tante Eliza, avec qui c'était le destin de Kitty de vivre. Tante Eliza était sévère, méthodique, énergique. Dans les affaires domestiques, elle ne s'épargnait ni elle-même ni sa nièce. Kitty savait repriser, raccommoder, cuire au four, épousseter et balayer d'une manière qui aurait pu rendre verts d'envie les parents du plus bleu des Girtoniens . Elle avait beaucoup lu aussi, des ouvrages vraiment solides, si pénibles à parcourir et qui marquent dans l'esprit comme la trace d'un rouleau compresseur. C'était l'œuvre de tante Eliza. Kitty aurait dû être reconnaissante, mais elle ne l'était pas. Elle ne voulait pas s'améliorer avec des livres solides . Elle voulait écrire des livres elle-même. Elle écrivait de petits contes quand sa tante était en voyage d'affaires, ce qui arrivait souvent, et elle rêvait du jour où elle pourrait écrire de beaux livres, des poèmes, des romans. Tante Eliza qualifiait grossièrement ces choses de « trucs et absurdités » ; et un jour, quand elle trouva Kitty en train de lire le *Girls' Very Own Friend* , elle déchira ce petit hebdomadaire inoffensif de part en part et le jeta au feu. Puis elle fit face à Kitty avec un visage rouge et des yeux en colère.

"Si jamais je te surprends à ramener de telles ordures dans la maison, je vais... j'arrêterai tes cours de musique."

C'était une horrible menace. Kitty allait deux fois par semaine à la Guildhall School of Music. Elle n'avait aucun talent musical, mais le voyage aller-retour jusqu'à Londres était son seul aperçu de la marée du monde qui coulait à l'extérieur de la maison soignée, sombre et ordonnée de Streatham . Kitty veillait donc à ce que tante Eliza ne « la surprenne pas à apporter de telles ordures dans la maison ». Mais elle continuait tout de même à lire le journal, tout comme elle continuait à écrire ses petites nouvelles. Et bientôt, elle fit écrire une de ses petites histoires à la machine et l'envoya à la *très propre amie des filles* . C'était une petite histoire idiote – l'héroïne était *svelte* , je suis désolé de le dire, avec des cheveux roux et une voix douce et *entraînante* – et le héros était un « jeune Anglais à l'air franc, avec un visage bronzé et un bleu honnête ». yeux." L'intrigue était celle par laquelle, je crois fermement, commence toute carrière de fiction : la fille qui renverse son amant parce qu'il a abandonné son ami. Elle découvre alors que ce n'était pas son amant, mais son frère ou son cousin. Nous avons tous écrit cette histoire à notre époque, et Kitty l'a écrite bien pire que beaucoup, mais pas aussi mal que la plupart d'entre nous.

Et le *Girls' Very Own Friend* a accepté l'histoire et l'a imprimée, et dans ses colonnes a notifié à « George Thompson » que le prix, une guinée entière, restait inactif au bureau jusqu'à ce qu'il envoie son adresse. Car, bien sûr, Kitty avait pris le nom d'un homme pour son pseudonyme, et presque également, bien sûr, s'était appelée « George ». George Sand l'a commencé, et c'est une mode que les jeunes auteurs semblent bien incapables de s'empêcher de suivre.

Kitty avait envie de raconter à quelqu'un ses succès , de demander de l'admiration et des conseils ; mais tante Eliza était plus sévère et moins accessible que d'habitude cette semaine-là. Elle était occupée à écrire des lettres . Elle avait toujours une liasse de lettres ennuyeuses à répondre, donc Kitty ne pouvait le dire à Mary que dans la cuisine sous serment de secret, et Mary dans la cuisine disait seulement : « Eh bien, bien sûr, Mademoiselle, c'est beau ! Je suppose que vous avez écrit l'histoire à partir d'un livre ?

C'est pourquoi Kitty sentait qu'il était vain de s'adresser à elle pour obtenir de la sympathie intellectuelle.

« J'écrirai à tante Kate, dit-elle, *elle* comprendra. Oh, comme j'aimerais pouvoir la voir ! Elle doit être une personne chère, douce, câline et câline. Pourquoi ne devrais-je pas aller la voir ? Je vais."

Et c'est sur cette résolution désespérée qu'elle a agi.

Maintenant, il me paraît tout à fait impossible de cacher plus longtemps au lecteur intelligent que la raison pour laquelle Kitty n'avait jamais vu tante Kate était que « Tante Kate » n'était que l'écran qui abritait d'une vulgaire publicité la personne talentueuse qui a écrit les « Réponses aux correspondants ». » pour la *très propre amie des filles* .

Dans la peur et le tremblement, et une écriture déguisée ; avec un nom feint et un cœur battant vite, Kitty, des mois auparavant, avait écrit à cet être mystérieux et gracieux . Dans le numéro de la semaine suivante étaient parues ces lignes mémorables :

" *Douce Nancy*. — Tellement contente, ma chérie, de ta petite lettre. Écrivez-moi en toute liberté. J'aime aider mes filles.

Ainsi Kitty écrivait assez librement et avec autant d'honnêteté que n'importe quelle fille de dix-huit ans : ses espoirs et ses craintes, ses problèmes domestiques, ses ambitions littéraires. Et dans les colonnes de *Girls' Very Own Friend*, tante Kate a répondu avec toute la grâce tendre et la chaleur délicieuse qui caractérisaient ses propos.

L'idée d'appeler tante Kate est venue à l'esprit de Kitty alors qu'elle « enfilait ses affaires » pour se rendre au Guildhall. Elle a immédiatement jeté le chapeau simple « de tous les jours » et a sorti son plus beau chapeau de son nid en papier de soie dans la boîte à ruban noire. Elle enfila son plus beau chemisier – celui de couleur crème avec de la dentelle marron dessus, et sa plus belle jupe en soie marron. Elle a imprudemment ajouté ses plus belles chaussures et gants marron, ainsi que le boa en dentelle. (Je ne sais pas quel est le nom donné par la modiste à cette chose. Elle tourne autour du cou et pend ses extrémités douces et duveteuses presque jusqu'aux genoux.) Puis elle se regarda dans le verre , donna quelques dernières touches à ses cheveux et son voile, et hocha la tête.

"Vous ferez l'affaire, ma chère", dit Kitty.

Tante Eliza était providentiellement absente à Bath pour soigner un ami malade, et on ne pouvait pas s'attendre à ce que la duègne au clairon noir, importée à la hâte de Tunbridge Wells, sache quelle était la meilleure robe de Kitty et quels gants n'auraient dû être portés qu'à l'église. .

Une fois le cours de musique terminé, Kitty resta un moment debout sur les marches de la Guildhall School, regardant vers la rivière. Puis elle haussa ses jolies épaules.

"Je m'en fiche. Je vais le faire, dit-elle en se tournant résolument vers Tudor Street. Kitty avait été au lycée : elle n'était donc pas visiblement timide. Elle demandait franchement et facilement son chemin au chauffeur, au commis ou au garçon de courses ; et même si, à la porte du bureau miteux d'une petite cour de Fleet Street, son cœur battait à tout rompre lorsqu'elle lisait les mots émaillés en bleu : Girls ' *Very Own Friend* , son attitude lorsqu'elle entrait dans le bureau ne trahissait aucune nervosité, et , en effet, a frappé le garçon de bureau oisif et souriant comme celui d'une « duchesse épanouie ».

«Je veux voir…» commença-t-elle; et puis soudain, la gêne de sa position la frappa. Elle ne connaissait pas le nom de famille de tante Kate. Demander brusquement à ce voyou souriant « Tante Kate » semblait absolument inconvenant. "Je veux voir l'éditeur", a-t-elle conclu.

Elle attendit dans le bureau crasseux pendant que le garçon disparaissait par une porte intérieure, marquée en lettres blanches crasseuses des mots magiques « Rédacteur – Privé ». Un faible bourdonnement de voix lui parvint à travers la porte. Elle regarda les casiers où des tas d'anciens numéros des *Girls' Very Own* gisaient dans une retraite poussiéreuse. Elle regarda l'almanach insipide de la compagnie d'assurance accroché au mur, de travers, et le buzz continuait. Puis soudain, quelqu'un rit intérieurement, et ce rire ne plut pas à Kitty. L'instant d'après, le garçon revint, avec un sourire plus repoussant que jamais, et dit : « Marche par ici. »

Elle a marché dans cette direction, devant le garçon ; la porte s'est effondrée derrière elle, et elle s'est retrouvée dans un nuage de fumée de tabac, comprimée dans une petite pièce — une pièce très poussiéreuse et en désordre — dans laquelle se tenaient trois jeunes hommes. Leurs visages étaient graves et sérieux, mais Kate ne pouvait pas oublier que l'un d'eux avait ri, et ri *comme ça* . Son menton s'est remonté d'environ un quart de pouce plus loin.

"Je suis désolée de vous avoir dérangé", dit-elle sévèrement. "Je voulais voir… voir la dame qui signe elle-même Tante Kate."

Il y eut un moment de silence qui parut presque haletant. Deux des jeunes hommes échangèrent un regard, mais même si Kitty percevait cela comme significatif, elle ne parvenait pas à en interpréter le sens. Puis l'un des trois se tourna pour regarder par la fenêtre la verrière noircie de l'imprimerie en contrebas. Kitty était certaine qu'il cachait un sourire ; et le second disposa précipitamment une liasse de papiers à côté de lui.

Le troisième jeune homme parla, et Kitty aimait son ton doux et traînant, son énonciation particulière. La pauvre fille, dans sa retraite de Streatham , n'avait jamais entendu la « voix d'Oxford ».

« Je suis vraiment désolé, dit-il, mais « tante Kate » n'est pas là aujourd'hui. Peut-être… y a-t-il quelque chose que je puisse faire ?

"Non, merci", dit Kitty, souhaitant se trouver à des kilomètres ; la fumée du tabac l'étouffait, le dos des deux autres hommes semblait un scandale. Elle se détourna avec un salut hautain et descendit les escaliers crasseux pleine de fureur. Elle aurait pu se gifler. Comment a-t-elle pu être assez stupide pour venir là ? Des pas descendaient les escaliers derrière elle ; elle accéléra le pas. Les pieds sont venus plus vite. Elle s'arrêta sur le palier et se retourna avec une étrange impression d'être aux abois. C'était le jeune homme blond à la voix d'Oxford.

« Je suis vraiment désolé, » dit-il doucement, « mais je ne le savais pas. Je ne m'attendais pas à te voir – je veux dire, je ne savais pas qui tu étais. Et nous avions tous fumé – je suis vraiment désolé », répéta-t-il, plutôt boiteux.

"Ça n'a pas d'importance", dit Kitty, plus timidement qu'elle ne l'avait jamais dit de sa vie. Elle aimait ses yeux et sa voix autant qu'elle détestait les dos expressifs de ses deux compagnons.

« Si vous pouviez revenir : peut-être que tante Kate sera là jeudi. Je sais qu'elle sera désolée de te manquer, poursuivit le jeune homme.

"Je pense que je n'appellerai plus, merci", dit Kitty. « Je… je vais vous écrire, merci ; Tout va bien. Je n'aurais pas dû venir. Au revoir."

Il n'y avait rien d'autre à faire que de prendre du recul et de la laisser passer. Le rédacteur retourna lentement dans sa chambre. Ses amis avaient rallumé leurs pipes.

« Apaisé la déesse indignée ? » demanda l'un d'eux.

"Bonne vieille tante Kate!" dit l'autre.

« Tais-toi, Sellars ! » » dit le rédacteur en fronçant les sourcils.

« Maintenant, de lequel de vos correspondants s'agit-il ? » » réfléchit Sellars, ébouriffant la liasse de papiers qu'il tenait à la main. « Est-ce « Wild Woodbine » qui veut savoir ce qui lui rendra les mains blanches ? Chilcott, as-tu vu ses mains ? Oh non, bien sûr, *bien chaussée, bien gantée* . Tout marron aussi. Est-ce « Sylphe » ? — non ; elle veut un modèle pour un zouave. Qu'est-ce qu'un zouave, s'il vous plaît, Monsieur le Rédacteur ?

"Sécher!" dit le rédacteur en chef, mais Sellars était occupé avec les journaux.

« Eurêka ! Je la connais. Elle est « la servante aux noisettes » – voici la lettre – elle veut savoir si elle peut parler à « un jeune gentleman à qui elle n'a pas été correctement présentée » – elle s'écrit aussi « interroduit »… »

Le rédacteur en chef arracha les journaux des mains de l'autre.

« Maintenant, partez », dit-il ; "Je suis occupé."

"Est-ce que je suis en train de rêver?" » dit Sellars pensivement ; « ou est-ce l'éditeur qui nous a invités à collaborer avec lui dans ses « Réponses aux correspondants » ?

«Je suis le rédacteur en chef qui vous renverra les cinq vols au complet s'il y est contraint. Vous ne le conduirez pas, n'est-ce pas ?

Les deux rirent, mais ils prirent leurs chapeaux et s'en allèrent ; Sellars passa la tête par la porte pour dire un dernier mot.

"Quel prix le coup de foudre ?" » dit-il, et le chef du bureau enfonça la porte tandis qu'il disparaissait autour. Le rédacteur, resté seul, s'assit sur sa chaise et regarda autour de lui, impuissant.

"Bien!" dit-il d'un ton songeur, "eh bien, eh bien, eh bien!" Puis, après un long silence, il prit sa plume et commença les « Réponses aux correspondants ».

« *Dieu- donné* . — Tes cheveux sont d'une très belle couleur . Je ne devrais pas conseiller Auréoline .

« *Fée timide.* — Consultez absolument votre mère. L'héliotrope conviendrait à votre teint, s'il est, comme vous dites, d'une brillante blondeur.

" *Contadina*. — Non, je ne conseillerais pas le velours écarlate avec le bleu pâle. Essayez le vert myrte.

Bientôt, il jeta la plume. « Je suppose que je ne la reverrai jamais», dit-il, et il soupira réellement.

Mais il l'a revue. Car, sur le chemin du retour, l'imagination de la pauvre Kitty déploya soudain ses ailes et se posa avec précision sur la vérité ; elle s'est fait une image suffisamment vivante de ce qui s'était passé dans le bureau après son départ. Elle *savait* que ces autres jeunes hommes – « les cochons », les appelait-elle pour elle-même – avaient spéculé pour savoir si elle était « la Petite » qui voulait se faire boucler les cheveux et savoir si elle porterait des tailles courtes ; ou « Moss Rose », qui s'inquiétait de son teint et de la bonne façon de traiter une chérie jibeuse. Ainsi, le soir même, elle a écrit un mot à tante Kate, mais elle ne l'a pas signé « Sweet Nancy » à l'ancienne, et elle n'a pas déguisé sa main. Elle l'a signé George Thompson, entre guillemets, et elle a dit qu'elle appellerait jeudi.

Et jeudi, elle a appelé. Et on l'a immédiatement conduit dans la salle de rédaction.

Le rédacteur se leva pour la saluer.

« Tante Kate n'est pas là », dit-il précipitamment ; mais si vous pouvez me consacrer quelques instants, je voudrais vous parler affaires ; Je ne savais pas l'autre jour que vous étiez l' auteur de cette charmante histoire "L'erreur d'Evelyn".

La pièce était exempte de fumée de tabac – le rédacteur était seul – des roses rouges gisaient sur la table. Kitty se surprit à se demander pour qui il les avait achetés. La chaise qu'il lui proposa fut soigneusement époussetée. Elle l'a pris et il a commencé à parler de son histoire ; critiquer , louer, blâmer, et cela si habilement que la critique semblait une flatterie subtile, et le blâme lui-même transmettait un compliment. Puis il a demandé plus d'histoires. Et un nouveau ciel et une nouvelle terre semblaient se dérouler sous les yeux de la jeune fille. Si seulement elle pouvait écrire… et réussir… et…

"Allez vous revenir?" dit-il enfin. "Tante Kate——"

"Oh," dit-elle avec des yeux brillants doucement, "ça n'a plus d'importance pour tante Kate maintenant ! Je serai tellement occupé à essayer d'écrire des histoires.

« Le fait est… » dit lentement le rédacteur en chef, se creusant la tête pour une raison qui devrait la ramener au bureau – « le fait est… *que je* suis tante Kate.

Kitty se leva d'un bond. Son visage était écarlate. Elle resta silencieuse un moment. Alors *vous?* " elle a pleuré. « Oh, ce *n'est pas* juste, c'est méchant, c'est honteux ! Oh, comment as-tu pu le faire ! Et les filles *vous* écrivent – et elles pensent que c'est une femme – et elles vous racontent leurs problèmes. C'est horrible! C'est sournois, c'est abominable ! Je te déteste pour ça. Tout le monde devrait le savoir. J'écrirai aux journaux.

« S'il vous plaît, s'il vous plaît », dit précipitamment et humblement le rédacteur en chef , « ce n'est pas ma faute. C'est une dame qui le fait généralement, mais elle a dû s'en aller – et je n'ai pas pu trouver quelqu'un d'autre pour le faire . Et je n'ai pas compris – jusqu'à ce que vous y soyez allé l'autre jour – que ce n'était pas juste. Et j'allais vous demander si *vous* voudriez le faire – la correspondance, je veux dire – juste pour cette semaine. J'espère que tu voudra!"

"Puis-je?" » dit-elle dubitativement.

« Bien sûr que tu pourrais ! Et si vous apportiez la copie lundi – environ deux colonnes, vous savez – nous pourrions la parcourir ensemble et… »

"Eh bien, je vais essayer", dit brusquement Kitty en tendant la main vers la liasse de lettres qu'il rassemblait.

Et maintenant, qui était plus heureuse que Kitty, assise derrière la porte verrouillée de sa chambre, conseillant « Dieu- donnée », « Shy Fairy » et « Contadina » de sortir des profondeurs insondables de son inexpérience de jeune fille. Ses conseils semblaient merveilleusement pratiques, même si, sous forme imprimée, pensa-t-elle, alors que avec un frisson de fierté et de joie, elle corrigeait les premières épreuves. Et elle écrivait aussi des histoires, et elles aussi étaient imprimées. C'était en effet un monde lumineux et magnifique. Tante Eliza est restée absente pendant cinq glorieuses semaines. Kitty, avec un sentiment fascinant de méchanceté téméraire, abandonna ses inutiles leçons de musique et, en se rendant trois fois par semaine au bureau, éprouva une conscience éclatante de la joie et de la dignité d'un travail honnête.

D'ailleurs, pendant ces cinq semaines, le rédacteur en chef est tombé amoureux de Kitty, exactement comme il avait prévu qu'il le ferait en voyant pour la première fois ses yeux gris. Kitty n'avait jamais été aussi heureuse de sa vie. L'enfant croyait honnêtement que son bonheur était celui d'un travail agréable. Et son éditeur était si intelligent et si gentil ! Plus personne ne fumait au bureau désormais, et il y avait toujours des roses. Et Kitty les emporta chez elle, de sorte qu'il n'y avait plus besoin de se demander pour qui il les avait achetés.

Puis vint l'heure inévitable. Il la rencontra un jour avec un visage assombri et une lettre à la main.

« Tout est fini, dit-il ; « la vraie vieille tante Kate originale revient. C'est une vieille créature très chère, si gentille et si joyeuse… mais… mais… mais… que devons-nous faire ?

"Je peux encore écrire des histoires, je suppose", a déclaré Kitty, mais elle a réalisé avec un souffle coupé qu'un labeur agréable ne serait pas tout à fait le même sans une compagnie agréable.

« Oui, dit-il en ramassant le bouquet de roses rouges, mais voici tes fleurs, ne sais-tu pas encore que je ne peux pas me passer de toi ? Dans quelques mois, je serai rédacteur en chef d'un nouvel hebdomadaire, une place bien meilleure que celle-ci. Si seulement tu pouvais… »

"Écrire la correspondance?" » dit Kitty en s'éclairant ; "bien sur. Je ne sais pas ce que je devrais faire sans... »

"J'aurais aimé," l'interrompit-il, "pouvoir penser que c'était *de moi dont* tu ne pourrais pas te passer." Ses jolis yeux rencontrèrent les siens au-dessus des roses rouges, et il attrapa ses mains avec les fleurs dedans. « Vraiment ? Oh, dis que tu ne peux pas non plus te passer de moi. Dis-le, dis-le !

« Je… je… ne veux pas me passer de toi », dit enfin Kitty. Il lui tenait fermement les mains et elle essayait, peut-être pas très sérieusement, de les retirer. Le couple a fait une jolie photo.

"Oh, Kitty, Kitty, Kitty!" » dit-il doucement, puis la porte s'ouvrit, et soudain, sans le moindre avertissement, une dame d'un certain âge devint spectatrice du petit tableau. Le nouveau venu portait un manteau orné de perles, un bonnet noir sur lequel hochait une fleur violette – et les perles, la fleur et le bonnet étaient absolument familiers à chacun des êtres étonnés qui se tenaient maintenant consciemment avec l'étendue du bureau entre eux. Car dans cette dame d'âge moyen, l'éditeur a reconnu tante Kate, la femme agréable, sensée et sociable qui, pendant des années, avait écrit ces sympathiques « Réponses aux correspondants » dans Girls ′ *Very Own Friend* . Et au même moment, Kitty reconnut , sans aucun doute possible, tante Eliza – sa propre tante Eliza, sombre, dure et peu sympathique.

Kitty se recroquevilla – dans son âme effrayée, elle se recroquevillait. Mais sa petite silhouette se redressait et la pointe de son menton s'élevait d'un quart de pouce.

"Tante Eliza," dit-elle fermement, "je sais que tu vas——"

" *Ta tante Eliza* , Kitty?" s'écria le rédacteur en chef.

"'Minou'?" dit la tante.

Et maintenant, la situation était trop bien équilibrée, à la limite de l'absolument impossible. Cette dame d'âge moyen – une tante sans aucun doute – une tante qui avait si longtemps joué un double *rôle* , assumerait-elle, maintenant qu'il faut choisir un *rôle , le rôle de tante Eliza la Terrible ou de tante Kate la gentille ?* La tante était stupide. Kitty était stupide. Mais le rédacteur en chef avait ses esprits, et Kate, bien que secouée, n'était pas absolument paralysée .

« C'est presque trop beau pour être vrai », dit-il, « que *ma* tante Kate soit en réalité *votre* tante Eliza. Tante Kate, Kitty et moi venons de décider que nous ne pouvons pas nous passer l'un de l'autre. Je suis si heureux que vous soyez le premier à nous souhaiter de la joie.

À ses mots, toute la « Kate » de la tante se leva triomphante, piétinant « Eliza ».

« Mon cher garçon », dit-elle – et elle le dit d'une voix que Kitty n'avait jamais entendue auparavant – le son de cette voix attira Kitty comme un aimant. Elle fit la seule chose possible : elle passa timidement ses bras autour du cou de sa tante et murmura : « Oh, ne sois plus tante Eliza, sois tante Kate !

C'étaient sans aucun doute les bras de tante Kate qui entouraient la jeune fille. Certainement pas celui de tante Eliza.

«Je vais faire un tour dans Fleet Street», dit discrètement le rédacteur en chef.

Ensuite, il y a eu des explications au bureau.

"Mais pourquoi", dit Kitty, une fois toutes les questions posées et répondues, "pourquoi étiez-vous tante Eliza pour moi et tante Kate pour lui ?"

« Ma chérie, il faut gâter quelqu'un, et j'étais bien décidé à ne pas *vous gâter* ; Je voulais te sauver. Toute ma vie a été ruinée parce que j'étais une enfant gâtée et parce que j'essayais d'écrire. J'avais de tels rêves, de telles ambitions, tout comme les vôtres, espèce d'enfant idiot ! Mais je n'ai jamais été intelligent – peut-être que vous l'êtes – et tout cela s'est terminé par la perte de mon amant. Il a épousé une fille gentille, calme et domestique, et je ne me suis jamais fait connaître ni célèbre – je n'ai jamais rien obtenu d'autre que des articles de mode – et des « réponses aux correspondants ». Maintenant, c'est toute l'histoire. N'en parlez plus.

"Mais tu m'aimais, même quand..."

" Bien sûr que je l'ai fait", a déclaré tante Kate sur le ton irritable de tante Eliza; « ou pourquoi aurais-je dû me soucier de savoir si tu allais être heureux ou non ? Maintenant, Kitty, tu ne dois pas t'attendre à ce que je jaillisse. J'ai oublié comment être sentimental sauf sur papier.

«Je ne veux pas être sentimental», dit Kitty, un peu blessée, «et non plus…»

Ici, l'éditeur est entré.

"Tu ne veux pas non plus être sentimental", a poursuivi Kitty; "Est-ce que vous... Monsieur le rédacteur en chef ?"

L'éditeur avait l'air un peu dubitatif.

« En tout cas, je veux être heureux, dit-il, et je veux l'être. »

« Et il ne peut être heureux que si vous lui souriez. Souriez-lui, ma tante ! » s'écria une nouvelle Kitty radieuse, à qui les tantes ne présentaient plus aucune terreur. « Dites : « Soyez bénis, mes enfants ! Tante, fais-le !

« Acceptez vos bêtises ! » dit tante Eliza. Ou était-ce tante Kate ?

VIII

MISS SOURIS

Ils étaient pauvres, non pas de la pauvreté désespérée qu'il faut regarder des deux côtés d'un sou, mais de la pauvreté décente et supportable qu'il faut regarder avec attention pour un shilling et avec respect pour une demi-couronne. Il y avait de l'argent pour subvenir aux nécessités de la vie, disait la mère, mais pas d'argent à gaspiller. C'était ce qu'elle essayait toujours de dire quand Maisie arrivait avec des représentations arc-en-ciel des gloires des « ventes » locales, des images pitoyables de belles choses qui ne valaient presque rien – des choses qui ne sont pas absolument nécessaires, mais qui « seraient utiles ». La robe de Maisie n'a jamais eu droit à ces touches de parure bon marché qui l'auraient rendue caractéristique d'elle. Ses vêtements étaient bons, et elle devait tellement raccommoder, raccommoder et inventer que parfois il lui semblait que toute sa vie s'écoulait dans l'effort d'obtenir, par un procédé déplaisant , un résultat qu'elle abhorrait. Car son sens artistique était trop faible pour lui montrer comment la fraîcheur vive et douce de ses teintes contrastait avec les gris ternes, les bruns et les ternes qui étaient le choix de sa mère - des couleurs agréables à porter, d'où sortaient le rose et le blanc de son visage . triomphalement, comme une belle fleur sortie d'un calice rugueux.

La maison ressemblait à Maisie, en ce sens qu'elle ne semblait jamais avoir rien de nouveau – aucun de ces coussins, paravents et paravents lumineux et pittoresques et de ces articles japonais qu'elle adorait à travers les vitres du grand drapier local. Les rideaux étaient en vieux damas, délavé mais riche ; les meubles étaient en acajou, anciens et solides ; les tapis étaient de Turquie et d'Aubusson, rapiécés et reprisés ce dernier, mais toujours beaux. Maisie savait tout sur le vieux chêne – elle avait lu ses *Home Hints* et son *Gentlewoman's Guide* – mais elle ne savait pas que l'acajou pouvait être à la mode. Aucune des photographies des salons de célébrités dans ses journaux préférés ne ressemblait en quelque sorte au petit salon où sa mère était assise en train de tricoter près de la cheminée, entourée des reliques d'une maison qui avait été belle dans les années soixante, quand elle était la maison de son enfance . Maisie détestait tout : les chaises recouvertes de laine de Berlin, les surfaces sombres et polies des tables et des bureaux , les lustres tintants du verre de Bohême, le dessous de plat en laiton brillant sur lequel les toasts se maintenaient au chaud, les couleurs crues du thé. -au service, l'odeur de l'eau de Cologne se mêle au léger parfum de cire d'abeille et de bois de cèdre. Elle aurait aimé remplacer les vieilles aquarelles dans leurs cadres dorés frottés par des autotypes montés en noir. Comment saurait-elle que ces cochons hideux étaient des Morlands et que la photo de la vache était un David Cox. Elle aurait préféré les décalcomanies bleues japonaises plutôt que la porcelaine blanche et dorée – le vieux Bristol, d'ailleurs, mais Maisie ne connaissait rien de Bristol. L'ordre régulier et sobre de la maison l'irritait et l'irritait ; les tâches récurrentes, toutes ennuyeuses ; les quelques invités venus prendre le thé. Une pauvreté décente ne peut pas donner lieu à des dîners ou à des danses. Elle rendait visite à ses camarades d'école et, lorsqu'elle revenait à la maison, il lui semblait parfois que l'atmosphère du lieu allait l'étouffer.

«Je veux sortir et gagner ma vie», dit-elle à son cousin Edward un dimanche après-midi, alors que sa mère se reposait et qu'elle et lui rôtissaient des châtaignes sur les barreaux du feu de la salle à manger . "Je suis tout simplement inutile ici."

Edward était un cousin germain. Pour lui, la petite maison était la maison idéale, tout comme Maisie – enfin, peut-être pas la fille idéale, mais la seule fille au monde, ce qui revient à peu près au même. Mais il ne le lui avait jamais dit : il n'osait pas risquer de perdre la place du cousin et de perdre à jamais celle de l' amant .

Ainsi, dans son inquiétude qu'elle ne sache à quel point il tenait à elle, il la grondait beaucoup. Mais il l'emmena dans des galeries de tableaux et des *matinées* , et adoucit sa vie de cent manières qu'elle n'avait jamais remarquées. Il n'était que « Pauvre vieil Edward » et il le savait.

"Comment peux-tu?" il a dit. « Pourquoi, que diable ferait tante sans toi ? Tiens, prends celui-là, c'est une beauté.

« J'aurais dû apprendre un métier, comme les autres filles pauvres », continua-t-elle en écartant la châtaigne grillée. «Beaucoup de filles avec qui j'étais à l'école gagnent jusqu'à une livre par semaine maintenant - en dactylographiant ou en peignant des cartes d'anniversaire, et certaines d'entre elles travaillent à la poste - et je ne fais rien d'autre que trimer à la maison. C'est dommage."

Edward aurait donné une somme décente à ce moment-là pour avoir exactement la bonne chose à dire. En l'état , il la regardait, impuissant.

« Je ne comprends pas, j'en ai peur », dit-il.

«Vous ne le faites jamais», répondit-elle avec colère. Il y eut un silence dans lequel elle sentit grandir le besoin de se justifier – envers elle-même comme envers lui. « Eh bien, ne voyez-vous pas, insista-t-elle, c'est mon devoir évident de sortir et de gagner quelque chose. Eh bien, nous sommes aussi pauvres que possible – je n'ai presque pas d'argent de poche – je ne peux même pas acheter de cadeaux aux gens. Je dois *faire* des cadeaux avec des objets anciens, au lieu de les acheter, comme les autres filles.

« Je trouve que vous faites des choses terriblement jolies, dit-il ; "Beaucoup plus jolie que ce que l'on peut acheter."

« Vous pensez à cette trousse à mouchoirs que j'ai offerte à tante Emma à Noël. Eh bien, espèce d'idiot, ce n'était qu'un morceau d'une des vieilles robes de mère. J'aimerais que tu en parles à maman. Je pourrais sortir en tant que compagnon ou quelque chose comme ça.

La parole est venue avant la pensée, mais la pensée a été amenée par la parole et la pensée est restée.

Le soir même, Maisie commença à faire le siège du consentement souhaité par sa mère.

Elle exposait ses arguments avec beaucoup de précision, si bien qu'il était difficile pour la mère de s'y opposer sans se laisser entraîner dans une attitude qui semblerait grossièrement égoïste.

Elle était assise, regardant le feu, pensant à tous les petits sacrifices incessants qui avaient été sa vie depuis que Maisie était à elle – même l'abandon de cette soie précieuse, sa robe de mariée, à Noël dernier, parce que Maisie voulait faire quelque chose de joli. Cadeaux de Noël sortis. Elle se souvenait de tout ; et maintenant ce nouveau grand sacrifice était demandé. Elle avait tout abandonné à Maisie, sauf ses goûts vestimentaires, et maintenant il semblait qu'elle souhaitait abandonner même Maisie elle-même. Mais les autres sacrifices avaient été faits pour le bien de Maisie ou pour son plaisir. Est-ce que celui-ci conviendrait à l'un ou l'autre ?

Elle voyait sa petite fille seule parmi les étrangers, snobée, méprisée, une sorte de haute servante sans aucun des privilèges d'une servante ; elle se concentrait sur ce qui était toujours pour elle un effort presque insupportable. Son cœur battait et ses mains tremblaient lorsqu'elle dit : « Ma chérie, c'est tout à fait impossible ; Je ne pouvais pas le permettre.

"Je dois dire que je ne vois pas pourquoi", a déclaré Maisie, les larmes aux yeux.

Sa mère laissa tomber la masse de laine blanche et les aiguilles à tricoter tintantes et saisit intensément les accoudoirs de sa chaise. Ses yeux derrière les lunettes se sont voilés de larmes. Il lui semblait que son enfant devait sûrement comprendre l'angoisse que c'était pour sa mère de lui refuser quoi que ce soit.

« Je pourrais gagner de l'argent pour toi, ce n'est pas à moi que je pense, reprit la jeune fille ; le demi-mensonge fut prononcé sans sa volonté consciente. "J'aurais aimé que tu ne penses pas toujours que je fais tout pour des raisons égoïstes."

"Non, ma chère", dit faiblement la mère.

"Je suis sûre que c'est mon devoir", poursuivit Maisie, avec plus de larmes que jamais dans la voix. "J'ai dix-huit ans et je devrais gagner quelque chose, au lieu d'être un fardeau pour toi."

La mère regarda désespérément le feu. Elle avait toujours essayé d'expliquer les choses à Maisie ; Comment se fait-il que Maisie n'ait jamais compris ?

« Je suis sûre, » dit Maisie, faisant écho à la pensée de sa mère, « j'essaie toujours de te dire ce que je pense des choses, et tu ne sembles jamais comprendre. Bien sûr, je n'irai pas si vous le souhaitez, mais je *pense* … »

Elle quitta la pièce en larmes, et la mère resta à se tourmenter avec les éternelles questions : Qu'avait-elle fait de mal ? Pourquoi Maisie n'était-elle pas contente ? Que pouvait-elle faire pour lui plaire ? Rien ne lui plairait-il si ce n'est les choses qui n'étaient pas pour son bien : des vêtements élégants, du changement, de la nouveauté ? Comment pourrait-elle supporter sa vie si Maisie n'était pas contente ?

Elle descendit souper, frissonnante de misère et d'appréhension. Quel repas ce serait avec Maisie froide et distante, polie et indifférente ! Mais Maisie était joyeuse, presque gaie, et sa mère éprouvait une profonde gratitude envers sa fille pour ne pas être boudeuse ou inaccessible. Maisie, cependant, ne faisait que reculer pour mieux sauter.

La même scène, avec des variations plus intenses , était jouée environ deux fois par semaine jusqu'à ce que la jeune fille obtienne ce qu'elle voulait, comme elle finissait toujours par le faire, sauf lorsqu'il s'agissait de parures bon marché. Le goût vestimentaire était aussi vital pour la mère que sa religion. Puis, grâce à l'influence d'une vieille gouvernante de sa mère, Maisie a réalisé son souhait. Elle devait devenir la compagne d'une vieille dame, la mère de Lady Yalding, et elle devait vivre à Yalding Towers. Ici était la splendeur – ici serait la vie, l'incident, l'opportunité ! Car ses lectures s'étaient parfois éloignées des *Home Hints* jusqu'au *Family* Herald , et elle savait exactement quelles sont les chances d'une romance pour un humble compagnon de la famille d'une dame de titre .

Et maintenant, la mère de Maisie lui céda définitivement et complètement, même sur la question vestimentaire. L'ancienne armoire a été fouillée pour trouver des matériaux qui lui permettraient de l'habiller avec des vêtements pour sa nouvelle entreprise. C'était un moment magnifique pour Maisie. Des choses nouvelles et des choses anciennes faites pour paraître aussi belles que neuves, voire meilleures. C'était comme avoir un trousseau. La mère prodiguait à son enfant chaque centimètre de la vieille dentelle, chacun des bibelots précieux, même le petit vieux médaillon qui avait été le premier cadeau d'amour du défunt mari.

Et Maisie, dans le frémissement de son excitation et de son anticipation, était aimante, tendre et charmante, et la mère eut sa récompense.

Edward opposa une désapprobation ferme et pierreuse à tout cet enthousiasme nouveau. Il parlait peu parce qu'il craignait d'en dire trop.

"Pauvre petite Maisie!" il a dit. « Vous découvrirez bientôt que vous ne saviez pas quand vous étiez aisé. »

"Edward, je te déteste", dit Maisie, et elle pensait que c'était le cas.

Mais lorsque tous les beaux vêtements neufs furent emballés et que son taxi fut à la porte, une certaine idée de ce qu'elle partait vint à la jeune fille, et elle jeta ses bras autour de sa mère dans une étreinte telle qu'elle n'en avait jamais donnée de sa vie. .

«Je ne veux pas y aller», crie-t-elle. "Maman chérie, j'ai été une petite bête à ce sujet. Je n'irai pas si vous dites que vous préférez ne pas y aller. Dois-je renvoyer le taxi ? Je le ferai si tu le dis, ma chère vieille maman !

La mère de Maisie n'était pas une femme très sage, mais elle n'était pas assez idiote pour se fier à cette nouvelle douceur.

« Non, non, ma chérie, » dit-elle ; «va et essaie ta propre voie. Que Dieu te bénisse, ma chérie ! Vous manquerez le train si vous restez. Que Dieu te bénisse, ma chérie !

Et Maisie s'en alla en pleurant à travers le nouveau voile à taches de velours noir ; quant à la mère, mais elle était âgée, simple et follement affectueuse, et ses émotions ne peuvent avoir que peu d'intérêt pour les lecteurs de romans.

Et maintenant, Maisie, pour la première fois, connaissait le sens du chez-soi. Et avant d'être à Yalding une semaine, elle avait appris à analyser son foyer et à donner des noms à ses composantes : amour, intérêt, sympathie, liberté, en voici quelques-uns.

À Yalding Towers, Maisie n'était rien pour personne . Personne ne savait ou ne se souciait du tout de savoir si elle était malheureuse ou non. Son temps était rempli et surchargé par les attentions exigées par une vieille dame excentrique et très désagréable. Lorsqu'elle enfila, pour le premier soir, la moins jolie des jolies robes qu'elle avait apportées, la vieille dame la regarda avec une désapprobation allant presque jusqu'à la répulsion, et lui dit : « J'attends que tu portes du noir ; et un col et des poignets en lin.

donc commander une autre robe noire à la maison, et toutes les jolies choses délicates se froissaient de désuétude dans les grands tiroirs et les armoires de sa vaste et morne chambre.

Son employeur était exigeant et irritable. Lorsque, le troisième jour, Maisie fondit en larmes sous le flot constant de reproches, la vieille dame lui dit de s'en aller et de ne pas revenir tant qu'elle n'aurait pas pu contrôler son humeur.

"Je reviendrai quand tu m'enverras chercher, et pas avant, espèce de vieux détestable !" se dit Maisie.

Et elle s'assit dans sa chambre sans feu et écrivit une longue lettre à sa mère, disant combien elle se sentait heureuse et combien tout le monde était gentil, et quel endroit charmant et tout à fait désirable était Yalding Towers. Qui dira si l'orgueil ou l'amour, ou les deux, ont dicté cette lettre ?

Lorsque son employeur la fit venir, c'était pour lui dire, très sèchement, qu'une nouvelle démonstration de maussade de ce genre lui coûterait sa situation. Elle a donc dû apprendre elle-même à aller à l'école. Et elle l'a fait. Mais l'apprentissage a été dur, très dur, et au cours de l' apprentissage , elle a maigri et une partie du joli rose de ses joues s'est estompée.

Lady Yalding, lorsqu'elle entrait, dans de belles robes de rêve, parlait toujours à son compagnon de manière très gentille, aimable et agréable, mais il n'y avait aucune de ces invitations à venir dans le salon après le dîner auxquelles le Family Herald l'avait *conduite* . attendre. Lady Yalding a toujours été charmante avec tout le monde , et Maisie se torturait en pensant que c'était uniquement parce qu'elle n'avait pas l'occasion de s'expliquer que Lady Yalding ne voyait pas à quel point elle était hors du commun . Elle a lu Ruskin assidûment, et une fois elle a laissé son propre livre de sélections de Browning qu'Edward lui avait donné au conservatoire. Elle imaginait Lady Yalding le lui rendant avec : « Alors, tu aimes la poésie ? ou "C'est ravi de constater que vous êtes un amoureux de Browning!" Mais le livre lui fut rapporté par un valet de pied, et la vieille dame lui reprocha de laisser traîner ses détritus.

Mais vers Noël, un changement est survenu. Maisie avait espéré – plus intensément qu'elle n'avait jamais espéré quoi que ce soit dans sa vie – quelques jours de grâce, la vue de sa mère, de l'acajou, des rideaux de damas et, oui, d'Edward. Mais la vieille dame, qui était vraiment particulièrement horrible, se demandait comment elle pouvait demander des vacances alors qu'elle n'était dans cette situation que depuis six semaines.

Puis la vieille dame est partie une demi-heure à l'avance pour passer Noël avec son autre fille – Maisie aurait soupçonné une « dispute » si Lady Yalding avait été un peu moins charmante – et la jeune fille est restée. C'est ainsi qu'un jour le frère de Lord Yalding s'est faufilé dans la chambre de Lady Yalding et a dit : « Qui est la pitoyable souris noire que vous avez apprivoisée ?

"Je vous demande pardon, Jim?" dit dame Yalding.

« La fleur de pommier écrasée en robe noire , on la rencontre dans les couloirs. Spectacle sombre. Cheveux chatains. Un air de princesse en exil.

"Oh ça ! C'est le compagnon de ma mère.

« Pauvre petit diable ! » dit l' honorable James. « Que fait-elle maintenant que le chat est parti ? Je vous demande pardon, je pensais aux souris.

"Faire? Je ne sais pas », dit Lady Yalding, un peu coupable. « C'est une bonne petite chose tranquille – elle a des goûts littéraires, lit Browning et toute cette sorte de pourriture. Elle va bien.

« Pourquoi ne lui fais-tu pas un spectacle ? Elle enlèverait l'éclat à certaines filles d'ici si vous la faisiez habiller.

« Mon cher Jim, dit Lady Yalding, elle va bien comme elle est. À quoi bon tourner la tête de l'enfant et lui donner des idées hors de sa place ?

« Si j'étais cet enfant, j'aimerais avoir une petite aventure juste pour une fois. Le pauvre petit rat a l'air affamé, comme s'il n'avait pas ri depuis un an. Et puis c'est Noël – la paix et la bonne volonté, et tout ça, tu ne sais pas. Si j'étais toi, je lui demanderais un peu…"

Pensa Lady Yalding – une chose qu'elle faisait rarement.

"Eh bien," dit-elle, "c'est *assez* lent pour elle, je suppose. Je la renverrai chez son peuple.

"La veille de Noël? Le brouillard, le gel, et les trains, de toute façon ? Fanny, Fanny !

"Oh très bien. On va la faire tomber et on va tout faire. Seulement, ne ridiculisez pas cet enfant, Jim ; c'est une bonne petite chose.

Et c'est ainsi que Lady Yalding, habillée en rêve, est venue faire irruption dans le salon de la vieille dame – il était d'ailleurs aussi plein d'acajou que la maison de Maisie à Lewisham – et a parlé si gentiment de la solitude de Maisie que la jeune fille pouvaient sont tombées et ont adoré ses chaussures parisiennes.

Lorsque Maisie, vêtue du satin lavande fantaisie qui avait appartenu à sa mère, traversa la grande salle au bras de l' honorable James, elle sentit que c'était bel et bien la vie. Voici le grand monde avec ses possibilités infinies.

"Comment ça s'est passé ?" lui a demandé sa belle-sœur plus tard.

"Oh, c'est une sorte de petite souris plutôt décente", dit-il. « Veut s'assurer que vous voyez à quel point c'est cultivé, cite de la poésie – quoi ? – et parle d'art. C'est un peu touchant et tout ça de voir à quel point il s'affaire à mettre tout son pauvre petit stock dans la petite vitrine.

Maisie, seule dans sa chambre, se promenait de long en large, traînant le satin lavande, se rappelant avec les yeux allumés et les joues rouge-rose chaque mot, chaque regard de son cavalier. Avec quelle gentillesse il avait parlé, mais avec quelle déférence ; à quoi il avait l'air, comme il avait souri ! Au dîner, elle supposa que c'était son affaire de lui parler. Mais ensuite, alors qu'elle était assise, un peu triste et en dehors des bavardages bruyants de la fête à la maison au plumage clair, comme il était venu droit vers elle dès que ces messieurs entraient dans le salon ! Et elle sentait qu'elle n'avait pas manqué d'elle-même dans une si grande occasion.

«Je *sais que* j'ai bien parlé. Je suis certain qu'il a vu directement que je n'étais pas un idiot.

Elle resta éveillée depuis longtemps et, tandis que les hommes montaient les escaliers, elle essaya de croire qu'elle pouvait déjà distinguer ses pas.

La lettre qu'elle écrivit le lendemain à sa mère était, comparée à ces autres lettres mensongères, comme un lustre allumé sur une lanterne d'écurie. Et la mère connaissait la différence.

"Pauvre chérie!" elle pensait. « Elle a dû être très malheureuse pendant tout ce temps. Mais elle est heureuse maintenant, que Dieu la bénisse !

À la fin de la semaine, chaque pensée, chaque rêve, chaque espoir de la vie de Maisie était centré sur l' honorable James ; sa tendresse, son ambition se tournaient vers lui comme des fleurs vers le soleil.

Et son bonheur allumait mille petites bougies tout autour d'elle. Bien sûr, personne ne pouvait voir les bougies, mais tout le monde voyait l'illumination radieuse de sa beauté. Et les autres hommes de la fête l'ont vu aussi. Même Lord Yalding l'a distinguée en lui demandant si elle avait lu un livre horrible sur les vers de terre.

« Vous ridiculisez cette fille, Jim », dit Lady Yalding. "Je pense vraiment que c'est dommage."

« Ma bonne Fanny, ne sois pas une adorable idiote ! J'essaie seulement de faire passer un bon moment à ce pauvre petit idiot. Il n'y a rien d'autre à faire. Les autres filles sont vraiment… maintenant, tu le sais, Fanny… entre nous… »

« Ce sont tous des gens de service, bien sûr », dit-elle. "Eh bien, fais seulement attention."

Il était prudent. Il soumettait ses impulsions à la tendresse et à la douce raillerie. Il parla sérieusement à la petite Miss Souris, et bientôt il s'aperçut qu'elle lui parlait sérieusement, lui racontant, par exemple, comment elle écrivait de la poésie, et combien elle avait envie de la montrer à quelqu'un et de lui demander si c'était vraiment si mauvais que ça . elle avait parfois peur.

Que pouvait-il faire sinon la supplier de le lui montrer ? Mais là, il s'est arrêté.

« Il y a du patinage demain. Nous allons nous rendre à Dansent . Voudrais-tu venir?"

Ses yeux gris levèrent rapidement les yeux et ses longs cils tombèrent sur eux. Elle avait lu ce truc dans un livre, et il ne pouvait s'empêcher de le savoir. Sa réponse à sa question provenait également d'un livre, mais elle venait aussi de son cœur.

"Ah," dit-elle, "tu sais!"

Ensuite, l' honorable James a été honnêtement effrayé. Le lendemain, il reçut un télégramme et partit brusquement. Et tout aussi brusquement la vieille dame revint.

Et maintenant, Maisie avait une joie secrète dont se nourrir – une manne pour la soutenir dans le désert de sa vie ennuyeuse. Elle a pensé à *lui* . Il l'aimait; elle en était certaine. Miss Mouse ne pouvait imaginer aucune autre raison que l'amour pour la gentillesse qu'il lui avait témoignée. Il était parti sans un mot, mais c'était pour une bonne raison. Il était probablement allé avouer à sa mère qu'il avait donné tout son cœur à une orpheline sans le sou – enfin, elle était à moitié orpheline, de toute façon. Mais les jours passèrent et il ne revint pas. Toute cette période lumineuse de Noël s'était estompée comme l'image d'une lanterne magique lorsque la diapositive est recouverte. Lady Yalding était plutôt gentille et gentille, mais elle a laissé Maisie au travail pour lequel Maisie était payée.

La mère de Maisie a perçu, à travers les récits étudiés de Maisie sur son bonheur, plus qu'un aperçu de la réalité.

Puis, enfin, quand les jours devinrent insupportables, Maisie lui écrivit une petite lettre guindée avec des battements de cœur agités entre les lignes, où, n'étant pas idiot, il ne manqua pas de les trouver. Il devait pourtant répondre à la lettre. Il l'a fait brièvement.

« CHÈRE MISS ROLLESTON , écrit-il, j'ai reçu votre lettre et le petit poème, qui est très joli. Les poèmes sur le printemps sont les plus agréables, je pense. — Bien cordialement, je suis à vous sincèrement.

Cela ne valait pas, comme vous pouvez le constater, le chagrin avec lequel Maisie l'attendait.

C'est lorsqu'elle écrivit de nouveau et envoya d'autres vers qu'il décida de ne pas mâcher ses mots.

« CHÈRE MISS ROLLESTON , » était sa deuxième lettre, « c'est gentil de votre part de m'écrire à nouveau. Maintenant, j'espère que vous ne serez pas offensé par ce que je vais dire. Je suis tellement plus âgé que toi, tu sais, et je sais que tu es seul à Yalding, sans personne pour te conseiller, donc ce doit être mon devoir de le faire, même si, pour mon propre bien, je devrais, bien sûr, j'aimerais vous conseiller tout à fait différemment. Ce fut un grand plaisir pour moi d'avoir de vos nouvelles, mais je ne dois pas m'autoriser à nouveau ce plaisir, même si vous étiez prêt à me le donner. Il ne serait pas juste de votre part de vous laisser écrire davantage à un homme qui n'a aucun lien de parenté avec vous. Essayez de me pardonner d'avoir été altruiste et d'avoir agi dans votre intérêt et non dans le mien.

Et encore une fois, avec mes meilleures salutations, il était à elle sincèrement.

"Pauvre, joli petit idiot!" dit-il en fermant l'enveloppe. «Mais ce n'est pas réel. Est-ce que je ne connais pas ce genre de chose ? Elle s'ennuie à mourir là-bas. Et de toute façon, c'est entièrement ma faute. Par jupiter! Je n'essaierai plus jamais de rendre un bon service à qui que ce soit tant que je vivrai. Fanny avait parfaitement raison.

La lettre est arrivée par le deuxième courrier, alors que Maisie était en train de lire tristement son employeur pour dormir après le déjeuner.

Il était posé sur ses genoux, mais elle en gardait les yeux et continuait à lire de manière intelligible, sinon avec expression.

La vieille dame somnolait.

Maisie ouvrit sa lettre. Et avant même qu'elle ait eu le temps de lever la main pour se sauver, son château espagnol s'écroulait sous ses oreilles. Un curieux sentiment de vertige sembla lui prendre la nuque, la pièce fit un demi-tour écœurant. Elle retrouva sa maîtrise de soi.

"Pas ici. Je ne dois pas m'évanouir ici. Pas avec sa lettre à la main.

Elle est sortie de la pièce d'une manière ou d'une autre, et d'une manière ou d'une autre , elle a enfilé un chapeau, une veste et des bottes, a mis son quart de salaire dans son sac à main, et est sortie par la porte d'entrée et s'est dirigée directement vers la grande allée qu'elle avait empruntée il y a quatre mois avec un tel de brillants espoirs. Elle est allée à la gare et a pris un train, et elle ne s'est jamais arrêtée ni n'est restée jusqu'à ce qu'elle soit de nouveau chez elle. Elle poussa la servante effrayée et, pâle et défraîchie, avec des yeux cerclés de noir et une robe noire poussiéreuse, elle fit irruption dans la chambre de sa mère. Le parfum de l'eau de Cologne, de la cire d'abeille et du pain grillé beurré la rencontra, et ce fut comme le parfum du paradis. Edward était là – mais elle n'était pas d'humeur à s'inquiéter d'Edward. Elle se jeta à genoux et enfouit son visage dans le tricot sur les genoux de sa mère, et sentit des bras maigres l'entourer.

"Ce n'est rien. Je suis fatigué de tout ça. Je suis rentrée à la maison », fut tout ce qu'elle dit. Mais bientôt elle tendit la main à Edward, et il la prit et la tint, pour ainsi dire, distraitement, et tous trois s'assirent près du feu et parlèrent peu et étaient contents.

Jusqu'à son dernier jour, Maisie n'oubliera jamais le sentiment de paix, de soins enveloppants et d'amour immuable et immuable qui lui est venu lorsqu'elle s'est réveillée le lendemain matin pour trouver sa mère debout près de son lit avec une tasse de thé à la main.

"Oh, maman chérie," cria-t-elle en jetant ses bras autour de sa mère et en bouleversant presque le thé, "Je n'ai pas bu une seule goutte de thé au lit pendant tout le temps que j'ai été absent !"

C'est tout ce qu'elle trouva des mots pour dire à sa mère. Plus tard, il y a eu Edward, et elle lui a dit la plupart des choses, mais, j'imagine, pas toutes. Mais la mère se contentait de confidences. Elle savait que Maisie avait souffert, et que maintenant elle avait à nouveau sa petite fille, pour l'envelopper chaleureusement dans son amour comme avant. C'était assez de bonheur.

Cette histoire, je le sais, est suffisamment instructive pour mériter un prix de l'École du Dimanche. Il devrait être étiqueté à la fin avec une morale. Je n'y peux rien : c'est vrai. Bien entendu, ce n'est pas ce qui se produit habituellement. De nombreux compagnons, sans aucun doute, épousent l'honorable James, ou même des ducs, et ne sont jamais du tout heureux de rentrer chez eux auprès de leur mère et de leur Edward. Mais Maisie était différente. Elle éprouve maintenant une sorte de tendresse reconnaissante pour Yalding Towers, parce que, sans le rêve qu'elle a fait là-bas, elle ne se serait peut-être jamais vraiment réveillée – n'aurait jamais su pleinement et sans erreur ce qui lui tenait vraiment à cœur dans la vie. Et une telle connaissance constitue la moitié du secret du bonheur. C'est d'ailleurs là la vraie morale de cette histoire.

IX

LA VIEILLE FEMME

"Oui; marié le 30 juin, présenter ma femme aux locataires la veille de Noël, sinon pas de fortune. Ce fut la dernière et la pire plaisanterie de mon oncle ; il avait la réputation d'être un homme drôle en son temps. Dans tous les cas, les alternatives sont assez épouvantables.

"Est-ce que ça ne dépend pas plutôt ?" » Demanda Sylvia, avec un rapide regard bleu sous ses cils voilés.

Michael lui répondit avec un regard, l'homologue masculin du sien, des yeux sombres du Devon, la paupière supérieure arquée en un demi-cercle parfait sur un gris pur. "Oui; mais ma femme doit en avoir cent par an à Consols , pour me protéger des chasseurs de fortune… un agneau solitaire et malheureux que je suis !

Sylvia souligna le soupir avec lequel elle avouait son indigence. Ses jolis sourcils démontraient plaintivement qu'elle, une artiste en difficulté, n'avait aucun droit contre la nation.

"Mary n'en a que cent par an", dit-elle d'une voix basse alors qu'elle regardait à travers la pièce où, sage avec ses mèches tressées et son camlet gris, sa compagne était assise en train de tricoter.

"J'ose dire," répondit Michael avec indifférence, suivant le vol de ses yeux et le ton grave de son ton ; « mais elle est jeune. Je vais faire une annonce pour une femme de ménage âgée. Et *qui vivra verra* .

Les mots, jetés à la légère sur le terreau d'un jeu de mots insensé avec une jolie femme, portèrent leurs fruits.

Une semaine plus tard, Michael Wood était consterné devant un plateau rempli de lettres, réponses à son annonce :

« Femme de ménage recherchée. Il doit être d'âge moyen. Plus c'est vieux, mieux c'est. Salaire, 500 £ par an.

Pas grand-chose, avait-il pensé, 500 £ par an − si, en les payant, il pouvait gagner une femme qui lui donnerait droit à 15 000 £ par an, dont il pourrait gentiment applaudir le déclin et dont la mort le libérerait de se marier. une femme qu'il pourrait aimer. Son imagination dérivait agréablement vers Sylvia.

Michael était un homme paresseux, doté d'un instinct commercial. Il téléphona à « l'association des machines à écrire » la plus proche pour obtenir une secrétaire , et à cette jeune femme il confia la charge de répondre aux lettres que son annonce lui avait tirées. La réponse devait être la même pour tous :

"Appelez au 17 Hare Court, Temple, entre 11h et 13h."

Et les dates fixées pour de tels appels étaient fixées de manière à permettre une cinquantaine d'entretiens par jour pendant une semaine ou deux, car Michael était un homme audacieux autant que paresseux. Le lendemain matin, impeccablement habillé, des œillets à la boutonnière, il se ressaisit dans son agréable chambre meublée en chêne pour attendre son premier groupe de visiteurs.

Ils sont venus. Et Michael, fort de sa détermination inébranlable à ne pas perdre sa chance d'hériter des 15 000 £ par an qui lui avaient été laissées par le testament fou de son oncle fou, les a tous vus, l'un après l'autre.

Mais il n'en aimait aucun. Ils étaient vieux ; que cela ne le dérangeait pas – c'était effectivement l'essence du contrat. Mais ils étaient aussi frêles, avec des réticules de cuir brunâtre cicatrisé, des garnitures de fourrure galeuses, des franges usées et des manteaux de perles, d'où le temps et la pauvreté avaient récupéré des poignées de perles brillantes. Chacune d'elles était, en tant qu'épouse, même en tant qu'épouse de nom, impossible. La tâche de rejet était adoucie par le fait qu'aucun d'entre eux ne pouvait se vanter de la centaine nécessaire par an à Consols .

Les entretiens terminés, Michael, l'esprit brisé par le spectacle de tant de femmes désireuses de trouver un refuge à un âge où leurs enfants et petits-enfants auraient dû, dans leur propre maison, se lever pour les appeler bienheureuses, alla se prélasser dans un salon réparateur. heure dans le petit studio lumineux de Sylvia et rire avec elle de son dilemme. Il aurait aimé soupirer avec elle aussi, mais le pathétique des vieilles femmes sans abri lui échappait. Elle ne voyait que l' humour de la situation.

« Il n'y a pas de mal, si cela vous amuse, dit-elle, mais vous n'épouserez jamais une vieille femme.

« Quinze mille livres par an », dit doucement Michael.

Le lendemain, encore de pauvres vieilles dames, toutes impatientes, anxieuses, inéligibles.

Ce fut le troisième jour qu'entra la vieille dame couleur de tourterelle , douce comme une fleur pressée dans une vieille lettre d'amour, délicate comme un pigeon au printemps. Ses cheveux blancs, la dentelle blanche de son col, la dentelle noire de son manteau, ses belles petites mains dans leurs parfaits gants couleur tourterelle, tout faisait appel irrésistiblement au sens esthétique de Michael .

« Quelle femme de ménage idéale ! » se dit-il en lui plaçant une chaise. Et puis un étrange frisson d'inconfort et de honte l'envahit. Cette vieille dame délicate et délicate, devait-il l'insulter par une forme de mariage, puis vivre près d'elle en attendant sa mort ? Non; c'était impossible – tout cela était impossible. Il se retrouva au milieu d'une phrase.

"Et donc je crains d'être déjà adapté."

La vieille dame haussa des sourcils aussi délicats que ceux de Sylvia.

« À peine, je crois, dit-elle, depuis que votre domestique m'a admis à une entrevue avec vous. Puis-je vous poser une ou deux questions avant que vous vous décidiez finalement contre moi ?

La voix était basse et douce – la voix que les hommes aimaient au début des années soixante, avant que le cri aigu ne devienne la voix des dames à la mode.

"Certainement", dit Michael. Il ne pouvait guère en dire moins, et dans le tumulte d'embarras qui l'avait envahi, il n'aurait pas pu en dire plus de sa vie.

Continua la vieille dame. « Je suis compétent pour gérer une maison. Je peux assez bien lire à haute voix. Je suis une bonne infirmière en cas de maladie ; et j'ai l'habitude de recevoir. Mais je déduis du montant du salaire proposé que d'autres tâches me seraient demandées ?

«C'est aussi intelligent de sa part», pensa Michael; "Aucun des autres n'a vu ça."

Il s'inclina.

« Pourriez-vous m'éclairer, reprit-elle, sur la nature des services dont vous auriez besoin ?

« Ah… oui… bien sûr », dit-il avec désinvolture, puis il s'arrêta net.

« De votre hésitation, dit la vieille dame avec un sang-froid intact, je déduis qu'il s'agit d'une explication de quelque délicatesse, ou bien, pardonnez l'égoïsme, que mon apparence vous déplaît personnellement.

«Non… oh, *non* », dit Michael avec beaucoup d'empressement ; « Au contraire, si je puis dire, c'est justement parce que vous êtes tellement… tellement… exactement mon idéal de vieille dame, que je sens que je ne peux pas continuer cette affaire ; et c'est dit bêtement, pour que ça ressemble à une insulte. S'il te plaît, pardonne-moi."

Elle le regardait droit dans les yeux à travers ses lunettes à monture dorée.

« Vous voyez, je suis assez vieille pour être votre grand-mère », dit-elle. « Pourquoi ne pas me dire la vérité ?

Et, à sa grande horreur et à son grand étonnement, il l'a raconté.

"Et c'est ce que je voulais faire", a-t-il conclu. « C'était une idée folle, et je vois maintenant que si je le fais, je dois épouser quelqu'un qui n'est pas… qui n'est pas comme toi. Vous m'avez fait honte de moi.

Une tache rose brillait sur sa joue fanée. La vieille dame leva sa main gantée et toucha sa joue, comme si elle était brûlante. Elle se leva, se dirigea vers la fenêtre et resta là à regarder dehors.

« Si vous *voulez* le faire, dit-elle d'une voix à peine audible, j'ai l'habitude de vivre dans un cadre magnifique, j'aimerais finir mes jours parmi eux. Je ne viens pas d'une famille qui a vécu longtemps. Vous n'auriez pas longtemps à attendre votre liberté et votre seconde épouse.

Jamais, de toute sa vie, Michael n'avait connu un embarras aussi aigu.

« Quand devez-vous vous marier, reprit calmement la vieille dame, pour assurer votre fortune et vos biens ?

"Dans environ un mois."

"Eh bien, M. Wood, je vous fais une offre formelle de mariage, et pour référence, je peux vous donner mon banquier et mon avocat…"

Sa voix était calme ; c'était sa voix qui tremblait lorsqu'il répondit : « Tu es trop bon. Je ne vois pas que ce serait juste pour vous. Puis-je y réfléchir jusqu'à demain ?

Le contraste entre la délicatesse correcte de la tenue vestimentaire et du discours de la vieille dame et l'extraordinaire non-conformisme de sa proposition fit tourner le cerveau de Michael. Elle se détourna de la fenêtre, le regarda de nouveau dans les yeux et dit : « Vous ne me trouverez pas anticonformiste dans d'autres domaines. C'est purement une affaire d'affaires, et je l'aborde dans un esprit d'affaires. Vous donneriez un logement à celui qui le désire, et je devrais vous aider à faire ce dont vous avez encore plus besoin. Je n'ai jamais été marié. Je n'ai jamais souhaité me marier; et quand je serai mort… N'ayez pas l'air si horrifié. Je ne devrais pas mourir plus tôt parce que tu… tu m'avais épousé. Je m'appelle Thrale, Frances Thrale. C'est ma carte que vous avez mise en pièces pendant que vous me parliez. Dois-je revenir vous voir demain à cette heure ? Ce n'est pas un sujet sur lequel je souhaiterais soit écrire, soit recevoir des lettres.

Il ne pouvait qu'acquiescer. A la porte, la vieille dame se tourna.

« Si vous pensez que j'ai l'air si vieille que cela rend votre mariage trop absurde, dit-elle – et maintenant, pour la première fois, sa voix tremblait – je pourrais me teindre les cheveux.

"Oh non," dit Michael, "tes cheveux sont magnifiques. Au revoir et merci."

Alors que la vieille dame descendait les escaliers poussiéreux du Temple , elle frappa avec colère du petit pied le chêne usé.

"Idiot!" elle a dit : « comment as-tu pu ? Haineux, sans vergogne, anti-féminin ! Et tout ça aussi pour rien. Il ne le fera jamais. C'est *trop* fou !

Michael est allé directement voir Sylvia et lui a raconté son histoire.

« Et je sentais que je ne pouvais pas », dit-il ; «C'est la petite vieille dame la plus délicate et la plus douce. Je ne pouvais pas l'épouser, la voir tous les jours et vivre dans l'espoir de sa mort.

"Je ne vois pas pourquoi", dit Sylvia un peu froidement. "Elle ne mourrait pas plus tôt parce que tu l'as épousée et, de toute façon, elle ne peut pas avoir longtemps à vivre."

Les paroles étaient presque celles de la petite vieille dame elle-même. Pourtant – ou peut-être justement pour cette raison – ils n'étaient pas d'accord avec l'humeur de Michael. Il a allégué des affaires et a interrompu son appel.

Le lendemain, Miss Thrale a rappelé. M. Wood était désolé de lui avoir causé tant de problèmes. Il avait décidé que l'idée était trop folle et qu'elle devait être abandonnée.

"Est-ce parce que je suis trop vieux?" dit la vieille dame avec mélancolie ; "M'épouserais-tu si j'étais jeune?"

"Sur ma parole, je crois que je le ferais", se surprit Michael en disant. Que ce n'était pas la réponse qu'attendait Miss Thrale, cela ressortait clairement de son sourire d'amusement soudain.

« Puis-je vous dire, dit-elle, en échange de ce qui, à sa manière, est un compliment, que je vous aime beaucoup. Je prendrais soin de vous, et je ne vivrai peut-être pas plus d'un an ou deux.

Le tremblement de sa voix le toucha. Les 15 000 £ par an étaient tirés à sa guise. À cet instant, il aperçut les larges clairières de fougères ondulantes, les grands arbres du parc, le visage sobre de la grande maison dont il pourrait hériter, donnant sur les pelouses vertes et lisses. Il regarda de nouveau la petite dame. Après tout, il avait plus de trente ans. Le monde rirait – eh bien, c'est celui qui rira le dernier qui rira le mieux . Et, après quelques années, il y aurait Sylvia, une jolie, charmante et enchanteresse Sylvia. Il repoussa brutalement l'idée d'elle. Non pas parce qu'il en avait honte, mais parce que cela lui faisait mal. L'idée que Sylvia devait attendre les chaussures d'une morte lui avait semblé naturelle ; ce qui le blessait, c'était qu'elle-même ne voyait rien d'anormal dans une telle attente.

Le silence était devenu à la limite de l'inconfort ; le tic-tac de la grande horloge, le bruissement des feuilles du platane devant la fenêtre, les discordes de Fleet Street harmonisées par la distance, tout approfondissait le silence et le mettait en italique . Elle parla.

"Bien?" dit-elle.

Les feuilles du platane murmuraient avec éloquence les grands chênes du parc. Les yeux de la vieille dame le regardaient d'un air suppliant à travers les lunettes fumées pâles. Comme elle aimerait cet ancien endroit ! Et ses dettes, il pourrait toutes les payer.

«Je le ferai», dit-il soudain; « Si vous le voulez, je le ferai ; et je prie pour que vous ne le regrettiez jamais.

« Je ne pense pas *que vous* le regretterez, » dit-elle doucement ; "C'est un acte vraiment gentil pour moi."

La banque et l'avocat, dûment consultés, ont témoigné de la respectabilité de Miss Thrale et de son revenu – les cent requis par an en Consols . Et un certain jour de juin, Michael Wood se réveilla d'un rêve fiévreux, dans lequel l'obstination et le désir d'argent s'étaient battus contre bien des choses meilleures et les avaient vaincues, pour se retrouver marié à une femme aux cheveux blancs de soixante ans.

Le réveil a eu lieu dans ses appartements du Temple. Il avait cédé aux supplications de la petite vieille et avait consenti, très volontiers, à renoncer au « voyage nuptial », si triste moquerie dans ce cas.

L'ensemble était vaste : cinq pièces ; il semblait qu'ils pourraient vivre ici, sans que ni l'un ni l'autre ne contrarie l'autre.

Et elle était dans la chambre qu'il avait fait préparer pour elle – délicate et soignée comme elle – et lui, resté seul dans la chambre où il l'avait vue pour la première fois, croisa les bras sur la table et réfléchit. Le jour de son mariage ! Et c'était peut-être Sylvia, dont il entendait le bruissement de la robe dans la pièce voisine. Il gémit. Puis il posa sa tête sur ses bras et pleura, comme un enfant qui a perdu son jouet préféré : car il comprit soudain que le respect pour sa vieille femme devait l'empêcher de revoir Sylvia maintenant ; et la vie paraissait grise comme la Tamise au crépuscule de février.

Une main timide sur son épaule le fit sursauter et lui fit relever son visage taché de larmes. La petite vieille dame se tenait à côté de lui.

"Ah, ne le fais pas!" dit-elle doucement - " ne le fais pas!" Croyez-moi, tout ira bien. Votre ancienne femme ne vivra pas plus d'un an, je le sais. Prenez courage. »

" *Ne le faites pas!* dit-il à son tour ; « C'est une mauvaise chose que j'ai faite. Pardonne-moi! Si seulement nous avions pu être amis. Je ne peux pas supporter de penser que je vais te rendre malheureux.

« Mon cher garçon, dit-elle, nous sommes amis. Je suis votre gouvernante. Dans un an au plus tard, tu verras mes derniers cheveux blancs. Soit brave."

Il ne pouvait pas comprendre le pincement que lui causaient ses paroles.

Et alors commençait, pour ces deux-là, une vie étrange. Dans ces chambres du Temple, nid idéal pour les jeunes amoureux, Mme Wood, la femme aux cheveux blancs, tenait la maison avec de petites mains fermes et capables. Le confort, que la nature paresseuse de Michael aimait mais ne pouvait atteindre, régnait paisiblement. La vieille dame restait la plupart du temps dans sa propre chambre, mais chaque fois qu'il avait besoin de parler, elle était là. Et elle pouvait parler. Elle avait beaucoup lu, beaucoup réfléchi. Dans son esprit, ses propres idées trouvèrent des germes féconds et portèrent le fruit de beaux rêves, de grandes pensées. Ses vers, longtemps négligés, puisque Sylvia n'aimait pas la poésie, refleurissaient.

Et la musique… les goûts musicaux de Sylvia étaient ceux de Sullivan ; la vieille épouse touchait le piano de ses doigts magiques, et Bach, Beethoven, Wagner venaient transfigurer les salles du Temple. Michael n'avait jamais été aussi content, jamais aussi misérable ; car, à mesure que s'écoulaient les semaines tranquilles, les feuilles tombaient du platane, et le moment approchait où il devait montrer aux locataires sa femme, sa femme aux cheveux blancs. Au cours de ces mois, une véritable amitié s'était nouée entre eux. Michael n'avait jamais rencontré une femme, vieille ou jeune, dont les goûts s'accordaient autant avec les siens. Ah ! quel dommage qu'il n'ait pas rencontré une *jeune* femme avec ces goûts, cette âme. Et maintenant, l'affection, l'amitié, l'affection – tout ce qu'il y a de plus beau et de plus noble dans l'amour – il pouvait effectivement éprouver pour sa vieille femme ; mais l'amour, l'amour des amoureux, qui scellerait tout le reste, il ne le saurait peut-être jamais, sauf pour une autre femme qui succéderait au titre de sa femme.

Même si Michael s'est mal comporté, je pense qu'il est permis d'avoir pitié de lui. En fait, sa femme était vraiment désolée.

Un jour, il a rencontré Sylvia dans le parc, et tout son autre côté était ravi. Il resta assis près d'elle une heure, ses yeux s'abreuvant de sa fraîche beauté, tandis que son âme se ratatinait de plus en plus. Ah ! pourquoi ne pouvait-elle pas *parler*, comme sa femme, au lieu de simplement bavarder ?

Sa femme avait l'air triste ce soir-là. Il en demanda la raison.

«Je t'ai vu dans le parc aujourd'hui», dit-elle. « Est-ce que tu vas la voir ? Ne la compromettez pas : cela n'en vaut pas la peine .

Il lui baisa la main dans sa moufle noire et, dans un éclair de douleur, vit les funérailles noires, quand elle devrait être transportée hors de sa maison, et qu'il serait libre d'épouser Sylvia.

Et maintenant, les jours étaient passés ; Leur flux était si régulier qu'il semblait rapide, et dans une semaine ce serait Noël.

« Et je dois vous montrer aux locataires », dit-il.

« Mon pauvre garçon, dit-elle au moment où elle se levait pour lui souhaiter une bonne nuit , sois courageux. Ce ne sera peut-être pas si grave que vous le pensez. Bonne nuit."

Il resta assis tranquillement après qu'elle l'eut quitté, regardant le feu et pensant à des pensées dans lesquelles le domaine et la fortune ne jouaient plus qu'un faible rôle. Finalement, il haussa les épaules.

« Eh bien, dit-il, je n'ai ni amant, ni femme ; mais j'ai un compagnon, un ami, un sur un million. Et de nouveau les funérailles noires se déroulèrent lentement devant ses yeux, et il frémit.

Je n'ai pas cherché à tromper le lecteur. Il sait aussi bien que moi qu'à ce moment la porte s'ouvrit et qu'une jeune et belle femme se tenait sur le seuil. Ses yeux brillaient ; autour de son cou étaient des perles brillantes. Elle jouait pour un gros enjeu et, étant une vraie femme, elle n'avait dédaigné aucun artifice honnête qui pourrait l'aider. Elle portait de la soie blanche brillante, très simple, et ses cheveux bruns étaient coiffés haut sur sa tête. Une femme un peu moins intuitive aurait laissé tomber les masses sombres sur une robe de thé recouverte de dentelle.

«Michael», dit-elle, «je suis ta femme. Vas-tu me pardonner ?

Il se releva lentement de sa chaise et ses yeux s'attardèrent sur détail après détail de la beauté devant lui.

"Ma femme!" il a dit. "Tu es un étranger!"

«Je me *suis* bien déguisé. Ma sœur m'a parlé de votre annonce ; elle vit avec Sylvia Maddox. Nous avons chacun cent livres par an. Au début , je l'ai fait pour m'amuser ; mais quand j'ai vu comme tu étais gentil, ma mère est très pauvre. Il n'y a aucune excuse. Mais vas-tu me pardonner ? N'importe quelle autre femme, pour qui le pardon signifiait tout ce qu'il signifiait, aurait pu s'agenouiller à ses pieds. Frances se tenait debout près de la porte. « Quoi qu'il en soit, » dit-elle en se mordant la lèvre, « je t'ai sauvé de Sylvia. Pour cela, pardonne-moi.

Cela le piqua, comme elle l'avait prévu.

"Te pardonner?" il a dit. "Jamais. Vous avez gâché ma vie. Mais il fit un pas vers elle tout en parlant.

Elle recula d'un pas égal.

« Prends courage, dit-elle. « Qui sait, mais je pourrais mourir avant juin prochain, après tout. Bonne nuit."

«Je te déteste», dit-il en faisant un autre pas en avant. Mais la porte lui a été fermée au nez.

Le lendemain matin, la vieille dame, aux cheveux blancs et aux mitaines, apparut derrière le thé du petit-déjeuner. Michael crut presque avoir rêvé, jusqu'à ce que ses yeux, désormais sans lunettes, rencontrent timidement les siens.

« Mettons au moins fin à cette comédie, dit-il. Dix minutes de fulmination se terminèrent dans un thé tiède servi par une belle fille aux cheveux bruns.

Il la regardait en silence.

«C'est horrible», s'est-il exclamé. « Vous êtes une femme étrange, et vous êtes assise là, en train de verser du thé comme si… Qui êtes-vous ? Je ne te connais pas.

"N'est-ce pas?" dit-elle doucement. Et puis il se souvint de toutes les vieilles conversations avec la vieille épouse.

«Je vous demande pardon», dit-il. "Je ne veux pas être une brute."

« Cela ne sert à rien de dire que je suis désolée », a-t-elle déclaré.

" *Es*- tu?" Il se pencha pour poser la question.

« Nous devons en tirer le meilleur parti », a-t-elle déclaré. « Peut-être… Écoutez, n'en parlons qu'après Noël ; continuons comme avant. »

Ainsi les jours passèrent. Mais la situation dans laquelle Michael vivait dans les tourments en compagnie de son ancienne épouse était la simplicité même comparée à sa nouvelle vie avec une épouse – jeune, belle et étrangère, mais pourtant, dans l'essentiel, sa plus chère amie. Cet inconfort grandissait chaque jour – se ramifiant d'heure en heure en embarras toujours nouveaux – nouveaux et harcelants, vexatoires, à moitié compris, totalement ressentis.

La femme avait aussi son fardeau à porter. La blanchisseuse ne connaissait la vieille épouse que sous le nom de « Mme Wood ».

« Elle pensait que j'étais ta mère », a déclaré la femme lorsque Michael a exposé la difficulté. Mais l'attitude de la blanchisseuse à l'égard de la nouvelle Mme Wood avait une piqûre qui était presque une punition suffisante pour la femme, si Michael l'avait su, malgré tout ce qu'elle avait fait de mal.

L'heure du départ pour les festivités de Noël à Wood Grange vint comme un soulagement des picotements persistants d'émotions inexpliquées qui le tourmentaient. Sa femme était jeune et belle, mais il n'était conscient que de la répulsion. Il la détestait pour sa supercherie. Mais il la détestait surtout parce qu'elle lui avait volé sa vieille épouse, l'amie, la *confidente* , qui était devenue la meilleure partie de sa vie. Pour l'instant, il n'y avait aucune confiance entre les deux : pas de conversation, pas de lecture, pas de musique pour égayer les salles du Temple. Ils vivaient dans un silence presque complet.

———

Chaque fenêtre de la Grange brillait d'une lumière jaune sur la neige. Pour une fois, Noël avait été doux et de saison : un drap blanc couvrait le monde. Le houx brillait contre le vieux chêne. L'argent inestimable, sauvé de la fonderie lors des jours difficiles de Cromwell, brillait au-dessus des nappes blanches des longues tables. Le dîner des locataires était terminé, et c'était le moment où, selon le testament, la femme de Michael Wood devait être présentée aux locataires alors assemblés.

La silhouette élancée en drap de laine blanc et fourrure blanche, avec des roses de Noël sur la poitrine, se tenait sur l' estrade au fond de la grande salle, et les locataires s'enrouaient de joie à la simple vue de son beau visage, de ses yeux aimables.

« Cela s'est très bien passé », dit Michael lorsque, le dernier invité parti, le dernier volet fermé, le dernier domestique parti, tous deux se retrouvèrent seuls dans le long salon.

"Oui; pense que si tu avais dû leur présenter la vieille femme aux cheveux blancs...

« J'aimais la vieille femme, dit-il obstinément ; mais sa voix n'était pas tout à fait ferme.

« J'aimerais, » dit-elle en jouant avec les roses de Noël qu'elle portait, « j'aimerais que tu essaies de me pardonner. C'était horriblement mal ; mais j'ai commencé comme une plaisanterie. Voyez-vous, je venais tout juste de sortir du couvent où j'ai été élevé. Je pensais que ce serait tellement amusant : j'ai toujours été doué pour le théâtre. Je ne ferai plus jamais rien de stupide. Et demain, je m'en irai, et tu n'auras plus besoin de me revoir. Et vous *avez* l'argent et l'ancien logement, n'est-ce pas ? Et je les ai achetés pour toi – et – pardonne-moi. Cela a commencé comme une blague idiote d'écolière.

« Mais… un couvent ! Vous avez lu et réfléchi… »

«C'était mon père. Il m'a fait lire et réfléchir ; et quand il est mort, tout l'argent a disparu, et ma mère est pauvre. Oh, Michael, ne sois pas si silex ! Dis que tu me pardonne avant que je parte ! Tout a commencé par une blague !

"A commencé. Oui. Mais pourquoi as-tu continué ?

« Parce que je... je n'aimais pas Sylvia... et je t'aimais plutôt... mais je ne serai pas une nuisance. Je vais retourner chez ma mère. Dis que tu me pardonne. Je prendrai le premier train demain matin.

« Le premier train, dit Michael distraitement, est le 9h17 ; mais demain, c'est Noël. J'ose dire qu'ils courront comme dimanche.

Elle sortit son manteau blanc de la chaise près du feu.

« Bonne nuit », dit-elle tristement ; « tu es très dur. Tu ne veux même pas me serrer la main ?

« Nous n'avions pas de roses à notre mariage », dit-il toujours distraitement ; "mais il y a des roses à Noël." Il leva la main vers les fleurs blanches qu'elle portait et les toucha doucement. « Des roses blanches aussi pour un mariage », dit-il.

"Bonne nuit!" dit-elle encore.

« Et tu iras demain chez ta mère par le train de 9 h 17, ou de 10 h 5, si les trains circulent comme dimanche. Et je dois te pardonner et te serrer la main avant de nous séparer. Bien bien!"

Il prit la main qu'elle lui tendait, attrapa l'autre et la tint debout, ses yeux gris cherchant les siens. La tête renversée, les mains tendues, elle le regardait à bout de bras.

"Cher!" il a dit.

Un regard muet l'interrogea. Puis des cils plus longs que ceux de Sylvia voilèrent les yeux sombres.

Il parla à nouveau. "Cher!"

"Tu sais que tu me détestes", dit-elle.

Il porta ses mains à ses lèvres.

«As-tu oublié Sylvia?»

« Absolument, Dieu merci ! Et toi... moi... après tout, nous sommes mariés, même s'il n'y avait pas de roses à notre mariage de juin.

Encore une fois , ses yeux s'interrogeaient en silence.

Il se pencha en avant et toucha les roses de Noël avec ses lèvres. Puis il lui lâcha les mains et la saisit par les épaules.

"Oh! des gens insensés, insensés, insensés ! » il a dit. «Nous sommes tous les deux mari et femme. Ma femme! ma femme! ma femme! Nous le sommes, n'est-ce pas ?

"Je suppose que oui", dit-elle, et son visage se pencha un peu vers le sien.

"Eh bien!" a-t-il dit.

X

LA MAISON DU SILENCE

Le voleur se tenait tout près sous le haut mur et regardait à droite et à gauche. À droite, la route serpentait blanche et sinueuse, s'étendant comme un ruban torsadé sur le large épaulement gris de la colline ; à gauche, la route descendait brusquement vers la rivière ; au-delà du gué, la route s'éloignait lentement en une courbe qui se prolongeait sur des kilomètres à travers les marais verts.

Aucune silhouette de mouche noire ne bougeait dessus. Il n'y avait aucun voyageur à pareille heure sur une telle route.

Le voleur regarda à travers la vallée, le sommet de la montagne rougi par le coucher du soleil, et le gris-vert des olives à sa base. Les terrasses d'oliviers étaient déjà crépusculaires, mais ses yeux perçants ne pouvaient manquer le moindre écart ou déplacement de leurs lumières et de leurs ombres. Rien n'y bougeait. Il était seul.

Puis, se retournant, il regarda de nouveau le mur derrière lui. La face était grise et sombre , mais tout au sommet, dans les recoins des margelles, des giroflées orange et des mufliers couleur soufre brillaient parmi la brume d'herbes à fleurs plumeuses. Il regarda de nouveau l'endroit où certaines pierres étaient tombées du couronnement ; elles étaient tombées à l'intérieur du mur, car il n'y en avait aucune sur la route à l'extérieur. La branche d'un arbre puissant couvrait la brèche de son manteau vert aux yeux de tout voyageur fortuit ; mais le voleur n'était pas un voyageur fortuit, et il avait surpris la seule infidélité de la grande muraille à sa confiance.

Pour le voyageur occasionnel aussi, le déni du mur avait semblé absolu, sans réponse. Sa pierre solide, étroitement liée par un mortier à peine moins solide, montrait non seulement une défense , elle offrait un défi, une menace. Mais le voleur avait appris son métier ; il voyait que le mortier pouvait se détacher un peu ici, se briser un peu là, et que maintenant les miettes en tombaient en bruissant sur l'herbe sèche et poussiéreuse du bord de la route. Il recula, fit deux pas rapides en avant, et, d'un bond brusque et agile comme celui d'un chat, il saisit le mur où apparaissait la brèche et se redressa. Puis il se frotta les mains sur les genoux, parce que ses mains étaient ensanglantées à cause de la saisie soudaine des pierres brutes, et il s'assit à califourchon sur le mur.

Il écarta les branches feuillues et baissa les yeux ; au-dessous de lui gisaient les pierres tombées du mur ; déjà l'herbe poussait sur le monticule qu'ils avaient fait. Alors qu'il avançait la tête au-delà du feuillage vert, la lumière uniforme du soleil couchant le frappa dans les yeux. C'était comme un coup dur. Il se laissa doucement tomber du mur et se tint à l'ombre de l'arbre, regardant et écoutant.

Devant lui s'étendait le parc – large et immobile ; parsemé ici et là d'arbres et recouvert d'or versé de l'ouest. Il retint son souffle et écouta. Il n'y avait pas de vent pour remuer les feuilles avec ces bruissements qui peuvent tromper et déconcerter les plus vifs et les plus audacieux ; seulement le gazouillis endormi des oiseaux et leurs petits mouvements soudains et doux dans l'intimité sombre des branches aux feuilles épaisses. Il n'y avait dans tout le vaste parc aucun signe d'autre être vivant.

Le voleur marchait doucement sous le mur là où les arbres étaient les plus touffus, et à chaque pas il s'arrêtait pour regarder et écouter.

Ce fut tout à coup qu'il tomba sur la petite loge près des grandes portes en fer forgé avec les poteaux de marbre portant sur eux les deux griffons décharnés, la connaissance de la noble maison à qui appartenaient ces terres. Le voleur recula dans l'ombre et resta immobile, seul son cœur battait fort. Il restait immobile comme le tronc d'arbre à côté de lui, regardant, écoutant. Il se disait qu'il n'avait rien entendu, qu'il n'avait rien vu, et pourtant il prenait conscience de certaines choses. Que la porte de la loge n'était pas fermée, que quelques-unes de ses fenêtres étaient brisées, et que de la paille et des détritus s'étaient introduits dans le petit jardin par la porte ouverte ; et qu'entre la marche de pierre et le seuil, l'herbe poussait de plusieurs centimètres de hauteur. Lorsqu'il s'en rendit compte, il s'avança et entra dans la loge. Toute la tristesse sordide d'une petite maison déserte le rencontrait ici – des pots cassés et des casseroles tordues, de la paille, de vieux chiffons et un silence maussade et poussiéreux.

« Il n'y a plus personne ici depuis la mort du vieux gardien. Ils ont dit la vérité, dit le voleur ; et il se hâta de quitter la loge, car il n'y avait plus rien de ce qu'un homme ait besoin de convoiter, seulement la désolation et le souvenir de la mort.

Il avança donc lentement parmi les arbres et, par des chemins détournés, se rapprocha un peu de la grande maison qui se dressait dans son jardin clos de murs, au milieu du parc. De très loin, au-dessus de la vague verte des arbres qui se brisaient autour, il en voyait les tours se dresser noires sur le coucher du soleil ; et entre les arbres on apercevait son marbre blanc là où la faible lumière grise le touchait de l'est.

Se déplaçant lentement, vigilant, alerte, les yeux toujours tournés à droite et à gauche, les oreilles qui ressentaient le silence intense plus intensément qu'elles n'auraient pu ressentir un tumulte, le voleur atteignit le muret du jardin, du côté ouest. La dernière rougeur du reflet du coucher du soleil avait éclairé toutes les nombreuses fenêtres, et la vaste place l'éclaira un instant avant que la lumière ne disparaisse derrière la barre noire des arbres, et le laissa face à face avec une maison pâle, dont les fenêtres maintenant étaient noirs et creux, et ressemblaient à des yeux qui l'observaient. Toutes les fenêtres étaient fermées ; celles du bas étaient gardées par des jalousies ; à travers les vitres de celles du dessus, il pouvait voir les faces peintes des volets.

De loin, il avait entendu et connu le claquement des fontaines, et maintenant il voyait leurs colonnes blanches et changeantes s'élever et s'abaisser sur le fond de la terrasse. Le jardin était plein de rosiers traînants et non taillés ; et le parfum lourd et joyeux des roses, encore tièdes du soleil, respirait dans cet endroit, exagérant la tristesse de sa désolation enchevêtrée. D'étranges silhouettes brillaient dans le crépuscule grandissant, mais elles étaient trop blanches pour être redoutées. Il se glissa dans un coin où Psyché s'affaissait dans le marbre et, derrière son piédestal, s'accroupit. Il sortit de la nourriture de ses poches, mangea et but. Et entre les bouchées, il écoutait et regardait.

La lune se leva et alluma un feu pâle sur la façade de la maison et sur les membres de marbre des statues, et l'eau brillante des fontaines entraîna les rayons de la lune dans le changement immuable de sa montée et de sa descente.

Quelque chose bruissait et remuait parmi les roses. Le voleur se raidit : son cœur parut soudain creux ; il retint son souffle. À travers les ombres qui s'épaississaient, quelque chose brillait de blanc ; et non du marbre, car il bougeait, il venait vers lui. Puis le silence de la nuit fut brisé par un cri, alors que la forme blanche glissait dans le clair de lune. Le voleur se remit à grignoter, et une autre forme brilla après la première. "Maudis les bêtes !" dit-il en prenant une autre gorgée de sa bouteille, alors que les paons blancs étaient masqués par l'ombre des arbres et que le calme de la nuit devenait plus intense.

Au clair de lune, le voleur fit le tour de la maison, poussant à travers les ronces traînantes qui s'accrochaient à lui, et maintenant, devenu plus audacieux, il regarda attentivement les portes et les fenêtres. Mais toutes étaient fermées comme les portes d'un tombeau. Et le silence s'approfondit à mesure que le clair de lune grandissait.

Il y avait une petite fenêtre, en hauteur, sans volet. Il l'a regardé; mesura sa distance du sol et du plus proche des grands châtaigniers. Puis il marcha sous l'allée des châtaigniers, la tête renversée et les yeux fixés sur le mystère de leurs entrelacs de branches.

Au cinquième arbre, il s'arrêta ; il sauta sur la branche la plus basse et la manqua ; il sauta de nouveau, l'attrapa et redressa son corps. Puis grimpant, rampant, se balançant, tandis que les feuilles, agitées par sa progression, bruissaient au courbure des branches, il passa de cet arbre, à l'autre, rapide, assuré, sans hésiter. Et ainsi d'arbre en arbre, jusqu'à ce qu'il arrive au dernier arbre , et à la branche qui s'étendait jusqu'à toucher de ses feuilles la petite fenêtre.

Il s'en est tiré. La branche s'est courbée et craquée, et se serait brisée si, au seul instant possible, le voleur s'était balancé en avant, avait palpé le bord de la fenêtre avec ses pieds, avait détaché la branche, avait bondi et s'était aplati contre les moulures, agrippant le bois sculpté . goutte-à-goutte avec ses mains. Il passa son genou à travers la fenêtre, attendant que le tintement du verre qui tombait se calme, ouvrit la fenêtre et se glissa à l'intérieur. Il se retrouva dans un couloir : il pouvait voir la longue rangée de fenêtres blanches et les barreaux. de clair de lune tombant sur le bois marqueté de son sol.

Il sortit sa lanterne de voleur, haute et fine comme une grande coupe, l'alluma et se glissa doucement le long du couloir, écoutant entre ses pas jusqu'à ce que le silence devienne comme un bourdonnement dans ses oreilles.

Et lentement, furtivement, il ouvrit porte après porte ; les pièces étaient spacieuses et vides – la lumière jaune de sa lanterne clignotant dans leurs coins le lui disait. Il aperçut quelques meubles pauvres et simples, un rideau ou un banc ici et là, mais pas ce qu'il cherchait. La maison était si grande qu'il sembla au voleur que depuis de nombreuses heures il errait dans ses galeries, descendait lentement ses larges escaliers, ouvrait à contrecœur les portes des pièces sombres et vides, dont le silence parlait avec toujours plus d'insistance dans son esprit. oreilles.

«Mais c'est comme il me l'a dit » , dit-il intérieurement: «pas âme qui vive partout. Le vieil homme, un serviteur de cette grande maison, me l'a dit : il savait, et j'ai tout trouvé comme il l'a dit.

Alors le voleur se détourna du vide voûté du grand escalier et, dans un coin éloigné de la salle, il se retrouva à parler à voix basse, car il lui semblait maintenant que rien ne servirait si ce n'était que ce silence bruyant soit apaisé par un humain. voix.

« Le vieil homme a dit que ce serait ainsi : tout serait vide et sans profit pour un homme ; et il est mort, et je l'ai soigné. Cher Jésus ! comme nos bonnes actions nous reviennent ! Et il m'a raconté comment le dernier de la grande famille était parti on ne savait où. Et les histoires que j'ai entendues en ville, selon lesquelles le grand homme n'était pas parti, mais vivait ici caché... Ce n'est pas possible. Il y a le silence de la mort dans cette maison.

Il s'humidifia les lèvres avec sa langue. Le calme du lieu semblait peser sur lui comme une chose solide. " C'est comme un homme mort sur les épaules ", pensa le voleur, et il se redressa et murmura encore : " Le vieil homme dit : " La porte avec le griffon sculpté et les roses entourées, et la septième rose tient le secret en son cœur.

Sur ce, le voleur repartit, rampant doucement à travers les barres de clair de lune dans le couloir.

Et après bien des recherches, il trouva enfin, sous l'angle du grand escalier de pierre, derrière une tapisserie moisie , ornée de paons et de pins, une porte sur laquelle était sculpté un griffon entouré de roses. Il enfonça son doigt dans le cœur profond de chaque rose sculptée, et lorsqu'il pressa la rose qui était la septième en nombre du griffon, il sentit la partie la plus intime de celle-ci bouger sous son doigt comme si elle cherchait à s'échapper. Alors il appuya plus fortement, s'appuyant contre la porte jusqu'à ce qu'elle s'ouvre, et il la franchit en regardant derrière lui pour voir que rien ne suivait. La porte qu'il a fermée en entrant.

Et maintenant il se trouvait, semblait-il, dans une autre maison. Les pièces étaient grandes et élevées comme celles dont il avait exploré le vide feutré – mais ces pièces semblaient chaleureuses de vie, mais ne contenaient pourtant aucune menace, aucune terreur. Au faible scintillement jaune de la lanterne sortaient de l'obscurité des allusions à une magnificence surpeuplée, une profusion somptueuse de beaux objets dont il n'avait jamais rêvé de sa vie, bien que toute cette vie n'ait été qu'un rêve des charmants trésors que riche les hommes thésaurisent, et qui, grâce à l'habileté et à l'habileté du voleur, peuvent devenir les siens.

Il traversait les pièces, tournant la lumière de sa lanterne d'un côté et de l'autre, et toujours l'obscurité cachait plus que la lumière ne révélait. Il savait que d'épaisses tapisseries pendaient aux murs, que des rideaux de velours masquaient les fenêtres ; sa main, explorant avec avidité, sentait les riches sculptures des chaises et des presses ; les grands lits étaient tendus de draps de soie travaillés en fil d'or avec d'étranges motifs étoilés scintillants. De larges buffets renvoyaient aux interrogations de sa lanterne le léger rire blanc de l'argent ; les armoires hautes ne pouvaient, avec toute leur réserve, réprimer l'aveu de l'or ouvré, et, des coffrets au fond desquels il jetait la lumière, sortait l'aveu tremblant de riches joyaux. Et maintenant, enfin, cette porte sculptée refermée entre lui et le silence poignant des couloirs déserts, le voleur éprouvait une soudaine gaieté de cœur, un sentiment d'évasion, de sécurité. Il était seul, mais chaleureux et accompagné. Le silence ici n'était plus une horreur, mais un consolateur, un ami.

Et effectivement, il n'était désormais plus seul. Les vastes splendeurs qui l'entouraient, les dépouilles que de longs siècles avaient cédées à la portée d'une famille noble, voilà des compagnons selon son propre cœur.

Il ouvrit l'abat-jour de sa lanterne et la tint bien au-dessus de sa tête. La pièce gardait encore la moitié de ses secrets. La discrétion des ténèbres devrait être brisée. Il doit voir davantage de cette splendeur – non pas dans des détails insatisfaisants, mais dans sa masse magnifique et éclairée. La barre étroite de la lumière de la lanterne le irritait. Il sauta sur la table à manger et commença à allumer le lustre à moitié brûlé. Il y avait une centaine de bougies, et il alluma toutes, de sorte que le lustre se balançait comme un vaste joyau vivant au centre de la salle. Puis, alors qu'il se retournait, toutes les couleurs de la pièce lui sautèrent dessus. Le violet des canapés, l'éclat vert des verres délicats, le bleu des tapisseries et l'écarlate vif des tentures de velours, et avec la couleur jaillirent des reflets blancs de l'argent, des reflets jaunes de l'or, des reflets multicolores . le feu d'étranges marqueteries et de coffrets de bijoux , jusqu'à ce que le voleur reste consterné de ravissement par la révélation étrange et soudaine de cette splendeur concentrée .

Il longea les murs, une bougie allumée à la main — la cire coulait chaude sur ses doigts tandis qu'il marchait — allumant l'un après l'autre les cierges des appliques des verres à monture d'argent. Dans la chambre officielle, il recula brusquement, face à face avec un visage blanc comme la mort dans lequel des yeux noirs le regardaient avec triomphe et plaisir. Puis il a ri à haute voix. Il n'avait pas connu son propre visage dans les profondeurs étranges de ce miroir. Elle n'avait pas d'appliques comme les autres, sinon il l'aurait su pour ce que c'était. Il était encadré de verre de Venise – merveilleux, brillant, irisé.

Le voleur laissa tomber la bougie et ouvrit grand les bras avec un geste de désir suprême.

« Si je pouvais tout emporter ! Tout, tout ! Chaque belle chose ! Vendre les uns, les moins beaux, et vivre avec les autres tous mes jours !

Et maintenant, la folie s'empara du voleur. Il ne pouvait emporter avec lui qu'une si petite partie de toutes ces choses ; pourtant tout était à lui – à prendre – même les énormes presses sculptées et les énormes vases en argent massif, trop lourds pour qu'il puisse les soulever – même ceux-là étaient à lui : ne les avait-il pas trouvés – lui, par son habileté et sa ruse ? Il parcourait les chambres, touchant l'une après l'autre les choses belles et rares. Il caressait l'or et les bijoux. Il jeta ses bras autour des grands vases d'argent ; il enroulait autour de lui le lourd velours rouge du rideau où les griffons brillaient en or repoussé, et frissonnait de plaisir au doux accrochage de son étreinte. Il trouva, dans une haute armoire, des flacons de vin aux formes curieuses, un vin qu'il n'avait jamais goûté, et il le but lentement, par petites gorgées, dans un gobelet d'argent et dans un verre vert de Venise, et dans une tasse d'alcool. rare porcelaine rose , sachant que n'importe lequel de ses récipients à boire valait assez pour le maintenir inactif pendant une longue année. Car le voleur avait appris son métier, et connaître la valeur des choses fait partie du métier du voleur.

Il se jetait sur les riches canapés, s'asseyait sur les imposants fauteuils sculptés, s'accoudait sur les tables d'ébène. Il enfouit son visage brûlant dans le linge frais et doux du grand lit, et s'étonna de le trouver encore délicatement parfumé comme si une douce femme s'y était allongée la nuit dernière. Il allait et venait, riant de pur plaisir et se faisant un carnaval effréné des joies de la possession.

Ainsi la nuit avançait, et avec la nuit sa folie disparaissait. Alors il se promena parmi les trésors, non plus avec des yeux d'amant, mais avec des yeux de Juif, et il choisit les pierres précieuses qu'il savait être les plus précieuses et les mit dans le sac qu'il avait apporté. et avec eux quelques beaux ouvrages d'orfèvrerie et le gobelet dans lequel il avait bu le vin. Même s'il ne s'agissait que d'argent, il ne voulait pas le quitter. Il brisa le verre vert de Venise et la coupe, car il dit : « Aucun homme moins chanceux que moi, ce soir, n'y boira plus jamais. » Mais il n'a fait de mal à rien d'autre de toutes les belles choses, parce qu'il les aimait.

Puis, laissant encore allumées les extrémités basses et inégales des bougies, il se tourna vers la porte par laquelle il était entré. Il y avait deux portes, côte à côte, sculptées de lys droits, et entre elles un panneau ouvré avec le griffon et les sept roses enveloppées. Il enfonça son doigt au cœur de la septième rose, espérant à peine que le panneau bougerait, et en effet il ne bougea pas ; et il allait chercher une source secrète parmi les lis, lorsqu'il s'aperçut qu'une des portes travaillées avec ceux-ci s'était entrouverte. Il la traversa donc et la referma derrière lui.

« Je dois garder mes trésors », dit-il. Mais lorsqu'il eut franchi la porte, l'eut fermée et étendit la main pour soulever la tapisserie en lambeaux qui la recouvrait du dehors, sa main rencontra l'air vide, et il comprit qu'il n'était pas sorti par la porte par laquelle il Avait entré.

Quand la lanterne fut allumée, elle lui montra un passage voûté, dont le sol et les murs étaient en pierre, et il y avait de l'air humide et une odeur de moisi , comme celle d'une cave longtemps restée fermée. Il avait froid maintenant, et la pièce avec le vin et les trésors semblait lointaine et lointaine, bien qu'une porte et un moment l'en séparaient, et bien qu'une partie du vin était dans son corps et une partie du trésor dans son corps. ses mains. Il entreprit de trouver le chemin de la nuit tranquille à l'extérieur, car cela lui semblait un refuge et une sauvegarde puisque, en fermant cette porte, il avait fermé la chaleur, la lumière et la compagnie. Il était à nouveau enfermé dans des murs, et une fois de plus menacé par ce silence envahissant qui était presque une présence. Une fois de plus, il lui semblait qu'il devait ramper doucement, retenir son souffle avant d'oser tourner un coin, car il sentait toujours qu'il n'était pas seul, qu'il y avait quelque chose près de lui et que son souffle aussi était retenu.

donc par de nombreux passages et escaliers, et ne put trouver aucune issue ; et après un long moment de recherche, il se glissa par un autre chemin pour revenir, sans s'en apercevoir, sur la porte qui le fermait de la pièce où se trouvaient les nombreuses lumières, le vin et le trésor. Alors la terreur jaillit sur lui du silence sombre de l'endroit, et il frappa la porte avec ses mains et cria à haute voix, jusqu'à ce que l'écho de son cri dans le toit à croupes le ramène au silence.

De nouveau, il se glissa furtivement par d'étranges passages, et de nouveau ne put trouver d'autre moyen que, après beaucoup d'errance, de revenir à la porte où il avait commencé.

Et maintenant, la peur de la mort lui battait le cerveau à coups de marteau. Mourir ici comme un rat dans un piège, ne plus jamais voir le soleil s'allumer, ne jamais grimper par une fenêtre, ni voir briller de courageux bijoux sous sa lanterne, mais errer, et errer, et errer entre ces murs inexorables jusqu'à ce qu'il mourut, et les rats, l'admettant dans leur fraternité, envahirent son cadavre.

«J'aurais mieux fait d'être né imbécile», dit le voleur.

Puis il parcourut de nouveau l'humidité et l'obscurité des passages voûtés, cherchant en tremblant une issue, mais en vain.

Finalement, dans un coin derrière un pilier, il trouva une toute petite porte et un escalier qui descendait. Alors il le suivit, errant parmi d'autres couloirs et caves, avec le silence pesant autour de lui, et le désespoir devenant épais et froid comme un champignon autour de son cœur, et dans son cerveau la peur de la mort battant comme un marteau.

Ce fut tout à coup, au cours de ses errances, devenues une frénésie sans but, comportant désormais moins de recherche que de fuite devant le silence insistant, qu'il aperçut enfin une lumière - et c'était la lumière du jour qui traversait une porte ouverte. porte. Il se tenait à la porte et respirait l'air du matin. Le soleil s'était levé et touchait d'un éclat blanc le sommet des tours de la maison ; les oiseaux chantaient fort. C'était donc le matin et il était un homme libre.

Il chercha autour de lui un chemin pour arriver au parc, et de là jusqu'au mur brisé et à la route blanche, qu'il avait empruntées depuis très longtemps. Car cette porte ouvrait sur une cour intérieure fermée, encore dans une ombre humide, bien que le soleil la frappât à plat, une cour où les hautes herbes poussaient épaisses et humides. La rosée de la nuit les pesait lourdement.

Alors qu'il se levait et regardait, il fut conscient d'un bourdonnement sourd venant de l'autre côté de la cour. Il poussa les herbes vers lui ; et le sentiment d'une présence dans le silence l'envahissait plus que jamais dans la maison sombre, même si maintenant il faisait jour, et les oiseaux chantaient tous gaiement, et le bon soleil brillait si courageusement au-dessus de lui.

Tandis qu'il écartait les mauvaises herbes qui lui arrivaient jusqu'à la taille, il marcha sur quelque chose qui semblait se tordre sous ses pieds comme un serpent. Il recula et baissa les yeux. C'était la longue tresse ferme et lourde des cheveux d'une femme. Et juste au-delà se trouvaient la robe verte d'une femme, et les mains d'une femme, et sa tête d'or, et ses yeux ; tout autour de l'endroit où elle gisait était le bourdonnement épais des mouches et leur essaim noir.

Le voleur a vu, il s'est retourné et il s'est enfui jusqu'à sa porte, et a descendu les marches et à travers le labyrinthe de passages voûtés - il s'est enfui dans l'obscurité et les mains vides, car lorsqu'il était arrivé en présence, il avait informé cette maison avec silence, il avait laissé tomber lanterne et trésor, et s'était enfui sauvagement, l'horreur dans son âme le poussant devant eux. Or, la peur est plus sage que la ruse, ainsi, alors qu'il avait cherché pendant des heures avec sa lanterne et toute son astuce de voleur pour trouver l'issue, et qu'il avait cherché en vain, il maintenant, dans l'obscurité et aveuglément, sans pensée ni volonté. , sans s'arrêter ni laisser, trouva le seul chemin qui menait à une porte, tira les verrous et s'enfuit à travers la roseraie réveillée et à travers le parc couvert de rosée.

Il tomba du mur sur la route et resta là, regardant avec impatience à droite et à gauche. À droite, la route serpentait blanche et sinueuse, comme un ruban torsadé sur le grand épaulement gris de la colline ; à gauche, la route descendait vers la rivière. Aucune silhouette de mouche noire ne bougeait dessus. Il n'y a pas de voyageurs sur telle route à telle heure.

XI

LA FILLE AU TABAC

John Selwyn Selborne maudit pour la centième fois l'imbécile qui l'avait attaché captif aux roues du char de la beauté. C'est-à-dire qu'il maudissait l'imbécile qu'il avait été en se fiant à l'automobile de cette femme Brydges . La femme Brydges était jolie, riche et charmante ; l'omniscience était sa pose. Elle savait tout : elle savait donc conduire une automobile. Elle a appris la leçon de sa propre incompétence au prix d'une cheville cassée et d'une série complète de contusions. Selborne a payé sa folie confiante avec une clavicule cassée et une profonde coupure au bras. C'est pourquoi il ne pouvait pas se rendre à Portsmouth pour voir les derniers de son jeune frère lorsqu'il quitta la maison pour la guerre.

C'était pour cela qu'il jurait. La malédiction était légère – c'était en effet moins une malédiction qu'une invocation.

« Défendez-nous des femmes », dit-il ; "surtout des femmes qui croient savoir."

L'obscurité grise qui représentait l'aube ce jour-là se glissait à travers les rideaux et faisait des fantômes des ombres qui persistaient encore dans sa chambre. Il s'étira avec lassitude et gémit alors que les nerfs tendus vibraient au rythme de l'agonie.

« Il n'y a pas d'imbécile comme un vieil imbécile », a déclaré John Selwyn Selborne . Il avait trente-sept ans, et ils pesaient sur lui comme ne le feraient pas les quarante-sept ans quand leur heure serait venue.

Il avait dit au revoir au jeune frère la veille au soir ; ici, dans cette auberge de campagne, la plus proche de la scène de l'illumination de la femme Brydges . Et aujourd'hui, le garçon a navigué. John Selborne soupira. Vingt-deux ans, et c'est parti pour la guerre, le cœur entier. Alors qu'il avait été invalide au tout début des choses et maintenant, alors qu'il allait bien et sur le point de rejoindre — l'automobile et la femme Brydges ! Et quant au cœur entier… encore la femme Brydges .

Il s'est endormi. Quand il se réveilla, il y avait plein de soleil et un orchestre d'oiseaux réveillés dans le jardin extérieur. Il y avait du thé, il y avait des lettres. L'un venait de Sidney – Sidney, qui l'avait quitté douze heures auparavant.

Il l'a déchiré et s'est blessé à l'épaule dans le mouvement.

« CHER JOHN », disait la lettre, « je voulais te le dire hier soir, mais tu avais l'air si bon marché que j'ai pensé que je ferais mieux de ne pas te déranger. Mais je viens juste de penser que je pourrais peut-être recevoir une balle dans les entrailles, et je veux que vous le sachiez. Alors voilà. Il y a une fille que je compte épouser. Je sais qu'elle dira oui, mais je ne peux pas lui demander avant mon retour, bien sûr. Je ne veux pas qu'on vous cache des choses ou qu'on vous fasse des bêtises ; tu as toujours été si gentil avec moi. Je sais que tu détestes la mâchoire, alors je ne m'étendrai pas sur ça. Mais je dois vous dire que je l'ai rencontrée pour la première fois alors qu'elle servait dans un bureau de tabac. Et sa mère loue un logement. Vous penserez que cela signifie qu'elle est en dessous de moi. Attends de la voir. Je veux que tu la voies et que tu te lie d'amitié avec elle pendant mon absence.

Ici suivirent les ravissements de quelques amants et l'adresse de la dame.

John Selborne s'allongea et gémit.

Susannah Sheepmarsh , assistante du buraliste, fille du gardien de l'hôtel, et Sidney Selborne , fils cadet d'une maison dont la fierté était d'avoir été assez fière de refuser une pairie.

John Selborne réfléchit longuement et profondément.

"Je suppose que je dois me sacrifier", a-t-il déclaré. « Petite aventurière ! « Comme c'est facile de lui prouver, dis-je, que l'aigle est le jeu que sa fierté préfère, même si elle se penche plutôt vers le troglodyte. Le garçon me détestera un moment, mais il me remerciera plus tard. Yalding? C'est quelque part sur la Medway. Pêche? Faire du bateau ? La convalescence suffit. La fiction, aidez -nous ! Que ferait le méchant d'un livre pour s'interposer entre des amants affectueux ? Il prendrait le logement : au moins il essaierait. Et autant faire quelque chose.

Alors il écrit à Mme Sheepmarsh … elle avait des chambres à louer, apprit-il. Termes? Et Mme Sheepmarsh a répondu : au moins, sa réponse était dactylographiée, ce qui fut un peu un choc. Elle avait des chambres. Ils étaient désengagés. Et les termes étaient tels et tels.

Voici donc John Selwyn Selborne , ses bagages soigneusement étiquetés avec ses prénom et deuxième noms, déposés sur le petit quai de la gare de Yalding. Le voici, transporté par une charrette, traversant le vieux pont de pierre et la gloire dorée des Leas, rougie par le coucher du soleil.

Mme La maison de Sheepmarsh était longue, basse et blanche. Elle avait un porche classique et, à une extrémité, une porte-fenêtre ouvrait à travers des cascades de jasmin sur une longue pelouse. Il y avait beaucoup d'arbres. Une dame d'âge moyen vêtue d'un noir décent, avec une casquette blanche et de la dentelle blanche autour du cou, l'accueillit avec une courtoisie formelle.

"Par ici", dit-elle, et elle lui fit signe de la suivre à travers un portail vert et jusqu'à un buisson qui menait sans déguisement ni prétention directement à la maison. Elle menait également à un petit bâtiment blanc entouré d'arbres. «Ici», dit la dame. Elle a ouvert la porte. « Je vais dire à l'homme d'apporter vos bagages. Bonne soirée--"

Et elle l'a laissé planté là. Il dut baisser la tête pour passer sous la porte basse, et il se retrouva dans une petite cuisine. Au-delà se trouvaient un salon et deux chambres à coucher. Le tout peu équipé, mais avec des meubles anciens, des rideaux légèrement délavés, calmes et agréables à regarder. Il y avait des roses dans un pot de Grès de Flandre sur la table d'entrée du salon.

«Quel petit endroit singulier!» il a dit. « Voici donc les logements. Je me sens comme un chien dans un chenil. Je suppose qu'ils me jetteront un os tout à l'heure, ou du moins qu'ils me demanderont quel genre d'os je préfère.

Il déballa ses vêtements et déposa ses affaires dans les tiroirs et les placards ; c'était étrangement charmant que chaque étagère ou tiroir ait son propre petit sac en mousseline de lavande grise. Puis il prit un livre et commença à lire. Le coucher du soleil s'était éteint, la lumière du jour semblait briller par la fenêtre basse comme une marée, laissant derrière elle des pans d'obscurité. Il a allumé des bougies. Il commençait à avoir faim : il était huit heures passées.

« Je crois que la vieille dame a oublié mon existence », dit-il, puis il ouvrit la porte de sa maison et sortit dans le crépuscule plus léger du jardin. Les allées de bosquets étaient sinueuses. Il prit le mauvais virage et se retrouva sur l'étroite pelouse. De la porte-fenêtre, au milieu des jasmin, sortaient la lumière des lampes et des voix.

« Pas de serviteur, pas de nourriture ? Ma bonne mère, vous avez diverti un fou à l'improviste.

"Il avait des références."

« L'homme ne peut pas vivre uniquement de références. Ce pauvre animal doit mourir de faim, à moins qu'il ne soit ivre.

« Célia ! J'aimerais que tu ne le fasses pas… »

John Selborne , arrivant en toute hâte, mit un terme à la conversation en crissant lourdement et consciencieusement ses bottes sur le gravier. Les deux voix cessèrent. Il se présenta au rectangle éclairé de la fenêtre.

Dans cette lampe, la lumière brillait sur les derniers restes d'un repas : le dîner, près des verres et des fruits. Aussi sur la dame à la casquette et sur une fille – celle, sans aucun doute, qui avait développé cette idée folle. Les deux visages étaient tournés vers lui. Les deux femmes se levèrent : il n'y avait qu'à avancer. Il murmura quelque chose à propos d'une intrusion : « terriblement désolé, les promenades sont tellement venteuses », et se tourna pour partir.

Mais la jeune fille parla : « Oh, attends un instant. Est-ce M. Selwyn, mère ?

« Ma fille, Miss Sheepmarsh , M. Selwyn », dit la mère à contrecœur.

"Nous parlions justement de vous", dit la jeune fille, "et nous nous demandions si vous étiez malade ou quoi, ou si votre domestique n'était pas venu, ou quelque chose du genre."

"Mlle Sheepmarsh ." Il était toujours sans voix. C'est la petite aventurière, l'assistante du buraliste ? Cette fille aux magnifiques cheveux sévèrement tressés, au visage rond, au menton fier, aux yeux les plus honnêtes du monde ? Elle pourrait être la sœur de l'aventurière – la cousine, peut-être ? Mais la pièce aussi – acajou brillant , vieille porcelaine , argent usé et belle nappe – tout parlait d'un luxe aussi sobre que raffiné : le luxe d'une coutume délicate, d'une habitude innée dans les os ; pas de champignon d'auto-indulgence grossière, mais le résultat inconscient de générations de respect de soi évident.

« Pouvons-nous envoyer quelque chose pour vous ? » » demanda la dame aînée. « Bien sûr que nous…»

"Nous ne voulions pas dire par 'entièrement privé' que nous laisserions notre locataire mourir de faim", l'interrompit la jeune fille.

"Il y a une erreur." Selborne revint à lui soudainement. «Je pensais que j'engageais des appartements meublés avec euh… assistance.»

La jeune fille a tiré un journal d'un tas sur le canapé.

"C'était la publicité, n'est-ce pas ?" elle a demandé.

Et il lut :

« Gîte de quatre pièces, meublé, dans un beau terrain. Une partie de ceux-ci est clôturée à l'usage du locataire du chalet. Et en l'absence de la famille l'ensemble du terrain est ouvert au locataire. À la maison, la famille souhaite être entièrement privée.

"Je n'ai jamais vu ça du tout", a déclaré Selborne désespérément. « Mon… je veux dire, on m'a dit que c'était un logement meublé. Je suis vraiment désolé de n'avoir aucun domestique et aucun moyen d'en obtenir un. Je retournerai à Londres immédiatement. Je suis désolé."

«Le dernier train est parti», dit Miss Sheepmarsh . « Mère, demande à M. Selborne entre et je lui apporterai quelque chose à manger.

« Ma chère, dit la mère, sûrement Mary... »

« Ma chère mère, dit la jeune fille, vous savez que Marie dîne. »

Selborne, abasourdi , se retrouva alors assis à la table blanche et argentée, servie avec de la nourriture et des boissons par cet Hébé aux yeux honnêtes. Il s'efforça de parler avec la mère, non pas de la différence entre un locataire et un locataire, mais de la musique, de l'art et de la vie du grand monde.

C'était la jeune fille qui faisait descendre la conversation des ragots des tribunaux et des salles de concert jusqu'aux besoins immédiats du locataire.

« Si vous comptez rester, vous pourriez faire venir une femme du village », dit-elle.

"Mais ne préféreriez-vous pas que j'y aille?" il a dit.

"Pourquoi devrions nous? Nous voulons louer le chalet, sinon nous n'aurions pas dû en faire la publicité. Je t'en chercherai un demain. Mme Bates serait exactement ce qu'il faut, maman. Et vous l'aimerez, M. Selwyn. C'est une très chère… »

Effectivement, le lendemain matin, une gentille femme d'âge moyen a amené une femme « à faire pour » M. Selwyn. Et elle l'a fait à merveille. Et trois jours lents se sont écoulés. Il prit un bateau et remonta et descendit la rivière verte bordée de saules. Il a essayé de pêcher ; il lisait un peu et réfléchissait davantage. Et il entrait et sortait de son cottage, qui avait son propre chemin privé débouchant sur la route. Plusieurs fois par jour, il entrait et sortait, mais il ne voyait plus les cheveux roux, le visage rond et les yeux honnêtes.

Le quatrième jour, il avait nourri son intérêt pour la jeune fille jusqu'à en faire un sentiment fort et bien développé de curiosité et d'attraction. En entrant par sa propre porte, il vit la mère quittant la sienne, avec parasol et porte-cartes – un après-midi d'appels s'annonçait visiblement.

Maintenant ou jamais! L'impulsion rapide le prit, et avant qu'il ait eu le temps de se rappeler les termes de cette annonce, il avait dépassé la clôture verte de la division, et ses pieds étaient sur les chemins errants des bosquets. Il éprouvait, à mesure qu'il s'éloignait, une lueur de gratitude envers le sort qui récompensait son souci de l'avenir de son frère par un intérêt comme celui-ci. L' aventurière ? — l'employée du buraliste ? — il pourrait s'en occuper plus tard.

À travers la verdure du jardin, une lueur blanche guidait, semblait même attirer.

Il trouva la jeune fille aux cheveux roux et aux yeux honnêtes dans un hamac suspendu entre deux cèdres.

« Aie pitié de moi », dit-il brusquement.

Elle leva les yeux de son livre.

"Oh c'est toi!" dit-elle. "Je suis si heureux. Prends une chaise sous les cendres qui pleurent, assieds-toi et parle.

« Ce gazon me suffit », dit-il ; "Mais es-tu sûr que je ne suis pas en infraction ?"

« Vous voulez dire la publicité ? Oh, c'était simplement parce que nous avions eu des gens plutôt horribles l'année dernière, et que nous ne pouvions pas nous éloigner d'eux, et que maman voulait être tout à fait en sécurité ; mais bien sûr, vous êtes différent. Nous vous aimons beaucoup , ce que nous avons vu de vous. Ce simple compliment lui plaisait moins qu'il n'aurait pu le faire. « Les autres personnes étaient... eh bien, c'était un homme au beurre . Je crois qu'il se qualifiait d'artiste.

« Voulez-vous dire que vous n'aimez pas les gens qui font du commerce ? » demanda-t-il en pensant à l'employé du buraliste.

« Bien sûr que je ne veux pas dire cela », dit-elle ; « eh bien, je suis socialiste ! Butterman signifie simplement une personne sans manières ni idéaux. Mais je préfère les gens qui travaillent aux gens qui font du shopping , même si je sais que c'est mal.

« Comment une appréciation ou une aversion involontaire peut-elle être erronée ? » Il a demandé.

« C'est snob, tu ne trouves pas ? Nous devrions aimer les gens pour ce qu'ils sont, et non pour ce qu'ils ont ou pour quoi ils travaillent.

« Si tu n'étais pas si jolie et si tu n'avais pas cet air délicieux d'embrasser l'Évangile social, tu serais un connard », se disait-il. Il lui dit : « En gros, ne trouvez-vous pas que les classifications conventionnelles correspondent assez bien aux classifications réelles ?

"Non," répondit-elle franchement.

Et lorsque la mère revint, lasse de ses appels, elle trouva son locataire et sa fille discutant encore des problèmes du bien et du mal, de l'hérédité et de l'environnement, des inégalités sociales et de l'injustice du monde. La jeune fille s'est battue pour ses opinions, et elle s'est battue équitablement, quoique farouchement. C'était le premier d'une longue série de combats de ce type. Quand il fut parti, la mère protesta.

« Très chère, dit la jeune fille, je n'y peux rien ! Je dois vivre ma propre vie, comme on dit dans les pièces de théâtre. Après tout, j'ai vingt-six ans. J'ai toujours parlé aux gens si je les aimais, même aux étrangers dans les wagons. Et les gens ne sont pas des bêtes sauvages, vous savez : tout va toujours bien. Et cet homme peut parler ; il sait des choses. Et c'est un gentleman. Cela devrait vous satisfaire, cela et ses références. Ne t'inquiète pas, il y a un chéri. Soyez simplement gentil avec lui vous-même. Il est tout simplement une aubaine dans un endroit comme celui-ci.

« Il va tomber amoureux de toi, Celia », prévint la mère.

"Pas lui!" dit la fille. Mais la mère avait raison.

Vivant seul dans cette étrange petite maison, le monde, sa vie habituelle, la femme Brydges , tout semblait très loin. Miss Sheepmarsh était très proche . Son franc plaisir à écouter son discours, son acceptation gaie de leur compagnie désormais presque constante, étaient des choses nouvelles dans son expérience des femmes, et auraient pu l'avertir qu'elle au moins avait le cœur entier. Ils l'auraient fait s'il avait déjà fait face au fait que son propre cœur s'était enflammé. Il faisait du vélo avec elle le long des agréables ruelles du Kent ; il ramait avec elle sur la petite rivière des rêves ; il lui faisait la lecture dans le calme du jardin d'Auguste ; il s'adonnait tout entier au plaisir de ces heures qui passaient comme des instants, de ces jours qui passaient comme des heures. Ils parlaient de livres et du cœur des livres – et inévitablement ils parlaient d'eux-mêmes. Il parlait moins de lui-même que la plupart des hommes, mais il apprit beaucoup de choses sur sa vie. Elle était une ardente réformatrice sociale ; avait vécu dans un établissement d'art et de culture pour le peuple à Whitechapel ; avait étudié à la London School of Economics. Elle était désormais revenue auprès de sa mère, qui avait besoin d'elle. Elle et sa mère étaient presque seules au monde ; il y avait de quoi vivre, mais pas trop. La location de la petite maison était une idée de Célia : son loyer n'était qu'un « luxe ». Il a appris de la mère, lorsqu'elle en est venue à le tolérer, que le « luxe » appartenait à Celia : le luxe d'aider les malheureux, de nourrir ceux qui ont faim et d'habiller les petits enfants grelottants en hiver.

Et pendant tout cela, il n'avait pas entendu un mot de sa sœur, de sa cousine, de quiconque qu'il pourrait identifier comme l'employée du buraliste.

Ce fut un soir où les rayons uniformes du soleil transformaient les prairies au bord de la rivière en or fin, et les saules et les aulnes en arbres du paradis, qu'il parla brusquement, penché en avant sur ses crânes. "Avez-vous," demanda-t-il en la regardant en face, "un parent qui serait dans un magasin?"

«Non», dit-elle; "pourquoi?"

«Je me demandais seulement», dit-il froidement.

"Mais quelle chose extraordinaire à se demander !" dit-elle. "Dites-moi ce qui vous a fait penser à ça."

« Très bien, dit-il, je le ferai. La personne qui m'a dit que ta mère avait un logement m'a aussi dit que ta mère avait une fille qui servait dans un magasin.

"Jamais!" elle a pleuré. "Quelle idée odieuse !"

« Un bureau de tabac », insista-t-il ; "et elle s'appelait Susannah Sheepmarsh ."

"Oh," répondit-elle, "c'était moi." Elle parla instantanément et franchement, mais elle devint cramoisie.

– Et tu en as honte, socialiste ? » demanda-t-il avec un ricanement, et ses yeux étaient féroces sur son visage brûlant.

"Je ne suis pas! Ramez chez vous, s'il vous plaît. Ou je prends les godilles si tu es fatigué ou si tu as mal à l'épaule. Je ne veux plus te parler . Vous avez essayé de me piéger en mentant. Vous ne comprenez rien du tout. Et je ne te pardonnerai jamais.

« Oui, vous le ferez », se répétait-il encore et encore à travers le silence dans lequel ils descendaient la rivière. Mais alors qu'il était seul dans sa chaumière, la vérité s'est précipitée sur lui et l'a saisi à coups de dents et de griffes. Il l'aimait. Elle aimait, ou avait aimé – ou aurait pu aimer – ou pourrait aimer – son frère. Il fallait qu'il s'en aille : et le lendemain matin, il partit sans rien dire. Il a laissé un mot à Mme Sheepmarsh , et un chèque tenant lieu de préavis ; et la lettre et le chèque étaient signés à son nom au complet.

Il est retourné à son ancienne vie, mais le goût de tout cela avait disparu. Les soirées de tournage, les fêtes à la maison, la femme Brydges même, plus jolie que jamais et plus sûre de toutes choses : comment pourraient-elles charmer quelqu'un dont l'imagination, dont le cœur errait à jamais dans un jardin verdoyant ou au bord d'une rivière tranquille avec une jeune femme qui avait servi dans un bureau de tabac, et qui serait un jour la femme de son frère ?

Les journées étaient longues, les semaines semblaient interminables. Et tout le temps, il y avait la maison blanche, comme elle l'avait été ; il y avait une mère et une fille vivant la même vie délicate, digne et charmante dont il était si proche. Pourquoi était-il allé là-bas ? Pourquoi était-il intervenu ? Il avait voulu piéger son cœur juste pour libérer son frère d'une aventurière. Une aventurière ! Il gémit à haute voix.

« Oh, imbécile ! Mais tu es puni ! il a dit; « Elle est en colère maintenant – plus en colère encore que ce soir-là sur la rivière, car elle sait maintenant que même le nom que vous lui avez donné pour vous appeler n'était pas celui que votre propre peuple utilise. Cela vient du fait d'essayer d'agir comme un âne dans un livre.

Les mois passèrent. La femme Brydges le ralliait sur son air absent. Elle parlait des laitières. Il se demandait comment il avait pu la trouver amusante et si sa vulgarité n'était qu'une excroissance ou si elle avait été simplement cachée.

Et tout ce temps, Celia et la Maison Blanche lui tiraient sur la corde sensible. Il restait suffisamment de l'imbécile qu'il se reprochait constamment de l'avoir été, pour s'assurer que s'il n'avait pas eu de frère, s'il l'avait rencontrée sans devoir se tenir entre eux envers les absents, elle l'aurait aimé.

Puis un jour arriva le courrier sud-africain , et il apporta une lettre de son frère, le garçon qui avait eu l'intelligence de trouver un bijou derrière le comptoir d'un buraliste et qui le lui avait confié.

La lettre était longue et inefficace. C'était le post-scriptum qui était vital.

« Je dis, je me demande si vous avez vu quelque chose de Susannah ? Quel jeune imbécile j'ai jamais pensé pouvoir être heureux avec une fille sortie d'un magasin. J'ai rencontré la vraie et la seule maintenant : elle est infirmière ; son père était ecclésiastique dans le Northumberland. C'est une petite créature si brillante, et elle ne s'est jamais souciée de personne avant moi. Souhaite moi bonne chance."

John Selborne s'est presque arraché les cheveux.

« Eh bien, je ne peux pas le sauver à travers la moitié du monde ! En plus--"

À trente-sept ans, on aurait dû dépasser les impulsions sauvages de la jeunesse. Il se disait cela, mais c'était quand même le prochain train pour Yalding qu'il prenait.

Le destin était bon ; à Yalding, cela avait presque toujours été gentil. La lueur rouge du feu brillait sur la neige à travers la porte-fenêtre parmi les tiges de jasmin brun.

Mme Sheepmarsh était dehors, Miss Sheepmarsh était à la maison. Passerait-il par là ?

Il entra en présence de la jeune fille. Elle se leva de la chaise basse près du feu et ses yeux honnêtes le regardèrent avec colère.

« Écoutez, dit-il alors que la porte se refermait entre eux et la servante, je suis venu vous dire des choses. Juste pour une fois, laisse-moi te parler ; et après, si tu veux, je peux m'en aller et ne jamais revenir.

«Asseyez-vous», dit-elle froidement. "Je ne me sens pas du tout ami avec toi, mais si tu veux parler, je suppose que tu dois le faire."

Alors il lui raconta tout, en commençant par la lettre de son frère et en terminant par la lettre de son frère.

« Et, bien sûr, je pensais que ça ne pouvait pas être toi, parce que tu t'appelles Celia ; et quand j'ai découvert que c'était vraiment toi, j'ai dû partir, parce que je voulais être juste envers le garçon. Mais maintenant, je suis revenu.

« Je pense que tu es la personne la plus méchante que j'aie jamais connue », dit-elle ; "Tu pensais que j'aimais ton frère, et tu as essayé de me faire aimer pour pouvoir me renverser et lui montrer à quel point je ne valais rien. Je te déteste et je te méprise.

« Je n'ai pas vraiment essayé », dit-il misérablement.

"Et tu as pris un faux nom pour nous tromper."

"Je ne l'ai pas fait : c'est vraiment mon deuxième nom."

« Et vous êtes venu ici en faisant semblant d'être gentil et gentleman, et… » Elle se fouettait de rage, avec le fouet de sa propre voix, comme le font les femmes. John Selborne se leva brusquement.

«Tais-toi», dit-il, et elle resta silencieuse. « Je n'entendrai plus de reproches, à moins que… Écoutez, j'ai mal fait, je l'ai reconnu. J'en ai souffert. Dieu sait que j'ai souffert. Tu m'as aimé cet été : tu ne peux pas essayer de m'aimer à nouveau ? Je te veux plus que tout au monde. Veux-tu m'épouser?"

«Épouse-toi», s'écria-t-elle avec mépris; "toi qui--"

« Pardonnez-moi », dit-il. «J'ai posé une question. Donnez-moi non pour réponse et j'y vais. Dites oui, et vous pourrez ensuite dire tout ce que vous voulez. Oui ou non. Dois-je partir ou rester ? Oui ou non. Aucun autre mot ne fera l'affaire.

Elle le regardait, la tête renversée, les yeux brillants d'indignation. Un monde de mépris se reflétait dans l'angle de son menton et dans l'équilibre de sa tête. Ses lèvres s'ouvrirent. Puis soudain, ses yeux rencontrèrent les siens, et elle sut qu'il pensait ce qu'il disait. Elle se couvrit le visage de ses mains.

« Ne… ne pleure pas, ma chère, » dit-il. "Qu'est-ce que c'est? Vous n'avez qu'à choisir. Tout est à vous de décider.

Elle ne parlait toujours pas.

« Au revoir, alors », dit-il en se retournant. Mais elle l'a attrapé aveuglément.

« Ne… ne pars pas ! elle a pleuré. "Je ne pensais pas que je tenais à toi cet été, mais depuis que tu es parti, oh, tu ne sais pas à quel point je te voulais!"

"Eh bien," dit-il, quand ses larmes furent séchées, "tu ne vas pas me gronder ?"

"Ne le faites pas!" dit-elle.

"Parle-moi au moins de mon frère et pourquoi il pensait que tu serais si prête à l'épouser."

"Que? Oh, ce n'était que sa vanité. Vous savez, je parle toujours aux gens dans les wagons et tout. Je suppose qu'il pensait que c'était seulement à lui que je parlais.

"Et le nom?"

"Je… je pensais que si je disais que je m'appelle Susannah , il ne deviendrait pas sentimental."

« Vous avez « pris un faux nom pour le tromper » ?

« Ne… oh, non !

« Et le bureau de tabac ?

« Ah… ça dérange ? » Elle leva la tête pour le regarder.

"Pas ça," répondit-il froidement. "Je n'y crois tout simplement pas."

"Pourquoi? Mais tu as tout à fait raison. C'était une femme de mon quartier à Londres, et j'ai pris le magasin pour elle pendant trois jours, parce que son mari était mourant et qu'elle ne pouvait trouver personne d'autre pour l'aider. C'était… c'était plutôt amusant… et… et… »

"Et tu ne m'en as pas parlé, parce que tu ne voulais pas que je sache à quel point tu en étais fier."

"Fier? Ah, tu comprends les choses ! L'homme est mort et je lui avais donné ces trois jours avec lui. Je n'étais pas fier, n'est- ce pas ? – seulement content de pouvoir le faire. Je suis si heureux… si heureux ! »

"Mais tu as laissé mon frère réfléchir..."

« Oh oui, je lui ai laissé penser que c'était mon métier ; J'ai pensé que ça pourrait l'empêcher d'être idiot. Vous voyez, j'ai toujours su qu'il ne pouvait pas comprendre les choses.

"Célia?"

"Oui?"

"Et tu m'as vraiment pardonné ?"

« Oui, oui, je te pardonne ! Mais je n'aurais jamais dû si... Il y a ma mère à la porte d'entrée. Laisse-moi partir. Je veux la laisser entrer moi-même.

"Si?"

« Laisse-moi partir. Si--"

"Si?"

"Si tu n'avais pas compris et..."

"Oui?"

"Si tu n'étais pas revenu vers moi !"

XII

PENDANT QUE C'EST ENCORE LE JOUR

« Et est-ce vraiment vrai ? Allez-vous gouverner les Îles Fortunées ?

« En effet, je le suis – ou plutôt, pour être plus précis, je vais les gouverner adjoints – je veux dire, c'est mon père – pendant un an.

"Toute une année!" dit-il en regardant son éventail. « Que fera Londres sans vous ? »

"Londres fera très bien l'affaire", répondit-elle - " et c'est mon fan préféré, et il n'a pas l'habitude d'être noué." Elle le lui a pris.

"Et que ferai-je sans toi?"

"Oh! rire et rimer et danser et dîner. Vous irez à un nombre convenable de dîners et de danses, et vous ferez la mesure de jolis petits discours et de jolies petites phrases ; et vous ferez vos critiques et essayerez de les rendre aussi semblables que possible à celles de votre éditeur ; et vous sortirez vos charmants petits rondeaux et triolets, et l'année s'envolera tout simplement. Heigho ! Je suis content de voir quelque chose de grand, ne serait-ce que l'Atlantique.

« Vous êtes très cruel », dit-il.

"Suis-je? Mais ce n'est pas cruel d'être cruel si personne n'est blessé, n'est-ce pas ? Et je suis tellement fatiguée des jolis petits vers, des jolies petites danses et des petits dîners délicats. Oh, si j'étais seulement un homme !

"Dieu merci, ce n'est pas le cas!" a-t-il dit.

"Si j'étais un homme, je ne ferais qu'une seule grande chose dans ma vie, même si je devais ensuite m'installer dans une vie de bribes et de bagatelles."

Ses yeux brillaient. Ils brillaient toujours, mais maintenant ils étaient étoilés. Les plis blancs qui s'étendaient sur sa poitrine s'agitaient sous l'effet de sa respiration accélérée.

"Si tu m'aimais, Sybil, je pourrais faire quelque chose de grand!" a-t-il dit.

«Mais je *ne le fais pas* », dit-elle , « en tout cas, pas maintenant; et je vous l'ai dit une douzaine de fois. Mon cher Rupert, l'homme qui a besoin d'une femme pour le sauver n'en vaut pas la peine.

« Comment appelleriez-vous une grande chose ? » Il a demandé. « Dois-je conquérir un empire pour vous ou fonder une nouvelle religion ? Ou devrais-je simplement recevoir la Croix de Victoria ou devenir Premier ministre ?

« Ne ricanez pas, dit-elle ; « Cela ne vous va pas du tout. Vous n'imaginez pas à quel point vous avez l'air horrible lorsque vous ricanez. Pourquoi tu ne...? Oh! mais c'est pas bon ! Au fait, quelle charmante couverture Housman a conçu pour vos *Voiles et Violettes* ! C'est un cher petit livre. Certains vers sont assez jolis.

« Continuez, dit-il, frottez-vous. Je sais que je n'ai pas encore fait grand-chose ; mais nous avons largement le temps. Et comment peut-on faire du bon travail quand on lève toujours son cœur comme une noix de coco bestiale pour que vous soyez timide ? Si seulement tu m'épousais, Sybil, tu devrais voir comment je fonctionnerais !

"Puis-je vous renvoyer à mon discours, pas le dernier, mais celui qui précède."

Il rit; puis il soupira.

« Ah ! ma jolie, dit-il, c'était très bien et assez agréable pour être grondé par toi quand je pouvais te voir tous les jours ; mais maintenant--"

« Combien de fois, » demanda-t-elle calmement, « t'ai-je dit que tu ne devais pas m'appeler comme ça ? Tout allait très bien quand nous étions enfants ; mais maintenant--"

« Écoutez, dit-il en se penchant vers elle, il n'y a personne ici ; ils sont au milieu des Lancers. Laisse-moi t'embrasser une fois – cela ne peut pas t'importer – et cela signifiera beaucoup pour moi.

« C'est exactement cela », dit-elle ; "Si ça ne voulait pas dire..."

« Alors cela ne signifiera rien d'autre qu'au revoir. Cela fait seulement huit ans environ que tu as abandonné l'habitude de m'embrasser à chaque occasion.

Elle baissa les yeux, puis elle regarda à droite et à gauche, puis soudain elle le regarda.

"Très bien," dit-elle soudain.

« Non », dit-il ; "Je ne l'aurai pas à moins que cela *signifie* quelque chose."

Il y eut un silence. "Notre danse, je pense?" dit la voix de quelqu'un qui se penchait devant elle, et elle fut emportée au bras de l'associé dont elle s'était cachée.

Rupert est parti tôt. Il n'avait pas pu obtenir d'autres danses avec elle. Elle est partie tard. Quand elle réfléchit à la soirée, elle soupira plus d'une fois. «J'aurais aimé l'aimer un peu moins ou un peu plus», dit-elle; " et j'aurais aimé… oui, j'aurais aimé qu'il l'ait fait. Je ne pense pas qu'il se souciera un peu de moi à mon retour.

Elle s'embarqua donc pour les Îles Fortunées ou d'autres Îles, et dans de délicats vers sur la perte et l'absence, il trouva un certain réconfort pour la douleur de se séparer d'elle. Pourtant la douleur était réelle et s'accentuait, et la vie semblait n'avoir aucun goût, même le tabac n'avait aucun charme. Elle avait toujours fait partie de sa vie depuis l'époque où rien d'autre qu'une clôture coulée ne séparait le parc de son père de la garenne à lapins de son père. Il est devenu plus pâle et il a développé une ride ou deux, et un ami plein d'entrain qui l'a rencontré à Piccadilly lui a assuré qu'il avait l'air très de mauvaise couleur , et avec sa manière légère, l'ami lui a conseillé le genre de voyage autour du monde d'où hier avait vu son propre retour jovial.

« Fais-tu tout le bien du monde, mon garçon. « Pon mon âme, tu as un air fatigué, comme si tu avais attrapé une de ces joyeuses nouvelles maladies dont les gens ont pris l'habitude de mourir ces derniers temps... appendi - quel est son nom, vous savez, et des choses comme ça. Vous réservez immédiatement votre passage pour Marseille. Si longtemps! Vous suivez mon pourboire.

Ce que Rupert a pris, c'est un taxi. Il se regarda dans l'un des petits miroirs en forme de fer à cheval. Il avait certainement l'air malade ; et il se sentait mal, fatigué, ennuyé, et rien ne semblait en valoir la peine . Il s'est rendu chez un ami médecin, qui l'a frappé, poussé et écouté avec des tubes sur la poitrine et le dos, a eu l'air grave et a dit : « Allez à Strongitharm , il est absolument au *sommet* . Frais de vingt guinées. Mais il vaut mieux savoir où nous en sommes. Allez à Strongitharm .

Rupert y est allé et Strongitharm a donné son avis. Il le donna d'une voix qui tremblait de sympathie, et il le compléta avec du cognac et du soda, qu'il avait par hasard à portée de main.

Puis Rupert disparut de Londres et de ses amis — disparut soudainement et complètement. Il avait beaucoup d'argent et n'avait pas de relations assez proches pour s'inquiéter d'une manière gênante. Il est parti sans laisser d'adresse, et il n'a même pas écrit d'excuses aux gens avec qui il aurait dû danser et dîner, ni à l'éditeur dont il aurait dû continuer à imiter le style.

L'ami plein d'entrain se réjouissait de la suite évidente et naturelle à ses conseils.

« Il regardait un peu en dessous de lui, vous savez, et je lui ai dit : 'Faites le tour du monde ; il n'y a rien de tel », et, par Jupiter ! il est venu. Maintenant, c'est le genre d'homme que j'aime : il connaît les bons conseils lorsqu'il les reçoit et agit immédiatement en conséquence.

Alors la joyeuse répandit la rumeur qui suivit son cours et mourut, et dut être galvanisée à nouveau pour fournir une réponse aux questions de Sybil, lorsque, revenant des Îles Fortunées ou d'autres Îles, elle demanda des nouvelles de son vieil ami. Et la rumeur ne la satisfaisait pas. Elle avait eu le temps de réfléchir – il y en avait largement assez dans ces îles dont le vrai nom m'échappe – et elle en savait bien plus que ce qu'elle avait su le soir où Rupert avait brisé son éventail et demandé un baiser qu'il lui avait demandé. n'avait pas pris. Elle se retrouva profondément incrédule à la théorie du grand tour – et cette incrédulité était si forte qu'elle déformait la vie et rendait tout le reste inintéressant. Sybil s'est mise à lire des romans comme d'autres personnes ont pris l'habitude de boire à leur époque. Elle était jeune et elle pouvait encore se perdre dans un livre. Un jour, elle s'est complètement perdue dans un nouveau roman de Mudie , un livre dont tout le monde parlait. Elle s'est perdue ; et soudain, dans une joie haletante qui était aussi une agonie, elle *le trouva* . C'était son livre. Personne d'autre que Rupert n'aurait pu l'écrire – toute cette description du parc et la course où elle montait la chèvre et lui montait le cochon – et… elle tourna les pages à la hâte. Ah oui, Rupert avait écrit ça ! Elle posa le livre et s'habilla aussi joliment qu'elle savait le faire, et elle se rendit en fiacre au bureau de l'éditeur de ce livre et, en chemin, elle lut. Et elle voyait de plus en plus à quel point c'était un livre formidable et à quel point personne d'autre que Rupert n'aurait pu écrire ce livre. Des frissons après des frissons de fierté la parcoururent. Il avait fait ça *pour elle* – à cause de ce qu'elle avait dit.

Arrivée chez l'éditeur, elle fut accueillie par un mur blanc. Aucun des deux partenaires n'était visible. Le commis principal ne connaissait ni l'adresse de l'auteur de « Travaillez pendant qu'il est encore jour », ni son nom ; et il était tout à fait évident que même s'il l'avait su, il ne l'aurait pas dit.

La beauté et le charme de Sybil ont tellement séduit cette personne sèche comme poussière qu'il a donné volontairement l'adresse de l'agent littéraire par l'intermédiaire duquel le livre avait été acheté. Et Sybil le trouva au premier étage d'un de ces nouveaux immeubles imposants d'Arundel Street. Il était très gentil et gentil, mais il ne pouvait pas donner le nom de son client sans la permission de ce dernier.

La déception fut amère.

"Mais je vais t'envoyer une lettre", essaya-t-il de l'adoucir.

La maîtrise de soi de Sybil faillit céder. Une larme brillait sur son voile.

«Je veux vraiment le voir», dit-elle, «et je sais qu'il veut me voir. C'est moi qui ai monté la chèvre dans le livre, tu sais… »

Elle ne se rendait pas compte de ce qu'elle admettait, mais l'agent littéraire, lui, le savait.

« Écoutez, » dit-il intelligemment, « je lui télégraphierai immédiatement ; et s'il le permet, je vous donnerai l'adresse. Pouvez-vous appeler dans une heure ?

Sybil erra sur le quai pendant une heure consciencieuse, puis repartit.

L'agent littéraire sourit de victoire.

"La réponse est 'Oui'", dit-il en lui tendant un bout de papier...

«Trois   Cheminées,
près   de   Paddock   Wood,
Kent.»

"Avez-vous un emploi du temps?" demanda-t-elle.

La mouche poussiéreuse et louée avançait lourdement et cahotait sur les routes blanches, et dans elle, comme dans le train, Sybil lisait le roman, le livre dont tout le monde parlait – le grand livre – et son cœur débordait de joie et de fierté. et d'autres choses.

La voiture se secoua violemment et s'arrêta, et elle leva les yeux de la dernière page du livre avec des yeux qui nageaient un peu, pour se retrouver devant le portail en bois brisé d'une maison basse et blanche, minablement aveugle, et très loin de son dernière peinture et badigeonnage.

Elle paya la voiture et la renvoya. Elle retournerait à la gare avec *lui* . Elle passa par la porte branlante et remonta le chemin dallé, et une cloche en réponse à son contact tinta bruyamment, comme le font les cloches dans les maisons vides.

Sa robe était verte , avec des dentelles de la même couleur que de très jolis biscuits, et son chapeau semblait entièrement fait de roses jaunes. Elle n'était pas inconsciente de ces faits.

Des pas résonnaient à l'intérieur et, comme la cloche, ils semblaient sonner dans une maison vide. La porte s'ouvrit et il y avait Rupert. Les lèvres de Sybil étaient entrouvertes dans un sourire qui devrait correspondre à l'éclat de joie qui devait briller sur son visage lorsqu'il la voyait – Elle – l'inaccessible, l'inapprochable, à sa porte même . Mais son sourire s'éteignit, car son visage était grave. Seulement, dans ses yeux, quelque chose de brillant et de féroce, semblable à une flamme, jaillit et brillait un instant.

"Toi!" il a dit.

Et Sybil a répondu comme la plupart des gens à de telles questions : « Oui, moi. » Il y eut une pause : ses yeux allèrent du sien au visage vide de la maison, à l'enchevêtrement du jardin en désordre. "Je ne peux pas entrer?" elle a demandé.

"Oui; oh oui, entrez !

Elle franchit le seuil – le seuil était trempé de moisissure verte – et le suivit dans une pièce. C'était une grande pièce, parfaitement nue : pas de tapis, pas de rideaux, pas de tableaux. Des briques détachées étaient disposées en guise de défense et des braises mortes jonchaient le foyer. Il y avait une table ; il y avait une chaise ; il y avait des papiers, des stylos et de l'encre éparpillés. De la fenêtre, on voyait le jardin négligé et, au-delà, les collines rondes.

Il avança la chaise et elle s'assit. Il se tenait dos à la grille sans feu.

"Tu es très, très jolie," dit-il soudain. Et l'explication de sa disparition la frappa soudain comme un coup entre les yeux. Mais elle n'avait pas peur. Quand toutes les pensées d'une femme, jour et nuit, pendant un an, ont été confiées à un seul homme, elle n'a plus peur de lui ; non, même s'il était ce que Sybil craignait un instant que cet homme soit. Il lut la peur dans ses yeux.

« Non, je ne suis pas en colère », dit-il. « Sybil, je suis très contente que tu sois venue. À bien y penser, je suis très heureux de vous voir. C'est mieux que d'écrire. J'allais juste tout écrire, du mieux que je pouvais. J'imagine que j'aurais dû vous l'envoyer. Tu sais que je tenais à toi plus qu'à n'importe qui d'autre .

Les mains de Sybil agrippèrent les accoudoirs du fauteuil Windsor . Était-il vraiment... était-ce grâce à elle qu'il était...

«Sortez», dit-elle. "Je déteste cet endroit; ça m'étouffe. Et vous avez vécu ici, travaillé ici ! »

« Je vis ici depuis onze mois et trois jours », a-t-il déclaré. "Oui, sors."

Ils sortirent donc sous le soleil brûlant de juillet, et Sybil trouva un endroit abrité entre un mélèze et un cytise.

"Maintenant", dit-elle en jetant son chapeau et en enroulant ses draperies vertes et douces parmi les hautes herbes. "Viens t'asseoir et dis-moi..."

Il s'est jeté sur l'herbe.

" Bien sûr que ça ne t'ennuiera pas ? " Il a demandé.

Elle lui prit la main et la tint. Il l'a laissée le prendre ; mais sa main ne tenait pas la sienne.

« Il me semble me rappeler, dit-il, la dernière fois que je t'ai vu : tu partais, ou quelque chose comme ça. Vous m'avez dit que je devrais faire quelque chose de grand ; et je vous ai dit – ou du moins, je me suis dit – qu'il y avait tout le temps pour cela. J'ai toujours eu le sentiment que je *pouvais* faire quelque chose de génial à chaque fois que je voulais essayer. Eh bien, oui, vous êtes parti, bien sûr ; Je m'en souviens parfaitement – et tu m'as énormément manqué. Et quelqu'un m'a dit que j'avais l'air malade ; et je suis allé voir mon médecin, et il m'a envoyé dans une grosse houle, et *il* a dit que je n'avais qu'un an à vivre. Alors j'ai commencé à réfléchir.

Ses doigts se resserrèrent sur la main qui ne répondait pas.

« Et j'ai pensé : voilà trente ans que je suis dans ce monde. J'ai l'expérience de vingt-huit ans et demi – je suppose que le premier petit bout ne compte pas. Si j'avais eu le temps, j'aurais voulu écrire un autre livre, juste pour montrer exactement ce qu'un homme ressent quand il sait qu'il ne lui reste qu'un an à vivre et que rien n'est fait, rien n'est fait.

«Je ne le croirai pas», dit-elle. « Vous n'avez pas l' *air* malade ; tu es maigre comme un lévrier, mais… »

« Cela peut arriver d'un jour à l'autre, » continua-t-il doucement ; « mais j'ai fait quelque chose. Le livre, il *est* génial. Ils le disent tous ; et je le sais aussi. Mais au début ! Pensez simplement à haleter et à sentir que toutes les choses que vous aviez vues, connues et ressenties étaient gaspillées – perdues – en sortant avec vous, et que vous vous éteigniez comme la flamme d'une bougie, emportant tout ce que vous auriez pu faire. avec toi."

« Le livre *est* génial », a-t-elle dit ; "tu *as* fait quelque chose."

"Oui. Mais pendant ces deux jours, je suis resté dans mes appartements de St James's Street, et j'ai réfléchi, réfléchi et réfléchi, et personne ne se souciait d'où j'allais ni de ce que je faisais, à l'exception d'une fille qui m'aimait quand elle J'étais petite, elle était partie et ne m'aimait plus . Oh, Sybil, je me sens comme une folle, je veux dire toi, bien sûr ; mais tu ne t'en es jamais soucié. Et je suis allé chez un agent immobilier et j'ai rendu la maison non meublée, et j'ai acheté les meubles. Il n'y a rien d'autre que ce que vous avez vu, et un lit et une baignoire, et des casseroles et des bouilloires ; et j'ai vécu seul dans cette maison, et j'ai écrit ce livre, avec la Mort assise à côté de moi, me poussant le coude à chaque fois que j'arrêtais d'écrire et disant : « Dépêche-toi ; Je t'attends ici, et je devrai t'emmener, et tu n'auras rien fait, rien, rien.'»

"Mais vous avez terminé le livre", répéta Sybil. Le mélèze et le jardin au-delà étaient brumeux à ses yeux. Elle serra les dents. Il doit être réconforté. Sa propre agonie – elle pourrait être réglée plus tard.

« Je suis moi-même monté sur le trottoir », a-t-il déclaré. «J'ai tout réfléchi : une bonne nourriture, un bon sommeil, un bon exercice. Je ne ferais pas l'imbécile avec la dernière chance ; et je l'ai réussi. J'ai écrit le livre en quatre mois ; et chaque nuit, quand je m'endormais, je me demandais si je devrais un jour me réveiller pour continuer mon livre. Mais je me suis réveillé, puis je me levais d'un bond, je remerciais Dieu et je me mettais au travail ; et je l'ai fait. Le livre vivra – tout le monde le dit. Je n'aurai pas vécu pour rien.

« Rupert, dit-elle, cher Rupert ! »

«Merci», dit-il tristement; " Vous êtes très gentil." Et il retira sa main molle de la sienne, et appuya ses coudes sur l'herbe et son menton sur ses mains.

"Oh, Rupert, pourquoi ne m'as-tu pas écrit pour me le dire?"

« A quoi ça servait de te rendre triste ? Tu as toujours eu pitié des choses mutilées, même des vers que le jardinier coupait en deux avec sa bêche.

Elle luttait contre une envie grandissante de crier, de hurler, d'éclater en sanglots et de déchirer l'herbe avec ses mains. Il ne l'aimait plus, c'était un moindre mal. Elle aurait pu supporter cela, tout supporter. Mais il allait mourir ! L'intensité de sa conviction qu'il allait mourir la prit à la gorge. Elle se défendit instinctivement.

«Je n'y crois pas», dit-elle.

"Je ne crois pas quoi?"

"Que tu vas mourir."

Il rit; et quand l'écho de ce rire se fut éteint dans le calme du jardin, elle se rendit compte qu'elle ne pouvait même plus dire qu'elle ne croyait pas.

Puis il dit : « Je vais mourir, et toutes les valeurs des choses ont changé de place. Mais j'ai fait quelque chose : je n'ai pas enterré mon talent dans une serviette. Oh, ma Jolie, va-t'en, va-t'en ! Tu me ridiculises encore ! J'avais presque oublié comment regretter que tu ne puisses pas m'aimer. Va-t'en, va-t'en ! Aller aller!"

Il étendit les mains et elles s'étendirent sur l'herbe. Son visage s'enfonça dans le vert enchevêtré, et elle vit ses épaules secouées par des sanglots. Elle se traîna sur l'herbe jusqu'à être près de lui ; puis elle lui souleva les épaules, lui attira la tête sur ses genoux et l'entoura de ses bras.

"Ma chérie, ma chérie, la mienne!" dit-elle. « Tu es fatigué et tu n'as pensé à rien d'autre qu'à ton livre détestable – ton beau livre, je veux dire – mais tu m'aimes vraiment. Pas comme je t'aime, mais tu m'aimes quand même . Oh, Rupert, je te soignerai, je prendrai soin de toi, je serai ton esclave ; et si tu dois mourir, je mourrai aussi, car je n'aurai plus rien à faire pour toi.

Il passa un bras autour d'elle. "Ça vaut la peine de mourir d'entendre ça", dit-il en posant son visage contre sa taille.

« Mais tu ne mourras pas. Vous devez revenir à Londres avec moi maintenant, dans cette minute. La meilleure opinion… »

«J'ai eu le meilleur», dit-il. « Embrasse-moi, ma jolie ; oh, embrasse-moi maintenant que ça veut dire quelque chose ! Laisse-moi rêver que je vais vivre et que tu m'aimes.

Il leva le visage et elle l'embrassa.

« Rupert, tu *ne* vas pas mourir. Cela ne peut pas être vrai. Ce n'est pas vrai. Ce ne sera pas vrai.

"C'est; mais ça ne me dérange pas maintenant, sauf toi. Je suis une bête égoïste. Mais cela en vaut la peine et j'ai *fait* quelque chose de formidable. Tu me l'as dit.

« Dites-moi, dit -elle , qui était le médecin ? Était-il vraiment le meilleur ?

« C'était Strongitharm », dit-il avec lassitude.

Elle inspira longuement et le serra plus fort. Puis elle le repoussa et se leva d'un bond.

"Se lever!" dit-elle. "Laisse-moi te regarder!"

Il se leva, elle le saisit par les coudes et le regarda. Deux fois, elle essaya de parler, et deux fois aucune voix n'obéit ; puis elle dit doucement, d'une voix rauque : « Rupert, écoute ! Tout cela n'est qu'un horrible rêve. Réveillez-vous. Vous n'avez pas vu les journaux ? Strongitharm est devenu fou il y a plusieurs mois. C'était de la boisson. Il a dit à *tous* ses patients qu'ils allaient mourir de cette nouvelle maladie qu'il avait inventée. C'est toute sa folie. Vous allez bien, je le sais. Oh, Rupert, tu ne vas pas mourir et nous nous aimons ! Oh, Dieu est très bon !

Il inspira longuement.

"Es-tu sûr? C'est comme revenir du chloroforme ; et pourtant ça fait mal, et pourtant… mais j'ai écrit le livre ! Oh, Sybil, je n'écrirai plus jamais un autre grand livre !

"Ah oui, tu le feras, tu le feras", dit-elle en le regardant avec les yeux humides.

«Je t'ai», dit-il. « Oh, Dieu merci, je t'ai ! mais je n'écrirai jamais un autre grand livre.

Et il ne l'a jamais fait.

Mais il est très content. Et Sybil ne voit pas que ses œuvres ultérieures ne sont pas dans le même domaine que la première. Elle pense que les critiques sont idiotes. Et il l'aime d'autant plus à cause de sa folie.

XIII

ALCIBIADE

« Oh ! *laissez*-moi l'avoir dans la voiture avec moi ; il ne fera de mal à personne , c'est un ange parfait.

« Les anges comme lui voyagent dans la niche à chien », dit le portier.

Judy mit fin à une recherche angoissante de sa poche.

« Seriez-vous offensé, dit-elle, si je vous offrais une demi-couronne ?

"Donnez un coup de pouce au garde, mademoiselle." La main courbée vers une tasse posée sur la vitre du wagon répondit à sa question. "Cela lui suffit amplement , étant célibataire, alors que moi, je risque ma situation et mes neuf enfants actuellement pour ne rien dire, quand je..."

Un tour de clé de chemin de fer compléta la phrase.

Judy et l'ange étaient seuls. C'était un très bel ange aux cheveux longs et brun-noir, de sa race Aberdeen, son nom Alcibiade. Il leva un nez respectueux et adorateur, et sa maîtresse l'embrassa entre les yeux.

« Comment pourraient-ils essayer de nous séparer, » a-t-elle demandé, « alors qu'il ne reste plus que nous deux ?

Alcibiade, les yeux flottants, répéta dans un petit gémissement d'amour véritable la question : « Comment pourraient-ils ?

La question a été posée à nouveau par les deux parties plus tard dans la journée. Judy devait rester chez une tante pendant que sa mère naviguait vers Madère pour y rencontrer le père revenant d'Afrique du Sud, plein de blessures et d' honneur , et passer sur l'île le reste de l'hiver. Nous étions maintenant en décembre.

Un épais brouillard couvrait Londres d'un voile de laideur ; le cocher était très mécontent – Alcibiade avait essayé de le mordre – et Judy était au bord des larmes lorsque le brouillard se dissipa enfin et se laissa conduire jusqu'à la maison de banlieue de sa tante, en briques jaunes, avec un toit en ardoise et une un parvis maigre, où les cyprès, rabougris et noircis, parlaient avec éloquence de vies plus vides que la mort dont ils étaient l'emblème.

À travers les fentes des stores vénitiens ternes, la lumière du gaz pénétrait dans le crépuscule hivernal.

« De toute façon, il y aura du thé », soupira Judy, payant imprudemment trop cher le cocher.

À l'intérieur de la maison où se trouvaient les lumières, la tante était entourée d'une douzaine de dames à peu près de son âge et de son rang ; « Tabbies », comme le monde aurait pu les appeler. Tous étaient occupés avec les mystères des nombreuses soies et satins colorés , dentelles et lin ; du moins, tous les tenaient dans leurs mains. Le rassemblement était en fait une « fête de travail » pour l'approche du bazar. Mais le véritable travail des bazars ne se fait pas lors des fêtes.

«Oui», disait la tante , «si gentil pour cette chère Julia. Je suis vraiment contente qu'elle commence sa visite avec un peu de gaieté. En nous séparant ou en nous affligeant , nous devrions toujours chercher à distraire l'esprit, n'est-ce pas, chère Mme Biddle ?

« Les jeunes sont trop facilement distraits par les spectacles de ce monde », dit lourdement la chère Mme Biddle.

Et plusieurs dames murmurèrent leur approbation.

"Mais on ne peut pas exactement appeler un bazar d'église les spectacles de ce monde, n'est-ce pas ?" » demanda la Tante , assise bien droite, toute noire et toute ronde.

"C'est parfois la fin du Rubicon", a déclaré Mme Biddle.

« Alors pourquoi… » commença le plus jeune Tabby – puis la sonnette de la porte sonna et tout le monde dit : « La voici !

La servante guindée l'annonça, et elle fit deux pas en avant et resta debout, clignant des yeux sous la lampe à gaz, son chapeau sur le côté et sans gants. Tout le monde s'en est rendu compte d'un coup.

«Entrez, ma chère», dit la tante en bruissant. "J'ai quelques amis cet après-midi, et... Oh, mon Dieu, que s'est-il passé !"

Ce qui s'était passé était assez simple. Dans son avance bruissante, une traînée errante des perles noires de la tante s'était accrochée à la frange nouée de la nappe et l'avait entraînée après elle. Une masse de soie, de dentelle et de rubans gisait sur les bords de la table où étaient assis les Tabbies ; une bonne réserve d'aiguilles, de ciseaux et de bobines de coton s'y mêlait. Maintenant, tout cela tombait sur le sol sur la nappe mouvante, au moment même où un personnage rude, brun-noir, aux longues oreilles, au nez pointu et aux pattes très boueuses, bondissait dans la pièce, de toute la longueur de sa chaîne. Son saut l'a atterri au beau milieu de la confusion ruban-dentelle-coton-bobine. Judy a pris le chien dans ses bras et ses excuses auraient fait fondre mon cœur, ou le vôtre, cher lecteur, en un instant. Mais les Tabbies sont des Tabbies, et un bazar est un bazar. On ne fit plus de couture ce jour-là ; le reste de l'après-midi s'est avéré bien trop court pour le démêlage, le nettoyage partiel du fouillis profané de dentelle, de coton, de bobine de soie. Et

Alcibiade était attaché dans l'arrière-cuisine à la roue du brevet ; il hurlait sans cesse.

"Ma chère", dit la tante, lorsque le thé fut fini et que le dernier Tabby eut trouvé ses goloshes et rentra chez lui avec, "vous êtes la bienvenue sous n'importe lequel de mes toits, mais... (puis-je vous demander de fermer le feuillu) . porte en haut de l'escalier de la cuisine (merci) et maintenant celle-ci (je suis obligé. On ne s'entend pas parler pour ce terrible animal), il faudra vous débarrasser du chien demain.

« Oh, tante ! ce n'est pas un chien , c'est un animal de race pure.

«Merci», dit la tante , «je crois que je suis un aussi bon juge de chiens que n'importe quelle dame. Mon cher Snubs n'est mort que depuis un an et deux mois, mardi dernier. Je sais qu'un chien bien élevé devrait avoir le poil lisse, en tout cas… »

La mère de Snubs avait un lien de parenté lointain avec une famille de fox-terriers respectables de la classe moyenne.

«Je suis vraiment désolée», a déclaré Judy. Elle voulait dire des excuses, mais la tante les prit pour de la sympathie et s'adoucit quelque peu.

« Un gentil petit chien au poil lisse maintenant, dit-elle, un fox-terrier ou un lévrier italien ; vous voyez, je n'ignore pas les noms des différents modèles de chiens. Je t'en procurerai un moi-même ; nous irons au Dogs' Home à Battersea, où de très beaux chiens sont souvent vendus à bas prix. Ou peut-être qu'ils pourraient prendre votre pauvre chien en échange.

Judy s'est mise à pleurer.

«Oui, pleure, ma chère», dit gentiment la tante ; "Cela vous fera beaucoup de bien."

Quand la tante dormait – elle avait fermé ses oreilles aux protestations d'Alcibiade avec des restes de ouate d'un sachet de mouchoirs – Judy se glissa dans sa robe de chambre blanche et laineuse et ranima le feu de la cuisine. Puis elle s'assit devant lui, sur le tapis de chiffons sans taches, et allaita Alcibiade, le gronda et lui expliqua que ce devait vraiment être un bon chien et que nous avions tous quelque chose à supporter dans cette vie.

« Tu sais, cher Alby, » dit-elle, « ce n'est pas très gentil pour moi non plus, mais *je* ne hurle pas et n'essaie pas de contrarier les mutilations. N'aie pas peur, ma chérie : tu n'iras pas au Dogs' Home.

Elle insista si gentiment, mais avec force, qu'Alcibiade, attaché au pied de la table de la cuisine, consentit à dormir tranquillement pour le reste de la nuit.

Le lendemain, lorsque la tante s'enquit de manière approfondie des pouvoirs de fantaisie de Judy et de ce qu'elle ferait pour le bazar, Judy déclara carrément qu'elle ne distinguait pas une extrémité d'une aiguille de l'autre.

«Mais je sais peindre un peu», dit-elle, «et je suis plutôt douée en sculpture sur bois.»

"Ce sera très sympa." La tante voyait déjà, en imagination, son stand éclipser ceux de tous les autres Tabbies, avec des gloires de sabots et de tambourins décorés de gerbes roses « peintes à la main » et des boîtes en bois blanc sculpté juste de la taille pour ne rien contenir d'utile.

"Et je vais vous en faire", dit Judy; « Seulement, je ne peux pas travailler si je suis distrait par Alby – mon chien, vous savez. Oh, tante, *laisse* -le rester ! Il est vraiment précieux et il n'a pas fait le moindre bruit depuis hier soir.

«C'est tout à fait inutile», commença sévèrement la tante , puis soudain sa voix changea. « Le chien a-t-il *vraiment* de la valeur ? elle a demandé.

"Oncle Reggie lui a donné cinq guinées quand il était petit garçon", dit Judy avec empressement, "et il vaut bien plus maintenant."

"Mais il doit être très vieux... quand ton oncle Reggie était un garçon..."

"Je veux dire quand Alcibiade était un garçon."

« Et qui est Alcibiade ?

Judy a tout recommencé et a insisté sur un ou deux nouveaux points.

« Je ne veux pas être dure, » dit enfin la tante , « vous *aurez* la petite salle de petit-déjeuner à peindre et à sculpter comme vous le suggérez. Bien sûr, je ne pouvais pas laisser des copeaux et des pots de peinture traîner partout dans la salle à manger et dans le salon. Et tu garderas ton petit.

"Oh, tante," s'écria Judy, "tu es une chérie!"

"Oui," continua la Tante avec complaisance, "tu garderas ton petit jusqu'au bazar, et ensuite nous le vendrons au profit du Fonds d'Amélioration des Filles du Clergé de Campagne. "

Et de cette décision, aucune larme ni aucune supplication ne l'ébranlerait.

Judy s'était aménagé un repaire pour elle et Alcibiade dans la petite salle du petit-déjeuner. Il n'y avait pas de lumière pour peindre, alors elle a regardé une poignée de croquis qu'elle avait réalisés l'été dernier et les a encadrés. Elle passait la plupart de son temps à écrire à ses amis pour savoir si quelqu'un pouvait s'occuper d'un chien chéri, qui était un ange parfait. Et hélas ! personne ne pouvait – ni ne voulait.

Avec la connivence de la cuisinière, Alcibiade avait un lit dans un coffre dans la tanière, et dès le premier moment il s'y cachait d'un mot dès que le pas de la tante retentissait dans l'escalier recouvert de toile cirée . Les croquis étaient encadrés et certains cadres étaient légèrement sculptés. La tante était enchantée, mais, au sujet d'Alcibiade, catégorique.

Et maintenant c'était le jour du bazar. Judy avait fait passer des fils le long du mur de la salle de classe derrière le stand de sa tante , et c'est là que pendaient les meilleurs croquis. Elle avait aménagé elle-même le stand, le glorifiant avec les châles et draperies orientales que son père lui avait envoyés d'Inde. Il éclipsait de loin tout autre stand, même celui de Lady Bates, l'épouse du chevalier de suif. La tante était vraiment reconnaissante – vraiment reconnaissante. Mais sa décision était prise concernant le «cur».

« Si cela vaut vraiment *quelque* chose, nous le vendrons. Sinon… » Elle s'arrêta sur cette sombre allusion, et l'imagination misérable de Judy se perdit parmi les cordes, les rivières et la mort-aux-rats.

Pour Alcibiade, le bazar était autant une fête que pour n'importe lequel d'entre eux. Il avait été lavé, ce qui est épouvantable sur le moment, mais qui fait qu'on se respecte après, un peu gonflé même. Il avait été autorisé à sortir par la porte d'entrée, avec sa maîtresse dans sa belle robe qui lui rappelait des lapins. Personne, sauf Alcibiade lui-même, ne saura jamais quelles tortures de honte et de misère, combattant avec joie et affection, il avait endurées en ces autres occasions où il avait été fait sortir clandestinement par la porte arrière au petit matin pour prendre l'air humide avec sa bien-aimée. dame et elle portait un imperméable miteux et un tam-o- shanter rouge . Aujourd'hui, il portait un ruban bleu ; c'était inconfortable, mais il savait que cela signifiait une distinction. Il montait en calèche. Ce n'était pas comme la petite charrette de gouvernante qui l'avait transporté, lui et sa maîtresse, à travers les ruelles autour de Maidstone ; mais c'était une voiture, et un gros cheval était son esclave . Sa maîtresse elle-même avait noué son ruban bleu ; c'était elle aussi qui ajustait la chaîne qui l'attachait à une solide agrafe enfoncée juste au-dessus des lambris de la salle de classe. La chaîne lui permettait de s'asseoir à ses pieds tandis qu'elle se tenait près de l'étal, attendant les acheteurs et scrutant le visage de chaque nouveau venu avec une impatience impatiente d'y trouver le visage de quelqu'un qui aimait vraiment les chiens .

Mais les gens étaient horribles, et elle devait l'admettre. Il y avait des Tabbies par douzaines et des jeunes filles par dizaines – des jeunes filles toutes habillées différemment, mais toutes semblables à la mode de l'année précédente ; tous le visage vide, souriant agréablement parce qu'ils savaient qu'ils devaient sourire – les jeunes du genre Tabby – des chatons Tabby, en fait. Sans aucun doute, ils étaient vraiment dignes et intéressants, mais ils ne le semblaient pas à Judy.

Il y avait une poignée d'hommes – pour la plupart d'âge moyen et chauves. Il y avait quelques jeunes ; par quelque fatalité, tous étaient beaux et rappelaient à Judy le porc. Une Tabby s'est arrêtée à son stand, a tout retourné et a acheté un rond de serviette de table en perles. L'achat et l'acheteur semblaient à Judy caractériser toute sa vie et son environnement. Toute son âme s'étendait vers l'île. Elle soupira, puis elle leva les yeux. La foule s'était épaissie depuis la dernière fois qu'elle l'avait observé. Quatre marches descendaient vers la salle de classe depuis le monde extérieur : sur la plus haute marche se trouvait une dame bien habillée – oh ! merveille ! — et à côté d'elle un homme — un gentleman. Eh bien, Judy supposait que tous ces pauvres gens étaient des gentilshommes, mais ces deux-là appartenaient à son monde. Alors qu'elle regardait, ses yeux et ceux de l'homme se rencontrèrent ; la dame était perdue dans la foule et Judy ne la revoyait plus. L'homme se dirigea droit vers l'étal où se trouvaient les croquis encadrés, la robe blanche bordée de fourrure, les cheveux roux et les yeux verts de Judy, et l'Alcibiade brun-noir aux rubans bleus. Mais avant qu'il ne les atteigne, une vague d'acheteurs déferla sur le rivage de l'étal de Judy, et il l'observait depuis près d'une demi-heure avant que le choix longtemps différé par une jeune femme d'un cadeau de Noël pour son grand-père ne tombe joyeusement sur une paire de chaussures violettes. des chaussettes de lit et, pour le moment, Judy respirait librement.

« Je vous l'avais bien dit », dit la tante en faisant trembler l'argent dans un sac en cuir ; « Je *savais* que c'était juste avant *Noël* . Tout le monde *doit* offrir des cadeaux de Noël à tous ses proches. Tu vois! les choses vont comme une traînée de poudre.

"Oui, tante", dit Judy. Alcibiade profita du calme momentané pour lui lécher abondamment la main. Judy se demanda avec lassitude ce qu'était devenu cet homme, le seul homme de cette assemblée triste qui avait l'air d'aimer les chiens. « Il a dû essayer d'aller ailleurs », dit-elle ; « Il est juste entré ici par erreur, et quand il a vu le genre de personnes que nous étions, il… eh bien… je ne m'étonne pas », soupira-t-elle et, levant les yeux, rencontra les siens.

« Je vous demande pardon », dit-il. Il voulait dire des excuses.

Elle le prit pour enquête et sourit. "Voulez-vous acheter quelque chose?" elle a demandé.

Son sourire était plus fatigué qu'elle ne le pensait.

« Je suppose que oui », dit-il; "On le fait dans les bazars, tu ne sais pas."

"Voulez-vous un cadeau de Noël?" » demanda Judy d'un ton sérieux ; "Si c'est le cas, et si vous me dites pour quel genre de relation vous le souhaitez, je pourrai peut-être trouver quelque chose qui leur plairait."

"Pourrais-tu? Maintenant, c'est vraiment bien. Je veux des choses pour deux tantes, trois cousines, une petite sœur et ma mère – mais je n'ai pas besoin de lui apporter les siennes *ici* à moins que vous n'ayez quelque chose que vous pensez vraiment… Par Jupiter ! – ses yeux avaient croisé les croquis – « sont *ceux* à vendre ?

"C'est plutôt l'idée", a déclaré Judy. Son moral remontait, même si elle n'aurait pas pu vous dire pourquoi. "Les choses dans un bazar sont généralement à vendre, n'est-ce pas ?"

"Tout?" » dit-il, et il caressa le cou sans ressentiment d'Alcibiade ; "Cette bonne petite bête n'est pas sur le marché, j'en ai peur ?"

"Pourquoi? L'achèteriez-vous ?

« J'y réfléchirais à deux fois avant de dire non. Ma mère aime terriblement les chiens.

De manière tout à fait déraisonnable, Judy sentait qu'elle ne voulait pas vendre Alcibiade comme cadeau à la mère de qui que ce soit.

«Les croquis», dit-elle.

« Les croquis, dit-il ; « eh bien, il y a Maidstone Church et Farley et Teston Lock et Allington. Combien sont-ils?"

Elle lui a dit.

« Il me faut en avoir. Puis-je en avoir une douzaine ? Ils sont scandaleusement bon marché, et j'ai l'impression d'être un porc américain qui achète des œuvres d'art par douzaines – car elles *sont* délicieusement bonnes – et cela me rappelle le bon vieux temps. J'y ai été cantonné une fois.

«Je le savais», se dit-elle. Alcibiade se leva, les pattes sur son bras. « Tais-toi, lui dit-elle ; "Tu ne dois pas parler maintenant, je suis occupé."

Alcibiade lui lança un regard de reproche et se coucha.

L'étranger sourit ; un sourire très joyeux, pensa Judy.

« Petite bête déchirante, n'est-ce pas ? dit l'inconnu.

"Je suppose que vous êtes invalide à la maison?" dit-elle. Elle ne pouvait pas s'en empêcher. Un homme du Service. Une qui avait été cantonnée à Maidstone , sa propre chère Maidstone . Il n'était plus un étranger.

«Oui», dit-il; « un ennui bestial. Mais tout ira bien dans deux ou trois mois ; J'espère que les combats ne seront pas terminés d'ici là.

"Avez-vous vendu quelque chose à ce monsieur?" » dit fermement la tante , « parce que Mme Biddle veut voir des d'oyleys .

"Je vends juste quelque chose", répondit Judy. Puis elle se tourna vers lui et lui parla doucement. "Je dis, est-ce que tu aimes vraiment les chiens?" dit-elle.

" Bien sur que oui." Le jeune homme lui ouvrit des yeux gris surpris, comme qui devrait dire : « Maintenant, est-ce que j'ai l'air d'un homme qui n'aime pas les chiens ?

« Eh bien, dit-elle, Alcibiade *est* à vendre. »

« C'est son nom ? Pourquoi?"

"Oh, tu le sais sûrement : n'est-ce pas Alcibiade qui a renoncé à être dictateur ou quelque chose du genre plutôt que de se faire couper les oreilles de son chien ?"

« Il me semble me souvenir de quelque chose de ce genre », dit-il.

«Eh bien, dit-elle, son prix est de vingt guinées, mais…»

Il siffla très doucement.

« Oui, je sais, » dit-elle, « mais je vais… oui, tante, dans un instant ! Elle poursuivit d'une voix angoissée : « Son prix est de vingt guinées. Dis que tu l'auras. Dites-le *à haute voix* . Vous n'aurez rien à payer pour lui. Non, je ne suis pas en colère.

« Je vous donnerai vingt guinées pour le chien », dit l'homme en se tenant droit et militairement contre la masse écroulée de nattes, de coussins à épingles et de dossiers de chaises.

La tante inspira longuement et se tourna pour répondre au profond besoin de d'oyleys de Mme Biddle .

«Viens prendre le thé», dit l'étranger; "tu es fatigué."

« Non, je ne peux pas. Bien sûr que je ne peux pas… mais je vais vous emmener au stand de Mme Piddock et… » Elle l'emmena. « Écoutez, » dit-elle, « je suis sûre que vous êtes un type honnête. Voici l'argent pour le payer. Ma tante dit que si je ne le vends pas , elle le fera tuer. Le garderez-vous pour moi jusqu'à ce que mon peuple rentre à la maison ? Oh, oui, c'est vraiment *un* ange. Et donne-moi ton nom et ton adresse. Vous devez me prendre pour un maniaque, mais je l'aime horriblement. Veux-tu?"

« Bien sûr que je le ferai, » dit-il chaleureusement, « mais je paierai pour lui. Je ferai un chèque : vous pourrez me payer quand vous le récupérerez. Merci… oui, je suis sûr que ce coussin à épingles ravirait ma tante.

Judy, les joues brûlantes, retourna à son stand.

« Oh, Alcibiade, dit-elle en détachant le ruban bleu, je suis sûre qu'il est gentil. Ne le mords pas, il y a un chéri !

Un chèque signé « Richard Graeme » et une carte avec une adresse tombèrent entre les mains de Judy, et la chaîne d'Alcibiade les quitta.

« Je sais que vous serez bon avec lui, » dit-elle ; « Ne lui donnez pas de viande, seulement des biscuits et du soufre dans son eau de boisson. Mais tu sais tout ça. Vous m'avez sorti d'un trou effroyable et je vous bénirai aussi longtemps que je vivrai. Au revoir." Elle se pencha vers l'Aberdeen, maintenant surprise et peinée. « Au revoir, mon cher vieux garçon !

Et Alcibiade, résistant obstinément dans chaque ligne de sa silhouette, dans chaque poil de son habit, fut entraîné à travers le bazar bondé.

Judy s'est couchée très fatiguée. Le bazar avait été un succès, et on avait parlé du succès et on avait compté l'argent jusque tard dans la soirée – près de onze heures, ce qui est tard pour les Tabbies – et pourtant elle s'est réveillée à quatre heures. Quelqu'un l'appelait. C'était… non, il était parti – ses yeux étaient piqués à cette pensée – et pourtant – cela ne pouvait sûrement être la voix de nul autre qu'Alcibiade ? Elle s'est assise dans son lit et a écouté. C'était lui ! C'était sa chère voix qui gémissait à la porte latérale. C'étaient ses pattes chéries qui grattaient la peinture sacrée.

Judy dévala les escaliers comme un tourbillon silencieux, tourna la clé, tira les verrous et, en un instant, elle et le chien «sanglotaient dans les bras l'un de l'autre».

Elle le porta jusqu'à sa chambre, lava ses chères pattes boueuses et étendit sa cape de golf pour qu'il puisse s'allonger sur le lit à côté d'elle.

À l'aube la plus froide et la plus matinale, elle se leva et s'habilla. Elle trouva au bazar un fil qui avait soutenu ses tableaux, écrivit un mot et l'attacha au collier d' Alcibiade, où elle remarqua et dénoua un bout de corde effiloché. C'était la note :

« Il est rentré chez moi en courant. Pourquoi as-tu enlevé la chaîne ? Il mord toujours à travers le cordon. Ne le battez pas pour ça ; il va bientôt m'oublier.

Les larmes lui montèrent aux yeux pendant qu'elle l'écrivit ; cela lui paraissait tellement pathétique. Elle ne croyait pas vraiment qu'Alcibiade l'oublierait bientôt – mais s'il le faisait… ?

La note ne manquait pas non plus de pathétique aux yeux du capitaine Graeme, lorsque, deux heures plus tard, il la retrouva sous le menton d'un Alcibiade hurlant tristement, solidement attaché par un fil photo aux grilles de la maison de sa mère.

Le capitaine fit un tour sur le Heath et réfléchit. Et ses pensées étaient les suivantes : « C'est la plus jolie fille que j'ai vue depuis mon retour à la maison. C'est vraiment ennuyeux ici. Je ne devrais pas me demander si elle est aussi ennuyeuse , pauvre petite fille.

Puis il rentra chez lui, coupa un gant en morceaux et cousit les morceaux ensemble, lentement mais solidement, comme le font les soldats et les marins . De sorte que lorsque, deux nuits plus tard, les griffes et la voix d'Alcibiade réveillèrent Judy du sommeil — sa tante dormait fort heureusement de l'autre côté de la maison —, elle trouva, après la première étreinte ravie des retrouvailles, quelque chose sous la main qui caressa le cou d'Alcibiade.

La lumière du gaz dans sa propre chambre définissait ce quelque chose comme un sac de cuir, le cuir beige dont sont faits les gants des hommes. Il y avait un peu de sangle usée qui pendait en dessous. À l'intérieur se trouvait une note.

« Mille mercis de l'avoir ramené à la maison. S'il *devait* s'enfuir à nouveau, faites-le-moi savoir. Et ne vous embêtez pas à le renvoyer. Je vais l'appeler, si je peux.

« RICHARD GRAEME ».

Judy aurait vraiment aimé laisser le capitaine Graeme l'appeler, mais il existe des choses comme les tantes.

Elle attacha un autre billet au collier du « petit » et le connecta une fois de plus aux grilles de Paragon House. La note disait :

"Il ne sert à rien. Il peut mordre le cuir. Utilisez une chaîne.

La prochaine fois qu'Alcibiade revint, il traîna un demi-mètre de fine chaîne. C'était soigneusement classé, mais Judy était une femme et le détail lui échappait.

Ce matin-là, Alcibiade et elle se sont couchés tard ; la cloche du pansement sonnait à son réveil.

Le cuisinier a aidé ; Heureusement, la tante a eu un déjeuner avec un Tabby à Sidcup . Alcibiade, promis à une promenade plus tard, consentit à attendre, jouant avec un os, en silence et dans la cave à charbon. A onze heures, Judy récompensa sa patience. Elle sortit avec lui et, d'une manière ou d'une autre, il semblait sage de mettre une robe de couleur agréable , ses plus belles fourrures et son plus joli chapeau.

« J'ai peur de le voir », se dit-elle ; mais, ajouta-t-elle, j'ai bien plus peur que ma tante ne voie Alcibiade. Au bord de la Heath , elle l'a rencontré. «Voici le cher chien», dit-elle. "Oh, tu ne peux pas trouver une chaîne plus solide?"

«Je vais essayer», dit-il. « Quelle journée déchirante, n'est-ce pas ? Oh, tu rentres directement ? J'aurais aimé que nous nous rencontrions ailleurs que dans un bazar.

«Moi aussi», dit-elle sincèrement, et elle caressa Aberdeen, désormais insouciante : c'était dans un bazar qu'elle avait dû vendre cet ange.

« Est-ce que je ne peux pas rentrer chez toi avec toi ? » il a dit. Et elle ne trouvait aucune façon polie de dire non, même si elle savait à quel point Alcibiade ferait une séparation définitive.

Le lendemain matin, la chaîne traînée par Alcibiade était un peu plus épaisse ; il a également été déposé, et cela aussi, Judy n'a pas remarqué. Aussi tôt qu'elle fût, elle ne sortait pas en imperméable mais dans une tenue simple et bleue, avec des ailes de martin-pêcheur dans son chapeau.

La matinée était légèrement lumineuse. Alcibiade a vu un chat et l'a poursuivi vers Morden College juste au moment où Judy rencontrait le capitaine Graeme. Il était pour elle impossible de ne pas suivre le « cur ». Et comment le capitaine pourrait- il faire autrement que de le suivre lui aussi ? Et si deux personnes marchent ensemble, il est grossier de ne pas parler.

Le lendemain, la chaîne fut plus épaisse, l'heure propice et la promenade plus longue ; c'est le jour où elle a découvert qu'il avait connu son père en Afrique du Sud.

Les journées s'écoulaient avec une délicieuse monotonie. La Tante et ses Tabbies de compagnie toute la journée, un sommeil profond, un réveil matinal, une rencontre céleste avec Alcibiade à la porte arrière, sa restitution à son maître. Et chaque jour la chaîne devenait plus lourde, les promenades plus longues, les conversations plus intéressantes et plus intimes.

C'était bien sûr très mal, mais que devait faire la jeune fille ? Vous ne pouvez pas être impoli envers un homme qui sauve votre chien, votre chéri, des poisons à rats, des rivières et des cordes. Et si les chiens *brisent* les chaînes, eh bien, les filles aussi.

C'est le jour de Noël que le charme fut brisé. Judy se réveilla à l'heure habituelle, mais aucun gémissement bienvenu, aucun piétinement pathétique de pattes avides ne rompit le silence respectable de la maison de la tante . Judy a écouté. Elle s'est même glissée jusqu'à la porte latérale. Un sentiment de misère, de véritable malaise physique l'envahit. Alcibiade n'était pas là ! il n'était pas venu ! Il l'avait en effet oubliée.

La conviction que le maître d'Alcibiade serait le dernier à apprécier le nouvel attachement de son chien la réconfortait un peu ; mais même si la journée était grise, la vie semblait presque sans valeur. Judy avait maintenant le loisir de reconsidérer sa position, et elle n'était pas contente d'elle-même. C'est au cœur du bœuf de Noël que cette pensée s'est réveillée.

« *Il* est fatigué de me rencontrer ; il a enfermé Alcibiade. S'il ne l'avait pas fait, le chéri *aurait* dû venir. Puisque cette solution laissait Alcibiade sans tache sur son caractère fidèle, elle aurait dû être réconfortante, mais ce ne fut pas le cas.

Elle sentit ses joues rougir.

« Mon Dieu, mon enfant », dit la tante , « pourquoi prends-tu cette curieuse couleur violette ? Si le feu est trop fort pour vous, laissez Mary placer le paravent sur le dossier de votre chaise, pour l'amour de Dieu.

Lorsque les restes du plum-pudding furent disparus et que le dessert superficiel fut terminé, la tante se retira pour se reposer.

Judy s'est retrouvée seule face à l'après-midi gris. Elle resta assise à regarder le feu jusqu'à ce que ses yeux lui fassent mal. Elle se sentait très seule, très blessée, très désespérée. Il y eut un pas sur les marches, un pas viril ; un coup à la porte, une sorte de coup à la porte, une sorte de coup que j'ai parfaitement le droit de frapper ici si j'aime.

Judy se leva d'un bond pour regarder dans la vitre et se caressa les cheveux, car personne d'autre qu'un idiot n'aurait pu s'empêcher de savoir qui était celui qui avait marché et frappé.

Il est entré.

"Seul?" a-t-il dit. "Quelle chance! J'ai demandé la tante . Je voulais dire Ami de ton Père, et tout ça. Mais c'est mieux. Judy, je ne pouvais pas le supporter... Elle arrive. Je peux l'entendre.

Il y avait en effet un bruit de grosses bottes qui piétinaient au-dessus de nous, de tiroirs qu'on tirait, de portes d'armoires qu'on ouvrait.

« J'aimerais que tout soit différent », dit-il ; « Mais, oh Judy, chérie, dis oui ! dites-le maintenant, cette minute ; et puis quand elle descendra, je pourrai lui dire que nous sommes fiancés, tu vois ?

«Tout va très bien», a déclaré Judy, deux heures plus tard, lorsque, avec la licence d'une jeune femme fiancée, elle a dit au revoir à son amant devant la porte d'entrée. "Vous dites que oui - et - et oui, bien sûr, je suis content - mais Alcibiade ne m'aime plus ."

« N'est-ce pas ? attendez que je l'amène demain !

"Mais il n'est jamais venu ce matin."

« Pauvre petite bête ! Judy, le fait est que j'ai continué à rendre la chaîne de plus en plus lourde, et ce matin, eh bien, c'était trop pour lui. Il ne pouvait pas le tirer jusqu'au bout : c'était un câble de bateau ordinaire, vous ne savez pas ? Je l'ai rejoint à la gare de Blackheath , et il avait tellement fini que j'ai dû le porter jusqu'à chez moi dans mes bras. Il va tout à fait bien maintenant ; Je l'ai laissé à la maison, attaché aux fers à feu de ma chambre.

"Alors il *m'aime* , après tout", a déclaré Judy.

"Eh bien, il n'est pas le seul", dit le capitaine .

Et à ce moment vint de l'autre côté de la porte d'entrée le gémissement familier , le grattage bien connu mêlé à d'étranges bruits de cliquetis.

L'instant d'après, trois personnes heureuses s'enlaçaient sur le paillasson, au milieu des sanglots de Judy, des rires de son amant, des cris d'Alcibiade et du crépitement assourdissant d'un tisonnier, d'une paire de pinces et d'une demi-pelle.

Milton Keynes UK
Ingram Content Group UK Ltd.
UKHW011142220424
441551UK00007B/755